일·관계·인생이 행복해지는

인간관계 수업

성공하는 관계를 만드는

쉽고 명쾌한 교류분석 심리학

일·관계·인생이 행복해지는

인간관계 수업

EGOGRAM

성공하는 관계를 만드는
쉽고 명쾌한 교류분석 심리학

이명노 임정민 이영선 나현숙
오미현 배정진 김지숙 정성실

서사원

일러두기

1. 교류분석에서는 ego를 '이고'로 발음하고 쓰나 이 책에서는 독자들에게 친숙한 '에고'로 표기했습니다.
2. 이 책에 등장하는 성격 캐릭터(화끈이, 포용이, 침착이, 솔직이, 끄덕이)는 『어른의 대화법』(임정민)에서 사용한 표기를 차용했습니다.

프롤로그

이 책은 인간관계 능력을 향상하고 싶은 모든 사람을 위해 쓰였습니다. 직장에서 좋은 리더가 되고자 하는 사람뿐만 아니라 사회에서 존경받는 어른, 훌륭한 선생님, 올바른 부모가 되고자 하는 사람에게도 큰 도움이 될 것이라 믿습니다. 다만 자료수집에 한계가 있어 직장 생활을 중심으로 설명했지만 가정 생활에 대해서도 최대한 다루려고 노력했습니다.

함께 책을 쓴 여덟 명의 저자들은 교류분석 전문 강사로서 교류분석 이론과 기법을 활용해 인간관계, 커뮤니케이션, 리더십, 동기부여, 갈등관리 등을 교육·훈련해왔습니다. 한국에서는 교류분석이 상대적으로 잘 알려지지 않았지만, 교류분석은 인간의 성격을 이해하고 건강한 커뮤니케이션으로 성장과 발달을 촉진하는 데 그 어떤 심리학적 접근보다 뛰어납니다.

요즘은 MBTI가 사람과 관계를 이해하는 중요한 기준이 되었고, 심지어 MBTI를 모르면 시대에 뒤떨어진 사람이라고 취급받기도 합니다. 타고난 성향에 따라 16가지 유형으로 나누는 MBTI에 비해 교류분석의 성격검사인 에고그램은 훨씬 구체적이고 실용적입니다. 에고그램은 다섯 가지 자아상태에 따라 243가지 유형으로 세분화하여 설명합니다. 실제 에고그램으로 진단해본 사람들은 '심리테스트 결과가 대체로 두루뭉술하고 일반적인 이야기만 나오는 것에 비해 에고그램은 원초적이고 직설적이라 좋다' '둘러 가지 않고 정확하게 나와서 좋다' '다른 심리검사에서는 공감이 잘 가지 않았는데 이건 매우 공감된다' 등 에고그램을 긍정적으로 평가합니다.

이 책은 교류분석을 처음 접하는 분들을 위해 에고그램을 이해하고 활용하는 데 꼭 필요한 기본적인 내용을 다루고 있습니다. 독자 스스로 에고그램을 작성하고 해석할 수 있도록 최대한 자세하게 풀어놓았습니다. 이론보다는 실제 활용법에 초점을 두고 구성된 만큼 누구나 쉽게 따라 하고 자기 삶에 적용할 수 있을 것입니다.

제1부에서는 에고그램을 활용할 때 꼭 알아야 하는 교류분석과 에고그램의 기본 개념을 다루고 제2부에서는 에고그램 성격검사 진단 방법과 결과 해석, 자기 변화와 관계 개선법 등 실전 활용법을 소개합니다. 제3부는 매출을 올리는 성격유형별 고객 응대법과 성과를 향상하는 리더십 기술, 제4부는 사람의 속마음을 간파하는 법, 제5부는 에고그램 243가지 성격유형에 대해 상세하게 안내합니다. 책의 순서대로 기초부터 학습할 수도 있고, 곧장 부록에 있는 질문지로 본인이나 가족, 동료,

고객의 에고그램을 작성하고 해석해봐도 됩니다.

이 책을 통해 자신의 성격을 정교하게 이해하고 해석함으로써 자아 정체성과 자존감, 더불어 인간관계에 큰 도움이 되길 바랍니다. 또한 세상을 살아가는 데 꼭 필요한 지혜가 담긴 인생 대백과사전이 되기를 기원합니다. 대중심리학인 교류분석의 에고그램으로 나를 알고, 너를 알고, 세상을 알아가는 행복한 여행을 함께 시작해봅시다.

저자 일동

차 례

| 제1부 |

교류분석으로 보는 성격의 이해

personality

" 대중심리학이자 긍정심리학인 교류분석 "

교류분석(Transactional Analysis, TA)은 미국의 정신의학자 에릭 번(Eric Berne)이 1957년에 창시한 심리 이론으로, 국제교류분석협회(International Transactional Analysis Association, ITAA)에서는 '하나의 성격 이론인 동시에 개인의 성장과 변화를 위한 체계적인 심리치료'로 규정하고 있습니다. 교류분석은 1964년 출판된 에릭 번의 『심리 게임(Games People Play)』이 500만 부, 1967년 출판된 토마스 해리스(Thomas Harris)의 『아임 오케이 유어 오케이(I'm OK You're OK)』가 1,500만 부, 1971년 출판된 뮤리얼 제임스(Muriel James)의 『아이는 성공하기 위해 태어난다(Born to Win)』가 400만 부 이상 팔린 베스트셀러가 되면서 전 세계에서 각광받기 시작합니다. 그 당시 교류분석은 대중심리학, OK 심리학, 긍정심리학으로도 불렸습니다. 1970년 에릭 번이 세상을 떠난 뒤 정신의학자, 상담심리학자, 교육학자 등 다양한 전문가가 교류분석의 이론과 기법을 발전시켜 오늘에 이르렀습니다.

교류분석은 그 어떤 심리학적 접근보다도 인간의 성격을 이해하고, 건강한 커뮤니케이션을 통해 개인과 집단이 성장하고 발달하는 데 탁월합니다. 자신과 타인, 그리고 자신과 세상이 교류하는 방식을 분석함으로써 더 나은 삶으로 변화하고 성장하게 하는 매우 효과적인 기법입니다.[1)] 그 근간에는 사람을 향한 뚜렷한 철학적 가정이 존재합니다. 첫 번째, 사람은 누구나 OK, 즉 가치 있고 존엄한 존재입니다. 두 번째, 사람은 누구나 무한한 사고 능력을 가지고 있습니다. 각 개인은 삶에서 자신이 원하는 것을 결정하고 이에 따라 주도적으로 세상을 살아간다는 의미입니다. 세 번째, 사람은 자기 운명을 스스로 결정하며 이를 얼마든지 바꿀 수 있습니다. 유아기의 결정이 바람직하지 못한 결과를 초래한다면, 이를 추후에 다시 새롭고 적절한 결정으로 바꿀 수 있다는 의미입니다.

교류분석의 목표는 자율적 인간입니다. 욕망이나 타인의 명령에 구속받지 않고 삶의 방향을 자신의 의지로 통제해 스스로 결정하는 인간이 되는 것입니다.[2)] 우리가 성장한 사람으로서 자신의 가능성을 충분히 실현하려면 어릴 때 내렸던 전략을 부단히 바꿔야 합니다. 교류분석에서는 이것을 각본에서 벗어나 자율성을 획득하는 것이라고 말합니다. 자율적 인간이 되기 위해서는 세 가지 요소를 갖추어야 합니다.

첫 번째는 자각(Awareness)입니다. 자각이란 갓 태어난 아기가 무엇이든 그대로 수용하듯이 있는 그대로 보고 듣고 느끼고 맛보는 능력을 말합니다. 두 번째는 자발(Spontaneity)입니다. 자발이란 우리가 느끼고 생각하고 행동하는 데 필요한 모든 대안을 선택할 수 있는 능력을 말합니다. 세 번째는 친밀(Intimacy)입니다. 친밀이란 다른 사람들과 감정과 욕구를 개방적으로 나누는 것을 말합니다.

교류분석은 누구나 쉽게 배워서 혼자서도 적용할 수 있는 효과적인 심리치료와 상담, 교육 훈련의 도구입니다.[3] 인간을 연구하는 하나의 방법이기도 하지요. 치료자, 상담자, 강사만의 전유물이 아니라 환자, 내담자, 학습자와 함께하는 방식이므로 치료와 상담, 학습의 성과 또한 뛰어납니다. 교류분석으로 자기치료 및 자기상담, 자기훈련이 가능하므로 일과 관계, 인생이 행복해지는 경험을 할 수 있습니다. 교류분석을 완벽하게 터득한다면 인간관계에서 오는 스트레스에서 벗어나 이전과 달라진 나를 마주하고 변화된 삶을 만나게 될 것입니다.

personality

“ 나도 몰랐던 세 가지 인격 ”

“내 속엔 내가 너무도 많아서 당신의 쉴 곳 없네.” 1990년대 유행했던 노래 가사처럼 교류분석에서는 우리 안에 세 가지 마음이 있다고 말합니다. 이 마음을 자아상태(Ego State)라고 부릅니다. 자아상태란 일관된 유형의 감정과 경험이며 이와 직접적으로 맞닿는 일관된 유형의 행동입니다.[4] **자아상태의 움직임에 따라서 고유하게 일관된 사고, 감정, 행동이 나타나고 그것이 개인의 인격을 형성**합니다.

첫 번째는 부모 자아상태(Parent Ego State)입니다. 부모나 부모 역할을 대신했던 사람들에게서 모방했던 사고, 감정, 행동 방식을 말합니다. 부모 자아상태는 'Parent'의 약자인 대문자 P로 표시합니다. 두 번째는 어른 자아상태(Adult Ego State)입니다. '지금-여기'라는 상황에 대해 적절하게 반응하는 사고, 감정, 행동 방식들입니다. 어른 자아상태는 'Adult'의 약자인 대문자 A로 표시합니다. 세 번째는 아이 자아상태

(Child Ego State)입니다. 어렸을 때 했던 그대로 지금도 재연하고 있는 사고, 감정, 행동 방식들입니다. 아이 자아상태는 'Child'의 약자인 대문자 C로 표시합니다. 이 세 가지 자아상태를 PAC모델이라고 부릅니다. 인간을 구성하는 '마음의 구조'라고 생각하면 됩니다(그림 1-1). 세 가지 마음을 작은 원으로 나타내고 그것을 둘러싸고 있는 큰 원을 전인격이라고 하지요. 자아상태 간에는 반투막성 막이 있어서 심리적 에너지가 각각의 자아상태 사이를 자유롭게 이동합니다. 어느 시점에서 심리적 에너지가 가장 강해진 자아상태가 인격의 중심이 되고 사고, 감정, 행동을 결정합니다.

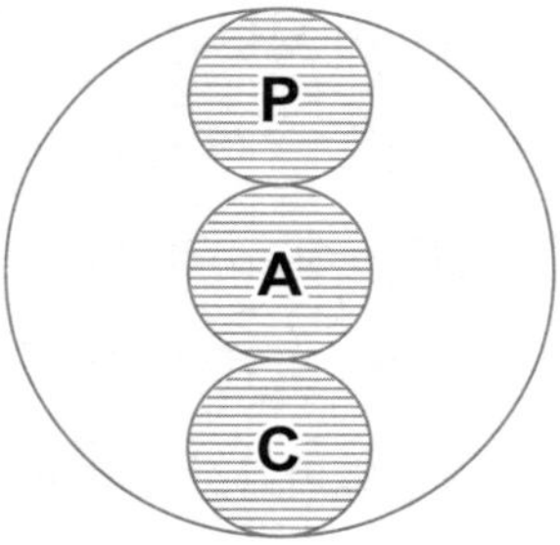

[그림 1-1] 자아상태 Ⓟ, Ⓐ, Ⓒ 모델

자아상태에 따라 우리의 말과 행동은 다르게 나타납니다. 이해를 돕기 위해 특정 상황을 상상해봅시다. 어떤 자동차 운전자의 난폭 운전으로 오토바이가 넘어지면서 사람이 크게 다쳤습니다. "과속에 신호 위반이라니 구속시켜야 해! 그나저나 큰 부상이 아니었으면 좋겠는데……."

이처럼 야단을 치면서도 걱정해주는 것은 부모자아(P)입니다. 똑같은 상황에서 "사고가 왜 났을까? 어떤 원인 때문이지? 부상자가 있는 것 같은데 누가 신고는 했을까?"라고 냉정하게 사고 현장 상황을 분석해서 적절한 행동을 취하는 것은 어른자아(A)입니다. 만약 "어머나, 세상에! 너무 끔찍하다! 어떡해!"라는 식으로 부산스럽게 떠들어대고 방관하는 것은 아이자아(C)입니다.

이번에는 직장에서의 상황을 떠올려봅시다. 부모자아(P)는 부모나 외부 환경에서 영향을 받는 부분으로 도덕적이며 가치 판단적이고, 배려와 인정을 베풀고자 하는 측면이 있습니다. 타인에게 비판적이고 권위적인 한편 보살피고 양육하는 모습을 함께 보입니다. 예를 들어, 직장 후배가 자주 실수할 경우 '저 직원은 왜 저렇게 일에 책임감이 없지? 조금만 더 신경 쓰면 분명 잘 해낼 수 있을 텐데……'라는 식으로 반응합니다. 책임감 없는 행동을 비판하면서도 한편으로는 상대를 지지해주는 듯한 모습을 보입니다. 우리가 부모에게서 듣는 말과 비슷하지요.

어른자아(A)는 성숙한 어른으로서 현실을 객관적으로 분석하고 판단하며 감정에 치우치지 않고 이성적으로 행동합니다. 예를 들어, 부하 직원이 어떤 일을 해결하지 못하고 어려워할 때 '무슨 문제가 있지? 원인이 뭘까? 어떻게 하면 효율적으로 해결할 수 있을까?'라고 생각하면서 객관적, 분석적, 합리적으로 문제에 접근합니다.

아이자아(C)는 생애 초기에 자동으로 발생하는 모든 충동과 그에 따른 행동에 대한 유아기의 감정적 경험, 그 경험에 대한 반응 등 유아기 환경에 따라 변형된 모습을 나타냅니다. 이는 감정을 자유롭게 표현하고 사물에 호기심을 보이며 적극적인 행동을 하는 측면과 감정을 자제하고 양보하며 자신보다는 주위에 맞춰가려는 측면으로 나뉩니다. 어릴 때 했던 말과 행동 패턴을 그대로 보이는 것입니다. 예를 들어, 직장 상사가 많은 양의 업무를 지시할 때 "에이 정말, 이걸 다 어떻게 하라는 거야? 짜증 나!"처럼 느낀 대로 감정을 표현하거나, '휴, 참아야지. 어떻게든 처리해야 혼나지 않겠지……'처럼 감정을 억누르는 두 가지 태도로 나타납니다.

이처럼 교류분석에서는 사람의 자아상태를 세 가지로 구분하고 그것을 각각 부모자아(P), 어른자아(A), 아이자아(C)라고 부릅니다. 일상이나 사회생활에서 벌어지는 다양한 상황을 마주할 때 나와 상대가 어떤 자아상태에서 말하고 행동하는지를 빠르게 알아차린다면 그 상황에서 적절하게 교류하며 원만한 인간관계를 맺을 수 있습니다.

personality

"마음과 행동은 수시로 변한다"

사람은 항상 한 가지 자아상태에만 머물러 있지 않습니다. 자신이 처한 상황과 대하는 상대에 따라 마음과 행동이 달라집니다. "아니, 지금 몇 년 차인데 이런 실수를 해! 요즘 정신을 어디에 두고 일하는 거야?" 업무상 중요한 실수를 저지른 K 씨를 상사가 심하게 꾸짖습니다. 잔뜩 화가 난 상태로 호통을 치고 못마땅한 표정으로 노려보는데 사무실로 전화가 걸려옵니다. "네, 맞습니다. 아, 그러세요. 그럼 제가 확인하고 전화드리겠습니다." 전화기를 내려놓자마자 상사의 휴대폰 전화벨이 울립니다. "야, 이게 얼마 만이냐? 동문회 때 소식 듣고 한번 보고 싶었는데, 반갑다! 애는 잘 크지? 하하하!"

상사는 사업상 연락한 거래처 사람에게는 이성적으로 응대하고 이어 걸려온 동창생과는 격의 없이 이야기를 나눕니다. "이봐 K 씨. 일단 벌어진 일은 어쩔 수 없으니까 수습부터 하자고. 위에는 내가 적당히 잘 말할 테니 얼른 마무리해." 친구와 통화를 끝낸 상사는 진정이 되었는지 실수를 저지른 K 씨와 합리적으로 대화합니다. 이 사례에서 상사의 말과 행동을 보면 자아상태가 시시때때로 변하고 있습니다. 부하직원을 꾸짖을 때는 부모자아(P)였다가 거래처에는 어른자아(A), 친구와 통화할 때는 아이자아(C)로 바뀝니다. 게다가 조금 전만 해도 직원에게 부모자아(P)로 대했던 마음이 다시 어른자아(A)로 돌아옵니다.

이와 같은 일은 아주 흔합니다. 회사에서는 고개를 숙이거나 끄덕이며 "아, 부장님. 네, 다시 정리해서 보고 올리겠습니다" "알겠습니다. 말씀하신 대로 준비하겠습니다" "어쩔 수 없죠. 제가 사무실에 복귀해서 처리하겠습니다"라고 아이자아(C)로 말하면서 집에 돌아와서는 미간을 찌푸리고 한숨을 내쉬며 "이게 뭐야? 이건 만지면 안 된다고 했지!" "도대체 몇 번을 말해?" "학교 갔다 와서 뭐 하고 있었던 거야?"라며 부모자아(P)로 화를 내며 자녀를 야단치기도 합니다. 회사에서는 상사의 말을 잘 따르는 아이자아(C)였다가 집에 돌아와서는 자녀를 다그치는 부모자아(P)로 돌변하거나 친구에게는 한없이 즐겁고 신나는 아이자아(C)였다가 가족에게는 비난만 하는 부모자아(P) 혹은 짜증을 내고 투덜거리는 아이자아(C)로 행동하진 않았는지 자신을 돌아볼 필요가 있습니다.

출근했을 때와 퇴근 후 집에 돌아왔을 때의 자아상태가 똑같은 사람이 얼마나 될까요? 아마 거의 없을 겁니다. 자아상태는 상황과 상대에 따라서 달라지기 때문입니다. 그러나 사람마다 정도의 차이는 있지만 상황과 상대가 달라졌음에도 비슷하게 말하고 행동하는 패턴이 있습니다. 이것을 에고그램(Egogram)에서는 기본적 성향 혹은 성격이라고 합니다. 이를 통해 나 자신을 알고 상대를 이해하며 소통하고 서로 친밀한 관계를 만드는 것이 중요합니다.

물론 Ⓟ, Ⓐ, Ⓒ라는 것은 가설일 뿐 인간의 정신작용을 완벽하게 설명할 수 있는 것은 아닙니다. 교류분석에서는 자기이해를 위한 방법으로 세 개의 자아상태인 Ⓟ, Ⓐ, Ⓒ를 써서 자신의 행동이나 태도를 분석하는 방법을 구조분석(Structural Analysis)이라고 합니다. 구조분석에서는 이 Ⓟ, Ⓐ, Ⓒ를 명확히 알고 그것을 구별하는 방법을 학습합니다. 일상생활에서 강하게 또는 많이 작용하는 자아상태에 따라 행동이 달라집니다. 따라서 어떤 사람의 말과 행동을 교류분석의 자아상태 Ⓟ, Ⓐ, Ⓒ로 분석해보면 어떤 자아상태가 많이 사용되고 적게 사용되는지 알 수 있습니다.

일반적으로 **부모자아(P)가 우세한 사람은 융통성이 없고 착실하기 때문에 감정을 잘 표현하지 못해 인생을 즐기는 능력이 부족합니다.** 일중독에 빠지기 쉬우며 '이렇게 해야 한다' '저렇게 해야 한다' 또는 '이렇게 해준다' '저렇게 해준다'라는 식으로 부모나 주 양육자가 했던 말과 행동을 답습하는 경우가 많아 상대방은 아이자아(C)가 강해집니다. **어른자아(A)가 우세한 사람은 현실적 자아가 지나치게 강하고 이해타산적이 되기 쉽습니다.** 또 합리적이라도 인정이 적어 상대방도 어른자아(A)가 발현되어 약간 차가운 관계가 될지도 모릅니다. **아이자아(C)가 우세한 사람은 유아적 욕구가 강하며 이성적인 어른자아(A)가 부족해 문제 처리나**

해결에 어려움을 겪을 수 있으며 부모자아(P)의 미발달 때문에 사회에 적응하기 쉽지 않습니다. 또한 감정 측면이 우세하여 자기 뜻대로 행동하거나 반대로 자기를 억제해서 상대방의 감정에 맞추려고 합니다. 이런 사람을 대할 때 상대방은 부모자아(P)로 접근하는 일이 많아질 것입니다. 이러한 사람들에게는 자아상태의 사용법에 편향이 있습니다. 부모자아(P)가 우세한 사람은 때와 장소, 상태 등에 관계없이 부모자아 상태를 매우 많이 쓸 것입니다. 이러한 사람과 상대하는 사람은 아이자아(C)가 우세한 사람이 되기 쉬운 반면, 그 반대로 아이자아(C)가 우세하기 때문에 상대방이 부모자아(P)를 더 많이 발휘해야 하는 경우도 있습니다.

이와 같이 에고그램은 Ⓟ, Ⓐ, Ⓒ를 이용해서 마음의 구조를 분석하고, 어떤 부분이 편향되어 있고 바람직하지 않게 작용하는지를 찾아내어 인간관계와 사회생활에서 올바른 방향으로 스스로 조절하는 방법을 습득하게 합니다.

personality

"성격에서 그 사람이 보인다"

앞서 살펴본 바와 같이 인간은 부모자아(P), 어른자아(A), 아이자아(C) 세 가지 마음으로 구조화되어 있습니다. 이번에는 각 자아상태에서 성격이 어떻게 표현되고 기능하는지 알아보겠습니다.

부모의 역할은 크게 두 가지로 나뉩니다. 아이에게 원칙과 규율을 가르치는 통제적인 역할과 아이를 이해하고 보듬어주는 양육적인 역할입니다. 교류분석에서는 전자를 통제적인 부모자아(CP, Controlling Parent), 후자를 양육적인 부모자아(NP, Nurturing Parent)라고 부릅니다. 아이도 천방지축인 아이가 있는가 하면 눈치 보는 아이가 있습니다. 전자를 자유로운 아이자아(FC, Free Child), 후자를 순응하는 아이자아(AC, Adapted Child)라고 부릅니다. 또한 지금-여기 상황에서 합리적이며 이성적인 기능 한 가지로 표현되는 것을 이성적인 어른자아(A, Adult)라고 부릅니다.

[그림 1-2] 자아상태 기능 분석

이 책에서는 앞으로 통제적인 부모자아(CP)를 화끈이, 양육적인 부모자아(NP)를 포용이, 이성적인 어른자아(A)를 침착이, 자유로운 아이자아(FC)를 솔직이, 순응하는 아이자아(AC)를 끄덕이로 대체해 부르겠습니다.[5]

다섯 가지 자아에 따라 말과 행동이 어떻게 다르게 나타나는지 이해를 돕기 위해 특정 상황을 상상해봅시다. 점심시간에 레스토랑에서 벌어진 일입니다. 점심 먹을 시간이 빠듯해 마음이 조급한 상황입니다. 이때 조리가 빠른 메뉴로 오므라이스를 주문했는데 20분이 지나도록 음식이 나오지 않습니다. 이런 상황에서 화끈이(CP)는 "언제 주문했는데 음식이 아직도 안 나옵니까! 주문한 순서대로 나와야지, 여기 아주 엉망이야!"라고 말합니다. 같은 상황이지만 포용이(NP)는 "어휴, 손님이 갑자기 몰려서 정신없으시죠?"라고 말합니다. 그렇다면 침착이(A)는 어떨까요? "주문한 지 20분 40초가 지났는데 얼마나 더 기다려야 하나요?"라고 말합니다. 그리고 솔직이(FC)는 "배고파 죽겠어요. 빨리 좀 주세요" 라고 반응하며, 마지막으로 끄덕이(AC)는 '(속으로 고심하며) 혹시…… 제일 싼 거 시켜서 늦게 나오나……'라고 반응할 가능성이 높습니다.

이번에는 도로에서 접촉 사고가 난 상황을 떠올려봅시다. 운전 중에 옆 차선의 차량이 방향 지시등을 켜지 않고 끼어드는 바람에 사고가 발생했습니다. 이런 상황에서 화끈이(CP)는 잘못을 지적해야겠다는 생각으로 상대에게 삿대질을 하며 강한 어조로 이렇게 말합니다. "운전 똑바로 못해! 눈을 어디에 두고 운전하는 거야?" 같은 상황이지만 포용이(NP)는 상대를 걱정하면서 부드러운 어조로 이렇게 말합니다. "괜찮으세요? 어디 다친 곳은 없으신가요?" 침착이(A)의 반응은 또 다릅니다. 상황을 객관적으로 판단하고 절차대로 처리하기 위해 차 상태를 확인한 후, "보험사에 연락해서 처리하시죠"라고 차분한 어조로 말합니다. 그렇다면 솔직이(FC)는 어떨까요? 파손된 부분을 보며 감정에 충실하게 "어휴 뭐야……. 아침부터 왜 이런 일이 생기는 거야!"라고 투덜거리고 짜증을 냅니다. 그리고 끄덕이(AC)는 상대가 어떻게 나올지 불안에 떨며 수긍하는 말투로 "예…… 그럼…… 그렇게 하시죠"라고 상대의 제안을 받아들입니다.

어떤가요? 같은 상황과 사건에서도 에너지의 양에 따라 다섯 가지 자아의 반응은 제각각입니다. 사람마다 발현되는 자아는 모두 다르므로 이러한 일은 우리 주위에서 빈번하게 일어나며 매우 현실적으로 다가옵니다.

personality

"나와 너,
우리를 이해하는 성격 캐릭터"

다섯 가지 자아, 화끈이(CP), 포용이(NP), 침착이(A), 솔직이(FC), 끄덕이(AC)의 특징에 대해 좀 더 자세하게 알아보겠습니다. 성격 캐릭터를 잘 이해하면 진정한 자기성장과 변화, 타인 이해와 존중, 소통과 친밀한 관계를 만들 수 있습니다.

통제적인 부모자아 화끈이

화끈이(CP)에 대해 알아보겠습니다. 어린 자녀를 둔 부모는 아이들에게 무엇을 해야 하고, 무엇을 하면 안 되는지 가르치고 통제합니다. 이를테면 "일찍 일어나고 일찍 자라" "신호를 잘 지켜라" "집에 오면 손부터 씻어라" "착하게 행동해라" "버릇없이 굴지 마라" "용돈 아껴 써라"처럼 말입니다. 이런 성향의 사람은 회사에서도 마찬가지로 행동합니다. "보고는 똑바로 해라" "납기일을 제대로 맞춰라" "그렇게 하면 큰일 난다"라며 직원들에게 가르치듯 지시를 내리며 통제하려는 모습을 보입니다. 이런 상태에서는 화끈이(CP)가 작용하고 있는 것입니다. **화끈이(CP)가 강할수록 도덕적, 양심적, 권위적이며 책임감이나 정의감이 높고 이상을 지향하는 특성**이 나타납니다. 그러나 화끈이(CP)가 극단적으로 강할 때는 강압적으로 자기주장을 하거나 편견과 비판에 매몰돼 상대방의 입장은 전혀 생각하지 않는 독선적인 사람이 됩니다. 그렇게 되면 어느새 주위 사람들이 당신에게 진심을 보이지 않고 거짓으로 수긍하는 척하다가 감정이 쌓이면 저항할 수도 있습니다.

반면에 화끈이(CP)가 약할수록 타인에 대해 관용적이지만 자기주장을 명확하게 못 하고 매사에 흐지부지하며 사회규범이나 도덕적 가치관을 소홀하게 여기는 사람으로 비칠 수 있습니다. 저는 화끈이(CP)가 지나치게 강해서 주변으로부터 '보수적이다, 권위적이다, 무게 잡는다, 비판적이다'라는 소리를 들은 적이 있습니다. 특히 가정에서는 '엄하다, 지배적이다, 독선적이다'라는 말까지 들었습니다. 그래서 가족들에게 내가 하는 말 중에 가장 듣기 싫은 말이 무엇이냐고 물어보았습니다. 그랬더니 이구동성으로 "쓸데없는 소리 하지 마!" "네가 뭘 안다고 그래! 알지도 못하면서 아는 척하지 마!"라고 답했습니다. 이런 말들은 화끈이(CP)가 즐겨 쓰는 말입니다. 그때 이후로 이런 말은 안 하려고 의식적으로 노력하고 있습니다. 화끈이(CP)가 강해서, 때론 약해서 인간관계와 사회생활에 어려움이 발생할 때는 이 책의 제2부에서 성격 캐릭터의 강하고 약한 부분을 조절하는 방법을 참고하시기 바랍니다.

화끈이(CP)의 특성을 나타내는 대표적인 단어

신념이 있는, 이상을 추구하는, 명령/지시하는, 권위적인, 전통적/보수적인, 수직적인, 주도적인, 원칙적인, 엄격한, 비판적인, 지배적인, 설득하는, 통솔력이 강한, 주관이 뚜렷한, 고지식한, 배타적인

양육적인 부모자아, 포용이

포용이(NP)에 대해 알아보겠습니다. 부모의 또 다른 역할은 아이를 보호하고 양육하는 것입니다. 맛있는 음식을 해주고 아프면 돌보고 치료해줍니다. 부모가 아이를 돌봐주는 것처럼 당신이 다른 사람을 보호하고 돌봐주는 성격이라면 포용이(NP)라고 볼 수 있습니다. 포용이(NP)가 강하면 강할수록 양육적, 보호적 특성을 보이며 타인 이해, 동정심 등의 성향이 강력하게 나타납니다. 거절해야 하는 일도 거절하지 못하고 힘들어할 수 있으며 모든 일을 자신이 해줘야 한다는 중압감에 시달릴 수 있습니다. 포용이(NP)가 극단적으로 강하면 부하직원이나 자녀를 과보호해야 한다는 생각으로 상대방을 의존적으로 만들거나 상대방에게 간섭이 심해질 수 있습니다.

반대로 포용이(NP)가 약하면 대인관계에서 차갑고 인정 없는 사람

으로 보일 수 있습니다. 타인에게 쌀쌀맞게 굴어 불안감을 주기도 합니다. 동정심이나 이해심이 부족해 매우 냉정한 사람으로 비칠 수 있어 호감을 사기가 어렵습니다. 저는 한때 포용이(NP)가 지나치게 약해서 사람에 대한 관심이 적었으나 회사생활에서는 큰 문제가 없었습니다. 그러나 가정에서는 '사람이 무심하다, 가정일에 무관심하다, 집에서는 손끝 하나 까딱하지 않는다'라는 소리를 들었습니다. 그래서 집안일도 하고, 외식도 하며 포용이(NP)를 높이기 위해 노력했습니다. 단, 포용이(NP)가 하는 행동은 마음에서 우러날 때만 진실입니다. 눈치가 보여서 어쩔 수 없이 하는 것은 끄덕이(AC)가 하는 행동입니다. 포용이(NP)가 강해서, 때론 약해서 문제가 있는 분은 이 책의 제2부에서 성격 캐릭터의 강하고 약한 부분을 조절하는 방법을 참고하시기 바랍니다.

포용이(NP)의 특성을 나타내는 대표적인 단어

간섭이 많은, 지나친 관심을 보이는, 잔소리가 많은, 헌신적인, 배려가 깊은, 공감적인, 친절한, 동정심이 강한, 보호/양육적인, 사람 중심적인, 지원하는, 호의적인, 격려하는, 실속이 없는, 남을 돌보기 좋아하는, 타인을 지지하는 등

이성적인 어른자아, 침착이

침착이(A)에 대해 알아보겠습니다. 사람은 현실에 적응하기 위해서 필요한 지식을 축적하고 그것을 합리적으로 이용하는 컴퓨터와 같은 부분을 갖고 있습니다. 이처럼 냉정하고 합리적으로 사물을 판단하고 문

제를 처리할 때는 침착이(A)가 작용하고 있는 것입니다. 침착이(A)가 강할수록 합리적이고 이성적이며 판단력이 객관적이라고 볼 수 있습니다. 업무에서도 침착이(A)가 신중하게 계획을 세워 임할 때 높은 성과가 나타납니다. 침착이(A)가 강한 사람은 다른 사람을 대할 때에도 감정에 치우치지 않고 이성적인 태도를 보이기 때문에 상대방도 문제를 현실적으로 받아들이고 조율하려는 의지를 보입니다. 침착이(A)가 극단적으로 강한 경우에는 다른 사람들 눈에 계산적이고 지나치게 이해타산적인 냉정한 사람으로 비칩니다.

반면에 침착이(A)가 약할수록 사리분별력이 부족해 일을 객관적으로 처리하는 데 어려움을 겪을 수 있습니다. 부하직원이나 자녀에게도 방향을 정확하게 제시하지 못해 혼란을 줄 수 있어 상대로부터 신뢰를 얻기가 어렵습니다. 저는 과거에는 침착이(A)가 강했으나 종종 화끈이(CP)와 끄덕이(AC)가 더 강하게 나타나 업무 수행보다는 인간관계에서 어려움이 많았던 적이 있습니다. 그래서 말하고 행동하기 전에 지금 여기에 맞는지 안 맞는지를 한 번 더 생각하게 되었습니다. 이런 것들이 침착이(A)를 높이는 방법입니다. 침착이(A)가 강해서, 때론 약해서 문제가 있는 분은 이 책의 제2부에서 성격 캐릭터의 강하고 약한 부분을 조절하는 방법을 참고하시기 바랍니다.

침착이(A)의 특성을 나타내는 대표적인 단어

이성적인, 차가운, 이해타산적인, 생각이 많은, 논리적인, 합리적인, 감정에 치우치지 않는, 무미건조한, 사리에 밝은, 객관적인, 신중한, 사실 지향적인, 이론에 근거하는, 관찰력이 강한, 질문이 많은, 현실적인 등

자유로운 아이자아, 솔직이

솔직이(FC)에 대해 알아보겠습니다. 솔직이(FC)는 자신의 감정을 있는 그대로 드러내며 자유분방한 모습을 보입니다. "음식으로 장난치지 말아라" "사람 많은 곳에서 뛰어다니지 말아라"라는 제재를 받아도 청개구리처럼 하고 싶은 대로 행동하고 호기심도 많은 편입니다. 주변 사람들을 대할 때 누구의 구애도 받지 않고 솔직하게 감정을 표현합니다. 솔직이(FC)가 강할수록 호기심이 많고, 직감적이며 적극적인 행동을 하는 특성이 강합니다. 자신의 감정을 충분히 표현해 솔직한 사람이라는 인상을 주고 항상 밝은 모습을 보여주어 인기가 많은 편입니다. 그러나 때로는 좋고 싫음이 명확하고 충동적인 모습도 보여 받아들이는 사람에 따라서는 감정 표출이 과해서 거북하다고 느낄 수 있습니다.

반면에 솔직이(FC)가 약할수록 정신적으로 위축되어 있어 인생을 즐기거나 쾌활한 생활을 하기가 어렵습니다. 이럴 때는 주위 사람들로부터 어두운 사람으로 인식될 수 있으니 주의해야 합니다. 저는 과거에 솔직이(FC)가 지나치게 약해서 회사생활에 어려움이 많았습니다. 특히 윗사람과 면담하거나 회의에 참석해서 발언해야 할 때 스트레스를 많이 받았습니다. 그래서 윗사람과 대화하기 전이나 회의에 참석하기 전에 발

언할 내용을 미리 준비하고 연습했습니다. 이런 것들은 솔직이(FC)를 높이는 행동입니다. 솔직이(FC)가 강해서, 때론 약해서 문제가 있는 분은 이 책의 제2부에서 성격 캐릭터의 강하고 약한 부분을 조절하는 방법을 참고하시기 바랍니다.

솔직이(FC)의 특성을 나타내는 대표적인 단어

재미있는, 창의적인, 호기심이 많은, 활동적인, 유쾌한, 충동적인, 변덕이 심한, 표현력이 좋은, 감정적인, 외향적인, 즉흥적인, 솔직한, 천진난만한, 본능적인, 자유분방한, 자발적인 등

순응하는 아이자아, 끄덕이

끄덕이(AC)에 대해 알아보겠습니다. 끄덕이(AC)는 부모나 타인의 기대에 부응하기 위한 행동을 많이 합니다. "네"라고 말하면서 눈치를 보며 행동하고 자신의 의견이나 감정을 말하는 것을 꺼립니다. 울고 싶고 화나서 소리치고 싶어도 감정을 삭이며 드러내지 않습니다. 상황에 잘 적응하는 성격이며, 상대방과 타협하거나 맞춰가려는 겸손한 모습을 보일 때 끄덕이(AC)가 작용하고 있는 것입니다. 끄덕이(AC)가 강할수록 다른 사람의 의견에 순응하며 자신의 감정을 자제하고 타협하는 것이 생활화되어 있습니다. 자신이 하기 어려운 일이라도 상대방의 기대에 부응하기 위해 기꺼이 희생하며 다른 사람의 기분이나 말에 신경을 쓰며 과민하게 반응하는 경우가 많습니다. 그러나 상대방의 눈치를 보다 보

니 자신의 주관보다는 상대의 뜻대로만 하다가 자칫 의존적이 될 수도 있고 어렵거나 하기 싫은 일을 맡았을 때는 회피하고자 하는 마음이 생겨 시간을 낭비하는 경우도 있습니다. 끄덕이(AC)가 극단적으로 강할 경우 상대방을 제멋대로인 사람으로 만들 수 있으니 주의해야 합니다.

반면에 끄덕이(AC)가 약할수록 자기중심적인 경향을 보입니다. 주위를 전혀 의식하지 않고 말하거나 행동하기 때문에 점점 인간관계가 어려워집니다. 저는 한때 끄덕이(AC)가 지나치게 강해서 '너무 눈치를 보고 앞으로 나서지 않는다' '주도적이고 적극적이지 못하다'라는 소리를 들었습니다. 그래서 상대방 처지보다 내 입장을 먼저 확인하고 자기 주장을 적극적으로 펼치려고 노력했습니다. 이것이 끄덕이(AC)를 조절하는 방법입니다. 끄덕이(AC)가 강해서, 때론 약해서 문제가 있는 분은 이 책의 제2부에서 성격 캐릭터의 강하고 약한 부분을 조절하는 방법을 참고하시기 바랍니다.

끄덕이(AC)의 특성을 나타내는 대표적인 단어

순응하는, 타협하는, 협조적인, 온순한, 상대의 눈치를 보는, 겸손한, 걱정이 많은, 감정을 참는, 의존적인, 말꼬리를 흐리는, 주위를 의식하는, 적응을 잘하는, 자신을 잘 드러내지 않는, 타인 중심적인, 주위와 잘 맞춰가는, 주장하지 않는 등

똑같은 상황이라도 성격 캐릭터에 따라 각자 다른 말과 행동 양식을 보입니다. 내 주변에서 일어나는 여러 가지 일들에 대해 나와 주변

사람들은 어떻게 말하고 행동하는지 관찰해보세요. 그러다 보면 그 사람의 성격 캐릭터를 빠르게 파악할 수 있습니다. 각각의 다섯 가지 자아 특성을 표현하는 대표적인 단어들을 미리 알고 있는 것도 더욱 도움이 됩니다.

personality

"에고그램으로 읽어내는 마음의 자화상"

우리는 거울을 보며 자세를 바르게 하거나 복장을 매만집니다. 마찬가지로 마음속을 거울에 비출 수 있다면 왜곡된 마음을 보고 그것을 수정할 수 있습니다. 자기 마음의 상태를 거울에 비추는 구체적인 방법으로 에고그램(Egogram)이라는 것이 있습니다.[6] '마음의 자화상'이지요. 에고그램은 교류분석의 창안자인 에릭 번의 수제자 존 듀세이(John Dusay)가 개발했습니다. 에고그램은 교류분석을 활용한 심리검사로, 자신의 자아상태 가운데 어느 것이 심리적 에너지의 주도권을 잡고 있는지, 또는 힘이 가장 약하게 작용하는지에 주의를 기울여서 심리적 에너지의 분배 정도를 파악하고, 자신의 사고, 감정, 행동 패턴을 발견해서 자기성장과 변화, 인간관계 증진과 개선을 도모하는 심리검사입니다. 자아상태 각 부분 간의 관계와 외부로 방출되고 있는 심리적 에너지의 양을 수치화해 그래프로 나타냈습니다.[7]

에고그램의 창안자 듀세이는 '항상성의 가설'을 주장했습니다. 전체 에너지의 총량이 일정하다면 어느 자아상태의 에너지가 증가할 때 다른 자아상태의 에너지가 감소한다는 것입니다. 이를 에너지 보존 법칙이라고도 합니다. 따라서 에고그램을 변화시키는 가장 좋은 방법은 비활성화된 자아상태의 에너지를 의도적으로 높이는 것입니다. 낮은 에너지의 자아상태를 활성화시키면 높은 자아상태는 에너지 보존 법칙의 원리에 따라 자동적으로 낮아지기 때문입니다.

듀세이는 에고그램 심리검사 방법으로 직관법을 제시했습니다. 자신의 다섯 가지 자아상태의 움직임과 그 양을 직관으로 측정하고 그 결과를 수치화해 그래프로 그리는 방법입니다. 일본에서는 간편하고 객관적인 검사 방법으로 설문지법이 처음 개발되었습니다.[8] 미국에서도 설문지가 개발되었으나 널리 활용되지는 않고 있습니다.[9] 우리나라에서는 한국교류분석연구소가 일본교류분석협회 에고그램 설문지를 한국 실정에 맞게 재개발해 사용하고 있습니다. 동 연구소에서는 1988년 한국형 에고그램 설문지를 1차 개발한 이후 1998년 2차, 2004년 3차, 2011년 4차에 걸쳐 수정 보완 작업을 계속 진행하고 있습니다.

에고그램으로 자기분석을 하려면 먼저 자신의 화끈이(CP) 정도, 즉 자녀나 후배들을 엄하게 대하고 그들의 실수를 용납하지 않는 성향이 중간 이상인가, 아니면 주위 사람에게 후하며 책임을 그다지 추궁하지 않는 관대한 성향인가를 생각해서 중심을 기준으로 어느 정도 높은지 또는 낮은지를 정해 그래프를 그립니다. 같은 방법으로 포용이(NP) 정도, 다른 사람을 돌보거나 곤란한 처지에 있는 사람을 돕는 마음이 중간 이상인가, 아니면 남을 동정하거나 돌보거나 헤아려주는 일이 그다지 없는 중간 이하인가를 판단해 중심을 기준으로 어느 정도 높은지 또는 낮은지를 정해 그래프를 그립니다. 침착이(A)도 마찬가지로 현상을 관찰하거나 분석하기 위해 신중하거나 타인의 의견을 참고로 하여 냉정한 결단을 내리는 쪽이며, 침착이(A)가 약하다는 것은 타인의 의견에 끌려 다니거나 즉흥적으로 행동하며, 결단하는 데 냉정함이 부족하다는 것을 의미합니다. 솔직이(FC)에 대해서는 희로애락을 자유로이 표현할 수 있는지, 말하고자 할 때 말할 수 있는지, 직관의 정도가 어떤지를 생각해 중간의 상하 어딘지를 결정하고 그래프를 그립니다. 끄덕이(AC)는 무리해서라도 부모나 타인의 기대에 따르려고 하며 남의 말에 마음이 걸려 자기의 주장을 내세우지 못하는 등 자아가 낮다면 끄덕이(AC)의 정도는 높고, 그 반대로 자기는 가치 있는 인간이라는 확신이 있으며 자기희생 없이 일하려고 하고 자아가 높다면 끄덕이(AC)의 정도는 낮아집니다. 이런 점들을 고려해서 그 정도를 그래프로 표시합니다.

이렇게 자기 자신의 에고그램을 다 표시하면 스스로 평상시 인간관계에서 수정할 부분은 없는지 성찰해봅니다. 또 바람직한 모습을 다른 색의 그래프로 표시해서 높낮이가 어떻든 그 차이를 메꾸려는 노력이 자기변혁을 위한 수정 행동이 되는 것입니다.

자기의 에고그램을 ①가정에서의 모습 ②직장에서의 모습을 따로 작성하여 환경에 따라 변화하는 자신을 알아보는 것도 좋은 방법입니다.

또한 ①배우자가 보는 자신의 모습 ②상사와 동료 또는 부하직원이 보는 자신의 모습을 가족이나 동료들에게 그리게 해 타인의 평가를 아는 것도 좋습니다. 이처럼 '마음의 자화상'과 같은 에고그램을 통해 자기 행동의 일반적 경향을 알 수 있고 만약 편향이 있다면 끊임없이 수정해 이를 시정해야 합니다. 그러면 보다 좋은 대인관계를 맺고 풍요로운 인생으로 바뀔 수 있습니다.

| 제2부 |

성격을 알면 관계가 좋아진다

personality

"에고그램 성격심리검사"

1) 설문지법

간편하게 효과적으로 성격을 알 수 있는 방법입니다. 현재 성격심리검사 도구로 가장 많이 활용되고 있는 에고그램 설문지법은 다섯 가지 자아상태별로 10개의 핵심 특성을 뽑아 총 50문항으로 구성되어 있습니다. 자아상태별로 문항을 묶어둔 '집중형'과 문항 간의 영향을 최소화하기 위해 자아상태와 관계없이 산포시킨 '분산형' 두 종류가 있습니다. 에고그램은 상황과 시기에 따라 달라질 수 있으므로 사회생활과 가정생활 각각의 에고그램을 그려보는 것이 좋습니다. 6개월마다 검사하고 그 결과를 분석해보면 자신에 대해 더 깊게 이해할 수 있습니다. 나를 잘 아는 지인에게 나의 에고그램을 그리게 할 수도 있습니다. 이것은 다른 사람이 본 나의 모습, 즉 '타화상'입니다.

이 책 부록에 있는 설문지를 복사해서 에고그램 성격심리검사를 스스로 해봅시다. [설문지 일반용]을 선택했다면 사회생활에서 보여주는 자신의 모습을, [설문지 가정용]을 선택했다면 가정생활에서 보여주는 자신의 모습을 생각하면서 빠르게 응답합니다. 보통 5척도나 3척도로 반응하게 하나 중심화 경향, 변별력 미흡 등의 이유로 이 책에서는 4척도를 채택했습니다. '항상 그렇다' 3점, '자주 그렇다' 2점, '가끔 그렇다' 1점, '거의 그렇지 않다' 0점입니다.

검사를 하기 전에는 주의사항을 충분히 전달하는 것이 중요합니다. 꼭 전달해야 할 필수 주의사항은 네 가지입니다. 첫째, 에고그램 검사는 개인의 능력을 측정하는 검사가 아니다. 둘째, 이것의 목적은 개인의 기본적 성향을 알아보고 자신과 타인을 이해하며 건강한 가정생활과 사회생활을 할 수 있도록 도움을 주는 것이다. 셋째, 각 문항을 읽은 다음 자신의 일관된 상태를 가장 잘 나타내는 정도를 솔직하게 숫자로 적는다. 넷째, 자신이 바라는 것이 아니라 현재 느끼고 행동하는 정도를 표시한다.

전체 50개 문항을 모두 체크하면 줄별로 세로 합계점수를 냅니다. 다섯 개의 합계점수로 수록한 에고그램 분석지에 에고그램을 그립니다. 마지막으로 유형 코드를 확인합니다. 판정 기준은 21점 이상은 A, 10점에서 20점까지는 B, 9점 이하면 C입니다.

중소기업을 경영하는 CEO인 50대 A씨의 사례를 살펴보겠습니다. 그는 에고그램 검사 결과, 자아상태별로 화끈이(CP) 24점, 포용이(NP) 8점, 침착이(A) 21점, 솔직이(FC) 6점, 끄덕이(AC) 23점이 나왔으며, 코드는 ACACA인 스트레스 억제 유형입니다. A씨는 입버릇처럼 이렇게 말합니다.

"내가 늙어서 그런가? 젊은것들은 도대체 이해가 안 돼! 예의는커녕 제멋대로에 일보다는 노는 게 우선이야. 주의를 주려고 하는데 잔소리 많은 꼰대라는 소리도 듣기 싫고 정말 어쩔 수가 없네."

"요즘처럼 불황이 길어지면 우리 같은 중소기업은 자금 구하기가 하늘에서 별 따기야. 기관이나 은행에서는 머리를 조아리고, 거래처 마음에 들려면 원하는 대로 맞춰줘야 하고……. 답이 없다."

"시장조사도 내가 하고 친구들이랑 골프도 안 치면서 일에만 매달리는데 너무 피곤하다. 최근에는 위통도 있었고 소화도 잘 안 된다. 혈압 때문인지 머리도 무겁고 개운치 않고, 잠도 안 오고……."

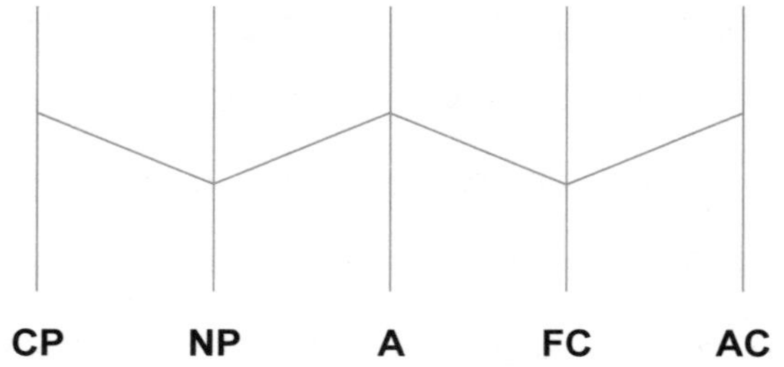

[그림 2] 위장장애를 호소하는 중소기업 CEO A씨의 에고그램

에고그램(그림 2)을 보면 A씨는 화끈이(CP)가 강해서 타인의 행동에 신경 쓰면서도 끄덕이(AC)가 강해서 그것을 솔직하게 말하지 못하고 거래처나 은행 담당자 앞에서도 머리를 숙입니다. 반면 포용이(NP)와 솔직이(FC)가 약하고 침착이(A)는 강해서 사람에 대한 이해심도 부

족하고 오직 일밖에 모릅니다. A씨는 자신이 젊었을 때의 습관이나 기준으로 젊은 사람들을 규제하려 하지 말고 화끈이(CP)를 조절해서 종업원에게 자율성을 부여해야 합니다. 또한 솔직이(FC)를 높이고 끄덕이(AC)를 조절하기 위해서 휴일에 편히 쉬어야 하며 본심을 억누른 채 상대방을 의식해서 하는 마음에도 없는 말을 줄이도록 노력해야 합니다. 상태가 이대로 계속된다면 A씨의 에고그램은 강한 곳은 더욱 강해지고 약한 곳은 더욱 약해져서 고혈압이나 위궤양이 심해질 수 있습니다. 무엇보다도 화끈이(CP) 행동을 줄이고 포용이(NP) 행동을 늘리는 것이 선결과제입니다. 이것만으로도 스트레스가 낮아지고 위장 장애를 완화시켜 머리나 어깨가 가벼워질 것입니다.

2) 직관법

직관법은 교류분석의 기본개념을 사용해 직관적으로 에고그램을 그리는 방법입니다. 내관법이라고도 하지요. 다섯 가지 자아가 심리적 에너지를 각각 어느 정도 방출하는지를 직관적으로 파악하고 막대 또는 꺾은선그래프로 나타내는 것입니다. 직관법은 간편하고 효과적이지만, 교류분석을 어느 정도 이해하는 동시에 자기성찰 능력도 갖추어야 사용할 수 있는 방법입니다.

각각의 자아가 얼마나 강하고 약한지 여부를 7척도로 판단합니다('매우 강하다' 7점, '강한 편이다' 6점, '약간 강하다' 5점, '중간이다' 4점, '약간 약하다' 3점, '약한 편이다' 2점, '매우 약하다' 1점). 먼저 화끈이(CP)의 에너지 정도를 판단합니다. 아이들이나 후배에게 엄하고 시간이나 금전 문제에 엄격하며 잘못을 용서하지 못하는 편이면 높은 것이고, 주위 사람에게 후하며 책임을 그다지 추궁하지 않고 완벽주의자가 아니라면 낮은 것입니다.

두 번째는 포용이(NP)의 에너지 정도를 판단합니다. 자녀나 타인을 돌보기 좋아한다든가 곤란한 처지에 있는 사람들을 위로하거나 격려하는 등 헤아려주는 마음이 강한 편이면 높은 것이고, 남을 동정하거나 보살펴주는 것을 싫어하는 등 다른 사람을 배려해주는 마음이 그다지 없는 편이면 낮은 것입니다.

세 번째는 침착이(A)의 에너지 정도를 판단합니다. 현상을 꼼꼼하게 관찰하거나 분석하고, 다른 사람의 의견을 참고해서 냉정한 판단을 내리는 편이면 높은 것이고, 타인의 의견에 끌려다니거나 기분에 따라 즉흥적으로 행동하는 편이면 낮은 것입니다.

네 번째는 솔직이(FC)의 에너지 정도를 판단합니다. 희로애락의 감정을 자유롭게 표현할 수 있고, 무언가 말하고 싶을 때 자연스럽게 말하는 편이면 높은 것이고, 희로애락의 감정을 표현하는 것이 어렵고 말하고 싶은 것이 있어도 되도록 자제하는 편이면 낮은 것입니다.

마지막으로 끄덕이(AC)의 에너지 정도를 판단합니다. 무리해서라도 부모나 타인의 기대에 따르려고 하며 자기의 주장을 잘 내세우지 못하는 편이면 높은 것이고 혼자서도 잘할 수 있다는 자신감이 있으며 상대에 맞추기보다는 자신의 입장을 고집하는 편이면 낮은 것입니다.

이를 종합해 '매우 강하다, 강한 편이다' A, '약간 강하다, 중간이다, 약간 약하다' B, '약한 편이다, 매우 약하다' C로 판정해 성격유형 코드를 완성합니다. 지금까지 작업한 것을 종합해보겠습니다. 예를 들어, 화끈이는 3점, 포용이는 6점, 침착이는 5점, 솔직이는 2점, 끄덕이는 7점이라면 이 사람의 성격유형 코드는 BABCA입니다.

이렇게 직관법으로 에고그램을 찾는 방법을 알아보았습니다. 더 간편하게 다섯 가지 자아 간 에너지의 상대적 차이, 즉 가장 많은 양과 가장 적은 양의 에너지를 방출하는 것이 무엇인지를 파악하고 막대 또는 꺾은선그래프로 그리는 방법도 알아봅시다.

먼저 다섯 가지 자아 중 가장 강한 자아 하나를 선택합니다. 그리고 강한 정도를 구분합니다. '매우 강하다' 7점, '강한 편이다' 6점 중에서 결정합니다. 다음에는 반대로 남은 네 가지 자아 중 가장 약한 상태 하나를 선택합니다. 그리고 역시 약한 정도를 구분합니다. '매우 약하다' 1점, '약한 편이다' 2점 중에서 결정합니다. 계속해서 남은 세 가지 자아 중 두 번째로 강한 것을 생각합니다. 그리고 강한 정도를 구분합니다. '강한 편이다' 6점, '약간 강하다' 5점 중에서 결정합니다. 이번에는 반대로 두 번째로 약한 것을 남은 두 자아 중에서 선택합니다. '약한 편이다' 2점, '약간 약하다' 3점 중에서 결정합니다. 이제 하나의 자아가 남았습니다. 나의 다섯 가지 자아상태 중 심리적 에너지가 중간 정도인 자아입니다. 이것 역시 에너지의 정도를 '약간 강하다' 5점, '보통이다' 4점, '약간 약하다' 3점 중에서 결정합니다. '매우 강하다, 강한 편이다' A로, '약간 강하다, 보통이다, 약간 약하다' B로, '약한 편이다, 매우 약하다' C로 판정해 성격유형 코드를 완성합니다.

지금까지 작업한 것을 종합해보겠습니다. 예를 들어, 가장 강한 자아가 통제적 부모자아이고 그 정도가 '매우 강하다'라면 화끈이(CP)는 A입니다. 가장 약한 자아가 자유로운 아이자아이고 그 정도가 '매우 약하다'라면 솔직이(FC)는 C입니다. 두 번째로 강한 자아가 어른자아이고 그 정도가 '강한 편이다'라면 침착이(A)도 A입니다. 두 번째로 약한 자아가 양육적 부모자아이고 그 정도가 '약간 약하다'라면 포용이(NP)는 B입니다. 마지막으로 남은 자아가 순응하는 아이자아이고 그 정도가 '약간 강하다'라면 끄덕이(AC)는 B입니다. 이 결과를 화끈이, 포용이, 침착이, 솔직이, 끄덕이 순서로 나열하면 ABACB가 됩니다. 이것이 그 사람의 성격유형 코드입니다.

personality

"성격유형을 해석하는 방법"

이처럼 에고그램에서는 다섯 가지 자아가 각각 어느 정도 강한지를 직관법이나 설문지법을 이용해 테스트합니다. 자아의 심리적 에너지의 강도를 진단해 그래프로 만들고 그 사람의 성격이 어떤 유형인지 종합적으로 판단합니다.

그래프에서 튀어나온 부분이 자신에게 강한 자아로, 이는 성격에 영향을 미쳐 그 사람 고유의 특징을 만듭니다. 특히 말이나 행동의 패턴을 결정합니다. 이와 같이 에고그램에서는 우선 가장 높은 점수의 항목에 주목합니다. 차이가 확연하지 않은 경우에는 가장 높은 것과 그다음으로 높은 것을 봅시다. 둘 또는 셋이 같은 높이라면 다양한 성향을 함께 가지고 있는 성격이라는 이야기입니다. 우위를 보이는 심리적 성향과 특징만이 그 사람의 성격을 나타내는 것은 아닙니다. 가장 낮은 점수로 아래쪽에 표시된 자아의 영역에도 주목해야 합니다. 그것은 그 사람에게 가장 결여된 심리 성향입니다. 또 다섯 가지 자아의 점수가 높고 낮은 것에만 집착해서도 안 됩니다. 다섯 가지 자아의 점수를 이은 것이 어떤 형태인지도 중요합니다. 어떤 형태가 좋다거나 나쁘다는 의미는 아닙니다. 그 사람이 처한 상황이나 입장, 혹은 직업이나 직종과의 관계도 살펴보아야 합니다. 이때 어떤 영역이 강하거나 약한 성향이더라도 각각 긍정적 측면과 부정적 측면이 모두 있다는 것에 유의해야 합니다. 예를 들면 포용이(NP)도 적절할 때 다른 사람을 이해하고 돌봐주는 모습이지만 지나치면 과보호, 모자라면 다른 사람에게 무관심하고 냉담한 모습이 되어버립니다.

이러한 조건들을 충분히 고려해 개발한 것이 에고그램 243 성격유형 해설 자료집입니다. 이 자료집에서는 유형별 기본적 성향과 필요한 대인관계 방법을 설명했습니다. 기본적 성향은 제삼자의 관점에서 객관적으로, 대인관계 방법은 독자 여러분과 해당 유형과의 관계를 중심으로 정리했습니다. 에고그램 243 성격유형 해설 자료집을 만드는 데에는 오랜 시간이 걸렸습니다. 교류분석에 대한 지속적인 학습과 가정생활 및 사회생활에서의 경험이 필요했습니다.

그러나 이 책은 흔히 수집할 수 있는 일반적인 정보들을 성격유형별로 단순히 취합해 기술한 데서 그치지 않습니다. 교류분석을 이용해서 성격유형별로 본질을 찾으려고 노력했습니다. 깊은 성찰과 통찰력으로 성격유형별 핵심을 찾고 그것을 최소 분량으로 압축해서 만든 독창적인 창작물입니다.

해설 자료집 앞부분은 그 유형의 전체적인 특징을 중립적이거나 긍정적인 측면으로, 중간 부분은 앞부분을 보완하는 측면에서 구체적인 문제점이나 약점을, 뒷부분은 미래지향적으로 앞으로의 개선방안을 각각 기술했습니다. 자신의 성격유형뿐만 아니라 자신과 비슷한 성격유형의 해설 자료도 같이 읽어보기 바랍니다. 나 자신과 인간관계 개선에 관한 많은 통찰과 아이디어를 얻을 수 있을 뿐만 아니라, 자기성장과 변혁을 위한 인생 대백과사전이 될 것입니다.

훌륭한 에고그램, 이상적인 에고그램은 없습니다. 다만 어느 자아가 강하고 어느 자아가 약한지, 그래서 어디를 높이고 어디를 조절해야 하는지를 판별하는 기준은 설정할 수 있습니다. 소위 표준화 작업이라고 할 수 있습니다. 에고그램에서는 우리가 건강하게 잘 살기 위해서 포용이(NP), 침착이(A), 솔직이(FC)가 상대적으로 높아야 한다고 합니다. 특히 침착이(A)가 강해야 다른 자아들이 사이좋게 기능할 수 있다고 하지요. 화끈이(CP)와 끄덕이(AC)는 중간 정도가 적당하다고 합니다. 이론적으로는 화끈이(CP) B, 포용이(NP) A, 침착이(A) A, 솔직이(FC) A, 끄덕이(AC)는 B인 유형 BAAAB가 이상적인 편입니다.

예를 들어, '유형 No. 001(AAAAA)은 끄덕이(AC)가 강해서 상대방 입장을 의식한다, 유형 No. 002(AAAAB)는 끄덕이(AC)가 적당해서 협조적이고 타협을 잘한다, 유형 No. 003(AAAAC)은 끄덕이(AC)가 약해서 자기중심적이다, 제멋대로다'라고 해설했습니다. 앞서 설명한 기준에 따라 끄덕이(AC)가 중간 정도인 B일 때 긍정적으로, 강한 상태인 A일 때 지나치게 강해서 부정적으로, 약한 상태인 C일 때도 지나치게 약해서 부정적으로 해설했습니다. 결국 화끈이(CP), 포용이(NP), 침착이(A), 솔직이(FC), 끄덕이(AC)가 균형을 이루고 사이좋게 지낼 때 정신적으로 건강하다고 할 수 있겠죠. 자신을 정확하고 올바르게 이해하며 건강한 모습으로 성장하고 변화하기 위해서는 기본적 성향을 충분히 연구해야 합니다. 단 한 번이 아니라 적어도 6개월 간격으로 연 2회 이상 반복해서 검사함으로써 자신의 성장과 변화의 방향, 그 정도를 확인할 수 있습니다. 가족, 친구, 동료 등 다른 사람을 검사하는 경우에는 그 사람의 성격유형의 기본적 성향뿐만 아니라 대인관계 방법을 연구하기 바랍니다. 그 사람에 대해 평소에 수집한 정보나 직접 관찰한 내용까지 추가해서 메모해둔다면 여러분만의 인간관계 가이드북이 만들어질 것입니다.

personality

"관계가 좋아지는 성격유형별 말과 행동"

에고그램 진단으로 우리는 어느 자아상태가 높고 낮은지를 알 수 있습니다. 또한 에고그램을 통해 성격을 원하는 방향으로 바꿀 수도 있습니다. 물론 성격에는 변화시킬 수 없는 영역이 존재합니다. 그러나 다섯 가지 자아상태 가운데 낮은 자아의 성장을 촉진해 자신에게 부족한 에고그램을 균형적으로 수정할 수는 있습니다. 자아상태가 지나치게 편향되지 않을 때 인간관계에서 오는 피로감이 줄어들고, 다양한 사람들과 자신 있게 소통하며 원만한 인간관계를 만들 수 있습니다

앞서 언급한 것처럼 듀세이는 자기성장과 변화를 위해서 강한 자아를 낮추는 것보다 약한 자아를 올리는 것이 효과적이라고 말합니다. 특정 자아상태가 낮으면 그에 해당하는 말투를 적게 사용하므로, 낮은 자아상태를 끌어올리기 위해서는 낮은 자아상태의 말투를 자주 사용하는 것도 한 가지 방법입니다. 예를 들면 끄덕이(AC)가 낮을 때 "죄송합니다.

많이 도와주십시오" "좋을 대로 하십시오. 제가 그렇게 따르겠습니다" "잘 부탁드리겠습니다"와 같은 말을 자주 사용함으로써 끄덕이(AC)를 활성화해 자아상태의 균형을 이룰 수 있습니다. 그럼 다섯 가지 자아상태별로 낮은 자아를 높이는 방법에 대해 자세히 알아보겠습니다.

화끈이(CP)를 높이기 위해서는 좋고 싫음, 긍정 부정을 분명하게 말하도록 노력해야 합니다. 즉, 애매한 말투를 피하는 것이 좋습니다. 또 다른 사람들의 생각은 신경 쓰지 말고 자신의 발언을 적극적으로 주장하며 분명하게 자기주장을 펼치는 것이 중요합니다. 무엇이든 쉽게 양보하지 말고 끝까지 노력해보는 겁니다. 자기 자신에게 좀 더 높은 수준을 요구하며 자신과 타협하지 않도록 합시다.

포용이(NP)를 높이기 위해서는 되도록 상대방의 바람직한 점을 칭찬해보도록 합니다. "알겠어요" "그렇군요"라고 동의하는 등 상대방의 기분을 배려하는 말을 해봅시다. 또 바쁜 사람의 일을 적극적으로 도와주는 것은 어떨까요? 상대방의 행동에 대해서는 반드시 '고맙다'라고 예의를 표현하는 습관을 들이는 것도 좋은 방법입니다.

침착이(A)를 높이기 위해서는 가능한 한 논리적으로 생각하도록 합시다. 생각하고 있는 것을 글로 표현해보는 것도 좋은 방법입니다. 어떤 일이든 피상적으로 지나치지 말고 어째서인지 그 이유를 스스로에게 물어봅시다. 일단은 사고하는 훈련이 중요합니다. 새로운 것에는 적극적으로 관심을 가지도록 합시다.

솔직이(FC)를 높이기 위해서는 평소에 자신이 느낀 것을 솔직하게 말해보는 것이 좋습니다. 또 다른 사람들을 재미있게 해줄 수 있는 화제를 모아 웃겨보도록 합시다. 일단 대화가 즐거워지도록 만드는 것이 중요합니다. 예술이나 스포츠 등에도 흥미를 갖고 적극적으로 도전해보십시오.

끄덕이(AC)를 높이기 위해서는 상대방의 입장이 되어 생각하고 나보다 먼저 상대방을 위하는 것이 좋습니다. 그러므로 우선 상대방의 이야기를 잘 들어야 합니다. 혼자서만 제안하는 것이 아니라 될 수 있으면 먼저 상대방의 제안에 따르도록 해봅시다.

■ 화끈이(CP)를 높이는 구체적인 말과 행동

① 약속과 규율을 반드시 지킨다.

② 맡은 업무는 책임지고 해낸다.

③ 공식적인 면담이나 회의에서 의견을 명확하게 밝힌다.

④ 공과 사를 구분해 행동한다.

⑤ 등을 꼿꼿하게 펴고 늘 자세를 바르게 한다.

⑥ 가훈이나 생활신조, 좌우명을 작성한다.

⑦ 동작이나 행동을 크게 한다.

⑧ 상대방의 좋지 않은 행위에는 주의를 준다.

⑨ 큰 목표를 세우고 소신껏 행동한다.

■ 포용이(NP)를 높이는 구체적인 말과 행동

① 상대방의 입장에서 생각한다.

② 가족이나 동료에게 상냥한 말을 건넨다(고마워, 잘했어).

③ 상대를 지지하고 용기를 북돋아준다.

④ 봉사활동에 참가한다.

⑤ 다른 사람의 일을 적극적으로 도와준다.

⑥ 상대방의 장점을 파악하려고 한다.

⑦ 가족들에게 가벼운 스킨십을 한다.

⑧ 관대한 애정으로 사람을 친절하게 대한다.

⑨ 자녀와 타인을 잘 보살핀다.

■ 침착이(A)를 높이는 구체적인 말과 행동

① 어떤 문제든 피상적으로 지나치지 않고 이유를 알아본다.

② 이야기할 때 감정 기복을 일으키지 않는다.

③ 계획을 잘 세워서 그 계획에 따라 실행한다.

④ 사실에 입각해 객관적으로 생각한다.

⑤ 확실한 예산을 세워 행동한다.

⑥ 숫자 감각을 익히는 습관을 기른다.

⑦ 약속 시간을 정확하게 맞춘다.

⑧ 중요사항을 육하원칙에 근거해 기록한다.

⑨ 이해당사자 모두에게 찬반 의견을 묻고 결정한다.

■ 솔직이(FC)를 높이는 구체적인 말과 행동

① 예술이나 취미에 관심을 갖는다.

② 생각을 하면 곧바로 행동에 옮긴다.

③ 자질구레한 일에 구애받지 않는다.

④ 사물에 대해 강한 호기심을 갖는다.

⑤ 마음 내키는 대로 하고 싶은 일을 한다.

⑥ 자신의 의견을 솔직하게 이야기한다.

⑦ 매사에 낙관적으로 생각하고 행동한다.

⑧ 감정을 적극적으로 표현한다.

⑨ 명랑하고 활발하게 행동한다.

■ 끄덕이(AC)를 높이는 구체적인 말과 행동

① 타인의 이야기에 귀를 기울인다.

② 겸손하게 상대방에게 맞추도록 노력한다.

③ 생각이나 행동을 지나치게 주장하지 않는다.

④ 적당히 자신을 억제한다.

⑤ 항상 주위 사람을 배려한다.

⑥ 풍파를 일으키는 일은 하지 않는다.

⑦ 제안하기보다는 상대방의 제안을 수용한다.

⑧ 불만이 있더라도 참고 드러내지 않는다.

⑨ 상대방의 마음에 들도록 노력한다.

personality

"휘둘리지 않는 성격유형별 말과 행동"

앞서 살펴본 바와 같이 듀세이의 에너지 불변성 가설에 따르면 자기성장과 변화를 위해서는 자신의 에고그램에서 낮은 곳을 높이는 것이 가장 효과적인 방법입니다. 에고그램에서 높은 곳은 오랫동안 습관화된 것이므로 쉽게 내려오지 않습니다. 반면 낮은 자아상태를 높이면 동시에 높은 곳이 자연스럽게 내려오게 됩니다. 그러나 지나치게 높은 자아는 조심해야 합니다. 높은 자아 때문에 발생하는 부정성이 최소화되도록 조절하는 것이 중요합니다. 대인관계를 개선하기 위해 내가 타인의 낮은 곳을 높일 수는 없습니다. "인간관계를 개선하기 위해서 지나가버린 과거를 바꿀 수 없듯이 타인을 바꿀 수는 없다. 바꿀 수 있는 것은 오직 지금-여기에 있는 나 자신뿐이다"라는 말이 있습니다. 나를 바꿔서 다른 사람도 바뀌도록 도와줄 수 있을 뿐입니다. 무엇보다 우선 타인의 높은 자아를 부정적으로 보고 비난하기보다는 긍정적으로 이해하고 인정해주는 노력이 필요합니다. 그러면 상대도 나의 높은 곳을 긍정적으로 보려 하겠지요. 세상에는 다양한 사람이 존재하며, 현실적으로 내가 원하는 사람이나 나와 맞는 사람들만 만날 수는 없습니다. 그러니 다섯 가지 자아상태별로 각각 높은 자아를 가진 사람들과 어떻게 관계를 맺고 소통해야 하는지 알면 상대에게 휘둘리지 않고 사람들과 유연하게 교류할 수 있습니다.

화끈이(CP)가 높은 사람에게는 우선 당신이 성실한 사람이라는 인상을 심어주는 것이 좋습니다. 화끈이(CP)들은 대부분 불성실한 사람을 싫어합니다. 그러므로 약속 시간을 엄수해야 합니다. 과장된 이야기를 자제하고 반사회적, 반도덕적인 화제도 피하는 것이 좋습니다. 이런 사람이 상사나 단골 거래처의 담당자라면, 일을 정확하게 수행하길 원할 것입니다. 그러므로 부지런히 일의 진행사항을 보고해 안심할 수 있도록 합시다. 나에게도 화끈이(CP) 성향이 강하다면 지나치지 않도록 조절해야 합니다.

포용이(NP)가 높은 사람에게는 공사 전반에 걸쳐 거리낌 없이 상담하는 것이 좋습니다. 이들은 다른 사람을 보살피기 좋아하는 성격이므로 도움 요청을 결코 거절하지 않습니다. 오히려 자신에게 의지해오는 사람이 많을수록 기뻐합니다. 때로는 약간의 응석과 애교도 필요합니다. 그렇게 하면 더욱 사랑과 독려를 받을 수 있습니다. 나에게도 포용이(NP) 성향이 강하다면 지나치지 않도록 조절해야 합니다.

침착이(A)가 높은 사람에게는 계산을 확실히 해야 합니다. 이들은 이해관계를 중요하게 여기기 때문이지요. 자신에게 득이 되는 이야기에만 흥미를 보이기 때문에 보상으로 그 사람이 힘들어하는 분야의 정보 같은 것을 제공하며 타협한다면 반겨줄 것입니다. 대부분 분석에 능하므로 이야기는 구체적으로 전개하는 것이 좋습니다. 어설픈 농간은 부리지 않습니다. 나에게도 침착이(A) 성향이 강하다면 지나치지 않도록 조절해야 합니다.

솔직이(FC)가 높은 사람에게는 명랑하고 화기애애한 분위기로 다가가는 것이 좋습니다. 이들은 재미있는 화제나 흥겨운 분위기를 좋아합니다. 지나치게 흥에 겨워 몰입해버리지 않을 정도로만 띄워주는 것이 좋은 방법입니다. 새로운 것에 호기심이 많으므로 아무도 모르는 화제를 꺼내하면 매우 기뻐합니다. 가능한 한 밝게 웃는 얼굴로 대하되, 무심코 상처 주는 말을 했다가는 돌변하기 쉬우므로 주의할 필요가 있습니다. 하지만 그렇다고 해서 지나치게 신경을 쓴다면 직감이 예민한 이들이 곧 그것을 눈치채고 속마음을 보이지 않게 됩니다. 나에게도 솔직이(FC) 성향이 강하다면 지나치지 않도록 조절해야 합니다.

끄덕이(AC)가 높은 사람에게는 자신도 같은 편이라는 태도를 취하고 그의 의견을 존중할 필요가 있습니다. 집념이 강한 성격이므로 적의를 품지 않도록 신중하게 대해야 합니다. 나에게도 끄덕이(AC) 성향이 강하다면 지나치지 않도록 조절해야 합니다.

| 제3부 |

성격을 알면 성과가 올라간다

personality

"고객응대의 네 가지 핵심 포인트"

고객에 대한 서비스는 한마디로 마음가짐입니다. 물론 기본적인 예절이나 동작, 말씨와 같은 태도 훈련도 필요하지만, 마음에서 우러나오는 친절한 배려가 더욱 중요합니다. 친절한 서비스는 고객에게 진한 감동을 줄 뿐만 아니라 고객과의 커뮤니케이션과 관계를 원만하게 해 자연스럽게 업무성과를 높입니다. 따라서 단지 업무 활동으로써만이 아니라 진정으로 고객의 편의를 위해서 응대하는 마음 자세가 중요합니다.

교류분석에서는 '나의 인생도, 당신의 인생도 OK'라는 입장을 중요하게 생각합니다. 그리고 판매사원의 자기통찰 및 고객과의 바람직한 대화와 교류에서 OK-OK 관계를 구축할 수 있는 실천적인 방법을 제공합니다. 고객은 판매사원과의 상호작용으로 더 좋은 조건에서 자신의 욕구를 충족하길 희망하며, 판매사원 역시 회사와 자신의 이익을 보호하면서도 고객의 욕구를 채우도록 노력해야 합니다. 따라서 판매사원은 고객의 욕구, 구매심리와 행동특성을 정확하게 이해해야 하며 이를 바탕으로 바람직한 고객응대 스킬을 개발해야 합니다. 예를 들어, 자꾸 밖을 쳐다보는 여성 고객에게 판매사원이 "손님, 무슨 급한 일이 있으신가요?"라고 물었을 때, "남편과 아이들이 차에서 기다리고 있어서요"라고 답한다면 "아! 그러시군요. 빨리 처리해드리겠습니다"라는 식으로 고객의 마음을 읽어주는 말 한마디가 필요합니다. 만약 이런 판매사원이라면 불과 3초 이내의 짧은 대화에서도 고객심리를 잘 파악하는 순발력 있는 사람입니다. 고객 역시 만족스러운 표정을 짓게 될 것입니다.

상황에 따라 변화무쌍해지는 고객의 마음을 적절하게 포착할 수 있는 이해력과 즉각 대응할 수 있는 표현력은 어떻게 해서 생길까요? 고객에 대한 성실한 마음이 있다면 당연히 인사도 하게 되고 고객의 이야기에 귀를 기울일 수 있습니다. 또한 고객에게 유용한 정보를 제공하기 위해 자료 수집이나 연구도 하게 됩니다. 이처럼 고객을 한 사람의 인간으로서 대하고 마음의 교류를 소중히 실천한다면 차갑고 형식적인 서비스에서 조금이라도 벗어날 수 있습니다.

고객은 다양합니다. 고객을 만족시킬 수 있는 고객응대 서비스도 그만큼이나 다양합니다. 따라서 단순한 암기나 반복훈련만으로는 고객의 마음을 움직이기 어렵습니다. 판매현장의 돌발적인 상황에서 적합하게 고객응대를 하고 고객응대의 기본적인 마인드를 갖추는 데 교류분석을 활용할 수 있습니다.

기본적으로 포용이(NP)를 중시하라

만약 자신의 포용이(NP)가 그다지 높은 편이 아니라면 포용이(NP)를 높이기 위한 방법에 관심을 갖습니다. 서비스의 질이 좋은 초일류 호텔이나 레스토랑 등을 참고하는 것도 좋습니다. 물론 포용이(NP)를 높이는 것만이 고객응대의 전부는 아니지만 인간과 인간이 서로 감동하기 위해서 배려와 친절은 없어서는 안 되는 요소입니다.

다섯 가지 자아 활용에 익숙해져라

고객 행동 관찰에 감수성을 높이는 데 다섯 가지 자아상태 모델은 이해하기 쉽고 업무현장에 바로 적용할 수 있다는 특징이 있습니다. 그리고 연구하면 할수록 깊이가 깊어집니다. 따라서 초심자나 숙련자 모두에게 많은 도움이 됩니다. 자기 자신을 파악함으로써 스스로를 객관적으로 볼 수 있으므로 문제에 쉽게 대처할 수 있습니다. 고객응대의 기본적인 태도는 배려와 친절을 기본으로 한 포용이(NP)지만, 이성적이고 논리적인 고객에게는 침착이(A)로 사실에 근거한 정확한 정보를 제공해 신뢰를 높일 수 있습니다. 어린이 고객에게는 눈높이를 맞춰 솔직이(FC)로 즐거운 분위기를 만드는 것이 좋습니다. 놀이공원에서 근무하는 직원들이 인형탈을 쓰거나 재밌는 말투와 행동을 하는 것이 바로 솔직이(FC)의 모습입니다.

지나치게 권유하지 마라

의류매장에서는 판매사원들이 고객에게 흔히 옷을 입어볼 것을 권합니다. 그런데 이것이 오히려 고객의 체험을 방해한다는 사실을 알고 있나요? 판매사원의 지나친 권유는 고객에게 '옷을 입어보면 반드시 사야 할 것' 같은 심리적 부담감을 줍니다. 교류분석을 사용해서 해석한다면 판매사원의 화끈이(CP) 행동이 고객의 끄덕이(AC)를 불편하게 했기 때문입니다.

좋은 이미지를 남기도록 하라

남을 바꾸는 것은 어려운 일이지만 자신은 바꿀 수 있습니다. 주위 사람에게 부정적인 이미지를 주는 말이나 태도는 의식적으로라도 하지 않도록 합니다. 긍정적인 말과 태도를 사용하는 데 신경 쓴다면 부정적인 말이나 태도는 자연히 적어질 것입니다. 인생을 밝게 바라보고 주위를 환하게 하는 인성이 서비스에서도 큰 힘을 발휘합니다. 처음 만난 사람의 좋은 점을 빨리 알아차리는 연습도 이러한 것과 연관 있는 자기계발입니다. 서비스는 단순한 비즈니스의 수단이 아니라 이처럼 자기실현을 가능하게 하는 인생의 기회라고 생각하고 접근해야 합니다.

personality

“ 고객 유형별 구매심리와 대화 방법 ”

고객이 매장에 들어오는 순간부터 매장을 나설 때까지의 전 과정에서 판매사원이 교류분석을 활용해 고객의 심리와 요구를 정확히 파악하고 효과적으로 고객응대를 한다면 고객의 마음을 사로잡아 자연스럽게 거래가 성사됩니다. 판매사원은 각양각색의 고객을 상대로 판매 확률을 높이는 데 최선을 다해야 합니다. 그러기 위해서는 고객의 유형을 분류하고 어느 유형의 고객을 타깃으로 삼을 것인지를 명확히 해야 합니다. 또한 반드시 살 것 같은 사람에게 정확하게 말하고 행동하는 것이 우수 판매사원들이 성공을 거두는 최고의 비결입니다. 그들은 **매장에 들어온 고객이 어느 유형에 속하며, 어떤 상품이 필요한지, 어느 정도의 소비능력을 갖추고 있는지 재빨리 파악해서 그에 적합한 응대방식을 선택**합니다. 고객의 유형이 다르면 그에 따른 응대방식도 당연히 달라야 합니다. 그렇지 않으면 붕어 잡는 미끼로 잉어를 잡는 헛수고만 하게 됩니다. 우수 판매사원들은 고객이 매장에 들어왔을 때 고객이 취하는 행동을 보고 구체적인 유형을 판단한 다음 그에 따라 대응합니다.

■ 화끈이(CP)형 고객의 구매심리

① 스스로 상품을 선택하려는 의지가 강해 판매사원의 권유와 설득을 받아들이지 않습니다.

② 상품에 대한 하자나 트집거리를 잘 찾아내고 상품을 고를 때 신중합니다.

③ 밖에서 팔짱을 끼고 상품을 살펴보다가 마음에 드는 상품이 있어야 매장에 들어섭니다.

④ 상품을 구입할 때 멀어도 늘 거래하던 곳을 찾으려 합니다(단골 심리가 강함).

⑤ 자신의 의사결정을 방해하는 것 같은 느낌이 들면 불쾌해합니다.

⑥ 검소하고 수수한 것, 품격 있고 점잖은 상품을 선호하며 요란한 색상이나 야한 것에 거부감을 느낍니다.

⑦ 판매사원을 대하는 태도가 거만하고 까다로워 판매사원에게 불쾌감을 줄 수 있습니다.

⑧ 판매사원을 무시하는 태도를 보일 수 있습니다(고정된 성격 패턴).

■ 화끈이(CP)형 고객에게는 이렇게 말하자

① 상품 설명을 많이 하면 거부감을 갖거나 상품에 대한 의구심을 가지므로 상품 설명은 간단명료하고 정확하게, 판매 자세는 공손하고 친절하게, 상품 선택은 스스로 결정하게 해야 합니다.

② 처음 방문한 고객이라도 판매사원의 태도나 자세가 마음에 들면 단골이 되며 특정 판매사원의 태도나 말씨, 행동이 마음에 들면 항상 그 판매사원만 찾으려 합니다.

③ 판매사원의 태도나 자세가 못마땅하면 주위를 의식하지 않고 큰소리로 화를 낼 수 있습니다.

④ 상품을 선택할 때 '이건 어떠세요, 저건 어떠세요'보다는 '어떤 취향을 좋아하시는지 말씀해주시면 제가 도와드리겠습니다' '필요한 것을 말씀해주시면 제가 찾아보겠습니다'라고 하는 식으로 선택을 맡기는 태도가 효과적일 수 있습니다.

⑤ 다시 상품을 구입하기 위해 연락이나 방문을 했을 때 꼭 기억해주어야 하며 고객관리 시스템을 도입해 지속적으로 관리하면 단골고객으로 정착합니다. 스킨십을 사용하는 것을 주의해야 합니다.

이거 어떠세요, 저건 어떠세요?

⬇

어떤 취향을 좋아하는지
말씀해주시면
제가 도와드리겠습니다.

필요한 것을 말씀해주시면
제가 찾아보겠습니다.

→ One Point Guide

화끈이(CP)는 끄덕이(AC)를 부릅니다. 원칙을 강조하고 권위를 내세우는 화끈이(CP) 고객에게는 수용적이고 순응적인 끄덕이(AC) 반응을 통해 자신이 특별 대접을 받고 있다는 기분을 느끼게 합니다.

■ 포용이(NP)형 고객의 구매심리

① 판매사원을 호의적으로 대하며 상품에 대한 관심도 호의적입니다.

② 비싼 것을 경계하며 알뜰한 편이어서 실용성을 고려한 상품을 차분하고 꼼꼼하게 살펴보며 고릅니다.

③ 상품을 살펴보는 태도가 너무 진지하므로 꼭 구입할 것 같지만 마음에 드는 것을 정해놓고 구입은 다음으로 미루는 경우가 많습니다.

④ 상품을 구입할 의사를 가지고 있는 고객이라면 이번 방문에 좋은 상품이 있었을 때 다음 방문에도 좋은 상품이 있을 경우 꼭 구입할 수 있습니다.

⑤ 상품의 질, 경제적인 면, 판매사원의 태도에 따라 단골을 정하려는 경향이 있습니다.

⑥ 판매사원의 상품 설명에 공감을 잘해주어 판매사원이 '이 고객은 분명히 상품을 구입할 의사가 있구나'라는 성급한 판단을 하게 합니다. 그러나 구입하지 않고 '다시 생각해보고 다음에 구입하겠습니다'라고 말해 판매사원의 기대를 꺾고 애태우는 경우도 있습니다.

⑦ '미안해서 어쩌지' 하면서 이것저것 포장을 많이 풀어보고 착용해본 뒤 구입하지 않거나 값싼 것 하나만 구입할 수도 있습니다.

⑧ 구입하고 싶은 생각이 있어도 자제하려는 마음이 강합니다.

■ 포용이(NP)형 고객에게는 이렇게 말하자

① 외적으로 부드러운 인상이지만 내적으로는 보수적인 면을 가지고 있어 대하기 편해도 끝까지 예의를 갖춰야 합니다.

② 상품에 대한 합리적인 선택과 관리방법 등의 정보를 곁들여 상품 설명을 하면 효과적입니다.

③ 구입을 결정하는 데 망설일 수 있으므로 판매사원이 적당하게 조언해줄 필요가 있습니다.

④ 상품에 대한 질문에는 친절하고 자상한 음성으로 설명하는 것이 효과적입니다.

⑤ 다시 상품 구입을 위해 방문했을 때 반갑게 기억해주어야 합니다.

가벼운 스킨십을 해도 좋습니다. 고객이 먼저 인사하는 경우가 많습니다.

→ One Point Guide

포용이(NP)는 솔직이(FC)를 부릅니다. 고객을 염려하고 배려하는 따뜻한 포용이(NP)의 서비스는 고객의 불안한 심리를 해소해주고 고객의 요구를 미리 헤아려줌으로써 고객의 솔직이(FC)가 이해받는 기분을 느끼게 할 수 있습니다.

■ 침착이(A)형 고객의 구매심리

① 처음부터 상품을 구입하려 하기보다 상품 정보를 알아보려 합니다.

② 상품을 구입하기 전에 타사 상품과의 차이점에 대한 정보를 질문합니다.

③ 판매사원에게 꼬치꼬치 따지는 것 같고 까다롭다는 느낌을 줍니다.

④ 상품을 살펴보는 표정이 진지합니다.

⑤ 상품을 구입할 의사가 분명하지 않을 땐 착용하거나 샘플을 사용해보려 하지 않으며 만일 사용 시에는 '오늘 구입은 못하는데 사용해봐도 되나요?'라고 확실하게 의사를 밝힙니다.

⑥ 상품의 실용성, 합리성, 경제성을 상당히 고려합니다.

⑦ 대인관계 능력이 높고 지나친 냉정함과 침착함이 상대방에게 깐깐

하다는 인상을 줄 수 있습니다.

⑧ 상품 전반에 걸쳐 이미 정보를 많이 알고 있습니다.

■ 침착이(A)형 고객에게는 이렇게 말하자

① 고객의 질문에 대해 판매사원이 모르고 있다면 대충 설명하려는 태도를 버리고 확실하고 정확하게 근거 있는 정보로 설명해야 합니다.

② 고객 스스로 알아서 선택하므로 묻는 말에만 정확하게 대답해야 합니다.

③ 상품에 대한 사전지식이 충분하면 이 고객을 대하기가 훨씬 쉽습니다.

④ 판매사원이 타사 상품과 비교해서 설명하면 여기에 덧붙여 판매사원이 모르는 타사 상품 정보를 포함해 더 정확한 장단점을 말해주기도 합니다. 이때 불쾌해하지 말고 '중요한 것을 배웠습니다'라고 인정과 수용을 하면 고객에게 신뢰감을 줄 수 있습니다.

⑤ 다시 상품 구입을 위해 방문했을 때 '안녕하세요, 또 와주셨군요, 언제 ○○를 구입하셨죠?'라고 구체적으로 기억해주면 최고의 판매사원으로 인정받고 신용을 얻게 됩니다.

이건 어떠세요, 저건 어떠세요?

⬇

안녕하세요, 또 오셨네요.
지난달에 아내분과 같이 오셔서
부모님 선물로 머플러를 구입하셨죠?

→ One Point Guide

침착이(A)는 침착이(A)를 부릅니다. 신중하고 침착하며 논리적이고 이성적인 침착이(A) 고객에게는 정확하고 충분한 정보를 제공해야 합니다. 판매사원의 지식 부족, 잘못된 인식, 애매한 표현, 설명 결여는 고객이 불신하게 되는 부정적인 요인입니다.

■ 솔직이(FC)형 고객의 구매심리

① 향기나 색상, 디자인의 감각적인 면을 선호하며 옷은 화려한 것, 꽉 끼거나 펑펑한 것, 세련된 것을 좋아합니다.

② 자기 취향에 맞는 상품에 대해 정보가 많고 호감이 있어 금방이라도 구입할 것 같은 느낌을 줍니다.

③ 상품을 이것저것 많이 살펴보고 착용해보지만 정작 작은 것 하나만 구입할 수도 있습니다.

④ 다른 고객의 상품 선택에 한몫하는 경우도 있지만 구매 의욕을 꺾

어놓기도 합니다.

⑤ 구입할 형편이 아니어도 상품을 접하면 감탄하며 호의적 반응을 보입니다.

⑥ 갑자기 즉흥적으로 비상금이나 다른 곳에 써야 할 돈으로 충동구매를 했다가 부담을 느끼면 교환하거나 상품에 트집을 잡습니다.

⑦ 구입할 때는 침이 마르도록 좋아했어도 나중에 엉뚱한 소리를 하기도 합니다.

⑧ 일류가 아니면 안 된다는 생각이 강하고 유행하는 상품을 선호합니다.

■ 솔직이(FC)형 고객에게는 이렇게 말하자

① 고객의 기분을 맞추되 구입할 것이라는 들뜬 기대감으로 흥분하지 말고 끝까지 진지하게 대합니다.

② 기분을 맞춰주고 취향의 감각적인 면과 세련됨, 상품을 보는 안목을 인정해주면 단골고객이 될 뿐 아니라 스스로 주변에 알려주는 홍보 매체가 될 수 있으니 각별히 신경 써야 합니다.

③ 시원하게 상품을 선택해 판매사원의 기분을 전환해줄 때가 많습니다.

④ 고객의 질문에 시원시원하고 재치 있게 대답해주어야 합니다.

⑤ 다시 고객을 만나게 되었을 때 반가운 표정으로 '성격 좋고, 항상

밝고 웃는 모습이라 퍽 인상적이었습니다'라고 기억해주어야 합니다. 이때 판매사원과 동성일 때는 가벼운 스킨십을 하면 효과적이고 고객과 친해지기 쉽습니다.

→ One Point Guide

솔직이(FC)는 솔직이(FC)를 부릅니다. 스스럼없고 자연스러운 솔직이(FC) 서비스는 단골고객처럼 자주 보는 사이에서 고객의 솔직이(FC)를 기분 좋게 함으로써 서로 즐겁고 친구와 같은 편안함, 친근감을 느낄 수 있게 합니다.

■ 끄덕이(AC)형 고객의 구매심리

① 매장으로 쉽게 들어오지 않고 머뭇거리거나 판매사원의 적극적인 행동에 부담을 느낍니다.

② 상품 구입 시 판매사원에게 다그치듯 '~~ 있습니까?'라고 묻습니다.

③ 상품이 마음에 들어도 강매를 우려해 착용해보려 하지 않습니다.

④ 상품을 몇 가지 골라놓고 선택을 망설이고 결정을 내리지 않아 판매사원을 답답하게 할 수 있습니다(구입한 뒤 후회할까 봐 걱정하는 유형).

⑤ 상품에 관심을 기울일 때 상품 포장을 풀어버리면 사야 한다는 부담을 느낍니다. 이런 부분을 안심시키려면 친절하게 대해 신뢰감을

주어야 합니다.

⑥ 상품 설명을 많이 하면 자신을 설득하려 한다는 느낌을 받습니다.

⑦ 남을 의식하므로 비난받을 소지가 있는 상품은 절대 구입하지 않습니다(튀는 디자인, 지나치게 파인 옷, 화려한 액세서리, 향이 짙은 향수 또는 화장품 등).

⑧ 무난하고 고상하고 어두운 계열의 색상을 잘 선택합니다.

■ 끄덕이(AC)형 고객에게는 이렇게 말하자

① 구입에서 자신이 상품을 선택했다는 생각을 갖도록 한 뒤에 판매사원과 헤어져야 합니다. 그렇지 않고 판매사원의 권유나 설득으로 구입했다는 기분을 느끼면 불쾌해하며 반품, 교환으로 이어질 수 있습니다.

② 여러 개의 상품이 모두 마음에 들지만 한 가지만 선택해야 할 때 망설이다가 결정하지 못하고 애매한 태도를 취할 때가 많습니다. 계산을 끝낸 다음 '아니야. 저게 더 좋겠어' 하면서 교환해달라고 할 수 있습니다. 이때 고객의 변심에 눈살을 찌푸리면 단골고객을 놓치게 됩니다. 힘들게 구입하는 유형이지만 끝까지 이해하고 친절하게 대하면 단골고객이 확보됩니다(판매사원의 진을 빼는 유형).

③ 매사에 소극적이고 미안해하고 자격지심이 많고 자존심이 잘 상하니 각별히 신경 써서 친절하게 대하면 은혜를 잊지 않는 단골고객이

됩니다.

④ 상품을 구입했을 때 곧바로 '잘 선택하셨습니다'라고 지지해주어야 합니다.

⑤ 고객과 판매사원이 다시 만났을 때 기억해주지 못하면 자존심이 상할 수도 있습니다.

둘 다 괜찮아요.

⬇

정말 잘 선택하셨어요.
후회하지 않으실 거예요.

→ One Point Guide

끄덕이(AC)는 화끈이(CP)를 부릅니다. 의사결정을 하는 데 망설이거나 우물쭈물하는 끄덕이(AC) 고객에게는 안심할 수 있고 확고한 신념을 가지도록 예의를 지키면서도 자신 있는 화끈이(CP)로 응대하는 것이 효과적입니다.

personality

" 성과를 향상시키는 리더십 스타일 "

조직에서 인재의 중요성은 아무리 강조해도 지나치지 않습니다. 어떤 인재와 함께 일하느냐에 따라 조직의 성과가 크게 달라지기 때문입니다. 상황대응 리더십 프로그램은 세계적으로 폭넓게 활용되고 있는 직원 교육프로그램 중 하나입니다. 상황대응 리더십에서는 언제 어디서나 효과적인 정답 같은 리더십은 없고, 있다면 상황에 맞는 효과적인 리더십이 있을 뿐이라고 말합니다. 따라서 효과적인 리더십을 발휘하기 위해서는 상황 진단 기술이 무엇보다도 중요합니다. 상황을 정확하게 알아야 그에 알맞는 리더십을 발휘해서 리더십의 효과성을 높일 수 있기 때문입니다.[10)]

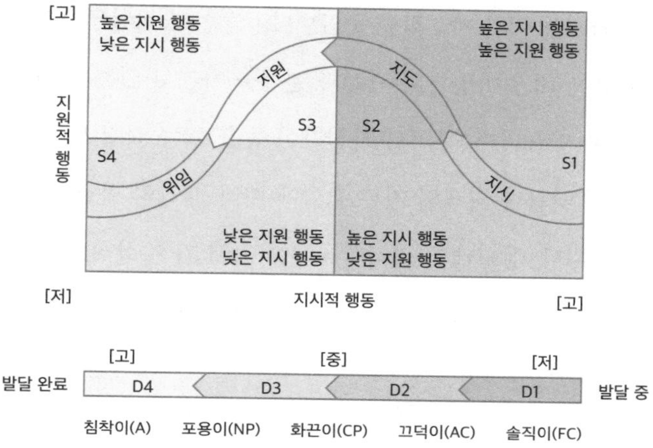

[그림 3] 지원 및 지시 행동에 따른 네 가지 리더십 스타일

효과적인 상황대응 리더가 되기 위해서는 직원의 발달단계를 정확하게 진단할 수 있어야 합니다. 그러려면 어떻게 해야 할까요? 그 비결은 역량과 의욕이라는 두 가지 요소를 구체적으로 살펴보는 것입니다. **역량은 개인이 어떤 목표나 업무에 쓸 수 있는 기술이나 지식의 총량을 말합니다.** 역량을 측정하는 가장 좋은 방법은 그 사람의 성과를 보는 것입니다. '당신의 직원은 특정 업무를 수행하기 위해 얼마나 좋은 계획을 세우고, 문제해결을 위해 어떻게 커뮤니케이션하는가?' '정해진 목표를 얼마나 정확한 시간에 달성하는가?' 등을 보고 파악합니다. 역량은 교육이나 현장실습, 경험으로 얻어질 수 있으며, 적절한 지시나 지원에 따라 시간이 갈수록 발전하기도 합니다.

두 번째로 살펴볼 사항은 의욕입니다. **의욕은 어떤 목표나 업무에**

대한 그 사람의 동기와 자신감을 뜻합니다. '당신의 직원은 어떤 특정 업무를 수행하는 데 얼마만큼의 관심과 열정을 가지고 있는가?'와 같은 질문을 해볼 수 있습니다. 동기와 자신감이 높을 때는 직접 위임도 가능합니다. 이처럼 역량과 의욕의 기본 조합에 따라 개인의 발달단계는 네 가지로 결정됩니다. 상황대응 리더십에서는 여러 가지 상황변수가 있습니다만, 그중 대표적인 변수인 직원의 발달단계로 상황을 진단합니다.

personality

직원의
네 가지 발달단계

발달단계 1은 역량은 낮으나 의욕이 높은 직원입니다. 주로 업무 경험이 적은 신입사원이 이에 해당되며 열정적인 초보자라고 부릅니다. 무의식적 무능단계라고도 합니다. 발달단계 2는 역량은 약간 있으나 의욕이 낮은 직원입니다. 보통 입사 1~2년 차로 업무를 수행하면서 역량은 어느 정도 생겼으나 실수나 부담감으로 자신감을 잃은 직원이 이에 해당되며 좌절한 학습자라고 부릅니다. 의식적 무능단계라고도 합니다. 발달단계 3은 역량은 상당히 있으나 의욕이 불안정한 직원입니다. 중견사원으로 자신이 맡은 업무는 훌륭하게 수행하지만 새로운 일이나 협업에서는 의욕이 떨어지거나 자신감이 없는 직원이 이에 해당되며 소극적인 수행자라고 부릅니다. 의식적 유능단계라고도 부릅니다. 발달단계 4는 역량도 높고 의욕도 높은 직원입니다. 자신이 맡은 업무를 훌륭하게 수행하는 것은 물론이고 동료와 적극적으로 협업하고 끊임없이 새로운 일에 도전하는 직원으로 상사의 지시와 지원도 필요하지 않은 자주적인 성취자라고 부릅니다. 무의식적 유능단계라고도 합니다.

높은 역량 높은 의욕	상당한 역량 불안정한 의욕	약간의 역량 낮은 의욕	낮은 역량 높은 의욕
D4	D2	D3	D1

발달 완료 발달 중

[그림 4] 직원의 네 가지 발달단계

발달단계 1: 열정적인 초보자

업무에 대한 의욕은 매우 높지만 관련 분야의 업무를 담당해본 경험이 전혀 없기 때문에 역량이 많이 부족한 직원입니다. 조직에 새로 채용되어 배치된 신입사원의 경우가 그렇습니다. 이해를 돕기 위해 자전거 타는 방법을 처음 배울 때를 회상해봅시다. 자전거를 어떻게 타는지도 모르면서 너무 설레 밤잠을 이루지 못했을 것입니다. 이때의 모습이 열정적인 초보자의 전형입니다.

발달단계 2: 좌절한 학습자

경험과 능력이 조금 있지만 초기 업무 수행 과정에서 겪은 몇 번의 좌절로 생각보다 맡은 업무가 어렵다는 사실을 깨달은 탓에 의욕이 현저하게 줄어든 직원입니다. 업종이나 직군에 따라 차이가 있지만 일반적으로 1년가량 근무하면서 업무 수행의 어려움과 실패에 대해 격려와 지원보다는 무시와 질책을 받으면서 처음에 가졌던 열정은 사라지고 회의에 빠져 갈등하는 직원의 경우입니다. 자전거를 타다가 처음으로 넘어졌을 때를 기억하나요? 땅바닥에서 몸을 일으키며 당신은 '내가 이걸 왜 배우려고 했을까? 정말 제대로 배울 수나 있을까?' 하는 생각을 했을지도 모릅니다. 그렇다면 좌절한 학습자의 단계에 이르게 된 것입니다.

발달단계 3: 유능하나 소극적인 수행자

비교적 높은 수준의 역량을 가졌지만 의욕과 자신감이 부족한 사람, 혹은 매우 조심스러운 태도로 무난하게 과제를 수행하려는 직원입니다. 어려운 일이나 혁신적인 방식은 될 수 있으면 피하고 쉬운 일, 편안한 일을 익숙한 방식으로만 수행하려는 중견사원이 이에 해당합니다. 자전거 이야기를 다시 해봅시다. 아버지의 도움을 받으며 겨우 제대로 탈 수 있게 되었을 때, 처음으로 뒤에서 잡아주는 사람 없이 동네 한 바퀴를 돌아보기로 결심했지만, 여전히 당신의 자신감은 흔들리고 있습니다. 이 시점이 바로 유능하나 소극적인 수행자 단계에 있는 것입니다.

발달단계 4: 자주적인 성취자

특별한 과제를 수행할 수 있는 뛰어난 역량이 있으며 의욕도 매우 높은 직원입니다. 맡은 업무를 훌륭하게 수행하면서도 성과 향상을 위해 더 나은 방법을 찾는 베테랑 직원입니다. 이때는 자전거가 마치 몸의 일부처럼 느껴지는 단계에 이르렀습니다. 이제 자전거 타는 법을 머리로 생각하지 않아도 자유롭게 탈 수 있습니다. 당신은 자전거를 타는 활동에서 자주적인 성취자가 된 것입니다. 아마 부모님께서는 그때부터 당신이 자전거를 마음껏 타고 놀 수 있게 허락했을 것입니다.

상황대응 리더십 프로그램에서는 에고그램을 활용해 직원의 발달단계를 확인하기도 합니다. 1단계 열정적인 초보자들은 역량이 낮아도 의욕은 높아서 솔직이(FC)가 활성화된 모습을, 2단계 좌절한 학습자들은 역량은 약간 생겼으나 의욕이 떨어져서 끄덕이(AC)가 활성화된 모습을, 3단계 소극적인 수행자들은 역량은 상당히 높으나 의욕이 불안정해서 화끈이(CP)나 포용이(NP)가 활성화된 모습을, 4단계 자주적인 성취자들은 역량도 높고 의욕도 높아서 침착이(A)를 중심으로 통합된 모습을 보입니다.

personality

발달단계에 적합한 리더십

직원들의 발달단계를 파악했으면 각자에게 적합한 리더십 유형을 활용해야 합니다. 리더는 유연성을 발휘해서 개개인이 목표나 과제를 달성하도록 돕기 위해 다양한 리더십 스타일을 자유자재로 구사할 수 있어야 합니다. **직원들의 발달을 돕고자 할 때 리더가 사용할 수 있는 행동은 지시 행동과 지원 행동, 두 가지로 나뉩니다.** 지시 행동이란 직원에게 무엇을, 언제, 어디서, 어떻게 해야 하는지 지시하는 업무 관련 행동입니다. 지원 행동이란 말을 들어주기, 결정 행위에 직원을 참여시키기, 격려하기, 업무 결과를 칭찬하고 다른 사람들과 상호작용을 편하게 해주기 등 심리적으로 지지해주는 행동입니다. 리더가 행하는 지시 행동과 지원 행동의 기본 조합으로 리더십 스타일을 네 가지로 구분할 수 있습니다. 네 가지 리더십 스타일은 관리자가 직원들에게 영향을 주는 두 가지 기본 리더 행동의 복합입니다.

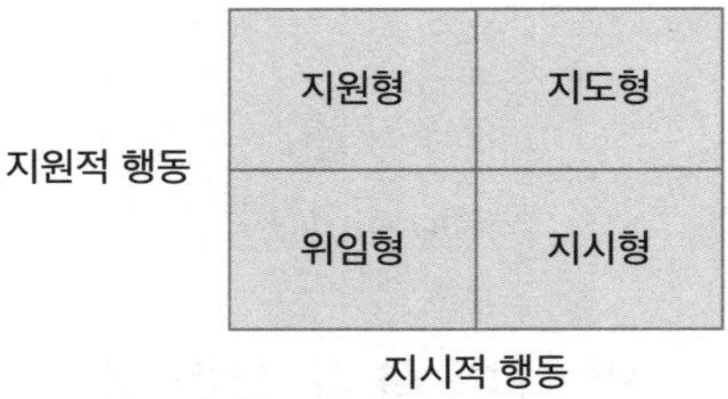

[그림 5] 네 가지 기본 리더십 스타일

리더십 스타일 1: 지시형

지시 행동은 많고 지원 행동은 적은 스타일입니다. 직원에게 언제, 어디서, 무엇을, 어떻게 해야 할지 구체적으로 지시를 내리고 업무의 수행 과정을 가까이에서 지켜보는 리더십 유형입니다. 임무와 목표에 대해 명확하게 지시하고, 결과에 따라 피드백을 자주 전달하기 위해 일의 실행 과정을 면밀하게 감독합니다. 예를 들면 사무실 바깥이 시끄러워서 업무에 방해가 된다고 가정해보겠습니다. 직원에게 "관리실에 가서 저 사람들한테 주의 좀 주라고 전하세요. 그리고 그 일이 끝나면 어떻게 됐는지 보고하세요."라고 하는 것은 지시형 리더십 스타일입니다.

리더십 스타일 2: 지도형

지시 행동도 많고 지원 행동도 많은 스타일입니다. 직원들에게 계속해서 지시를 내리고 가까이에서 지켜봅니다. 하지만 동시에 리더의 의사결정에 대해 자세하게 설명합니다. 직원들로부터 의견을 듣고 업무의 진행 과정을 도와줍니다. 또 그 일을 해야 하는 이유를 설명해주고 직원의 실력이 향상되면 칭찬하지만, 업무 수행을 세부적으로 지시, 지도하는 리더입니다. 앞의 예에서 "사무실 바깥이 시끄러워 방해가 되는군요. 관리실에 가서 저 사람들에게 주의를 주라고 전하면 좋겠습니다. 그게 아니라면 혹시 다른 의견이 있으신가요?"라고 말하는 것은 지도형 리더십 스타일입니다.

리더십 스타일 3: 지원형

지원 행동은 많으나 지시 행동은 적은 스타일입니다. 직원의 업무 완수를 위한 활동을 돕고 지원합니다. 즉, 직원이 기울이는 노력에 지지를 보내고 그들의 의견을 가능하면 수용하면서 의사결정의 책임을 나눕니다. 업무에서 상호관계를 원활하게 하도록 돕고, 격려와 지원을 아끼지 않지만 지시는 거의 하지 않습니다. 만약 문제 상황이 발생한다면 이를 어떻게 해결할지, 혹은 특정 업무를 어떻게 완수할지 이야기하는 법이 거의 없습니다. 이들은 직원들의 사고를 넓히고 위험을 기꺼이 부담할 만한 질문을 던짐으로써 직원들이 자기만의 해결책에 도달하도록 돕습니다. 앞의 예에서 "사무실 바깥이 시끄러워 업무에 방해가 되는군요. 어떻게 하면 좋을까요?"라고 묻는다면 지원형 리더십 스타일입니다.

리더십 스타일 4: 위임형

지원 행동도 적고 지시 행동도 적은 스타일입니다. 매일 발생하는 의사결정과 문제해결의 책임을 직원에게 맡깁니다. 또한 직원들이 업무를 더욱 훌륭하게 수행할 수 있도록 적절하게 지원하며 독립적으로 행동할 수 있게 해주는 리더입니다. 앞의 예에서 "사무실 바깥이 시끄러워서 업무에 방해가 되네요. 나가서 처리해주시겠어요?"라고 말하면 위임형 리더십 스타일입니다.

personality

“ 자아상태에 맞는 리더십을 발휘하라 ”

직원이 건강하지 않은 자아상태에 따라 행동할 때 직원에게 적절하게 반응해 직원의 행동을 정상적으로 돌아가게 해주는 것이 상황대응 리더십을 발휘하는 것입니다. 상황대응 리더십을 효과적으로 활용하는 열쇠는 리더가 합리적인 어른자아에 따라 행동하는 것입니다. 리더가 어른자아에 따라 행동한다는 것은 개입할 상황, 즉 직원의 발달단계를 진단해 그 발달단계에 맞는 여러 가지 리더십 스타일을 생각해보고, 그 스타일의 가치를 따져서 직원을 관리하는 것을 말합니다. 이렇게 하면 리더가 자신의 감정과 고집을 통제하고 지시와 지도, 지원과 위임 또는 이들의 어떤 결합을 합리적으로 제공할 수 있습니다. 다시 말하면 관리할 상황, 즉 직원의 발달단계에 따라 네 가지 리더십 스타일 가운데 어떤 것도 사용할 수 있다는 말입니다. 부모자아나 아이자아 가운데 어떤 하나의 자아가 리더의 행동을 지배하게 되면 적절한 리더십 스타일을 유연하게 선택하기 어렵습니다.

감정적인 아이자아에 따라 행동하는 리더는 지시형이나 위임형으로만 직원을 관리하려는 경향이 있습니다. 이러한 리더는 자기 뜻대로만 하려고 하고 만약 그대로 되지 않으면 회피하거나 직원을 관리하려 들지 않습니다. 부모자아에 따라 행동하는 리더는 부모자아가 통제적 부모자아이든 보호적 부모자아이든 간에 지시형이나 지도형만을 사용합니다. 어른자아에 따라 직원을 관리하는 리더는 먼저 직원의 상황, 즉 직원의 발달단계를 진단해 효과적으로 적절한 때에 적절한 방법으로 직원을 관리할 수 있습니다. 그렇게 되면 리더 자신의 발달단계는 물론 직원의 발달단계도 바꿀 수 있어서 직원의 부모자아, 어른자아, 아이자아가 균형을 이루게 됩니다.

상황대응 리더십에서는 자유로운 아이자아에 따라 행동하는 직원은 낮은 발달단계에 있는 직원입니다. 그러므로 이 자아에 따라 행동하는 직원에게는 지시 행동을 많이 하고 지원 행동은 약간만 하는 지시형이 적합합니다. 지원 행동을 지나치게 많이 하면 직원의 적절하지 못한 행동을 허용할 수도 있습니다. 그렇다고 해서 계속해서 지시형을 쓰는 것은 좋지 못합니다. 리더는 직원이 긍정적이고 건설적인 행동을 할 만한 조건을 찾아서 보다 더 지원 행동이 많은 지도형으로 바뀌어야 합니다. 계속해서 지시형만 사용하면 직원이 지나치게 위축되거나 리더에게 반항적인 모습을 보이는 등 부정적인 결과가 나타날 수 있습니다.

순응하는 아이자아에 따라 행동하는 직원은 낮은 발달단계에서 중하의 발달단계를 가진 직원으로 성장한 것입니다. 그러므로 이 자아에 따라 행동하는 직원에게 가장 적절한 리더십 스타일은 지도형입니다. 순응하는 아이자아는 발달 과정 중에 있는 자아상태이므로 무엇을, 언제, 어디에서, 어떻게 해야 하는지에 대한 지시 행동과 더불어 직원의 의욕을 높이고 안정시키기 위한 지원 행동도 많이 필요하기 때문입니다.

부모자아에 따라 행동하는 직원은 일반적으로 중상의 발달단계를 가진 직원입니다. 그러므로 직원이 통제적 부모자아, 양육적 부모자아에 따라 행동하기 시작할 때에는 지원형이 가장 적절합니다. 직원이 보수적이고 비판적인데도 직원에게 계속 지시 행동을 한다면 직원의 더 많은 통제적 부모자아를 불러일으켜 마침내는 리더의 통제적 부모자아와 직원의 통제적 부모자아 간에 갈등이 생기게 됩니다. 그러므로 통제적 부모자아, 양육적 부모자아에 따라 행동하는 직원을 관리하려면 무엇보다 먼저 리더가 직원을 비판하고 통제하기보다는 직원의 성장을 지원하고 있다는 것을 믿게 해야 합니다.

어른자아에 따라 행동하는 직원에게 리더는 지원형에서 한 단계 더 나아가서 직원의 자율에 맡기는 위임형이 가장 적절합니다. 직원이 문제를 해결하는 데 합리적으로 생각할 수 있고 또 문제를 해결할 의욕과 역량이 있으므로 지시적이거나 지원적인 관리방법이 그다지 필요하지 않기 때문입니다.

personality

"유연한 리더가 유능한 직원을 만든다"

당신의 직원이 어떤 발달단계에서 다음 단계로 옮겨 가면, 당신의 리더십 유형 역시 그에 따라 변해야 합니다. 그러나 리더십 현장 연구 결과에 따르면 리더 가운데 54퍼센트는 오직 한 가지 유형의 리더십만 사용하는 경향이 있었고, 35퍼센트는 두 가지, 10퍼센트는 세 가지, 그리고 단지 1퍼센트만이 네 가지 유형을 모두 사용하고 있었습니다. 탁월한 리더가 되기 위해서는 네 가지 리더십 유형을 모두 사용해야 합니다. 상황에 적절하게 잘 대응하는 유능한 리더는 이와 같이 직원의 발달단계를 진단하고 각각에 맞는 리더십 스타일을 유연하게 발휘합니다. 자신이 관리하고 있는 직원이 1단계라면 지시형 리더십, 2단계라면 지도형 리더십, 3단계라면 지원형 리더십, 4단계라면 위임형 리더십을 구사해 직원을 성장하게 하고 조직의 성과를 극대화할 수 있습니다.

예를 들어, 판매 경험이 거의 없는 스물다섯 살의 영업사원을 채용했다고 가정해봅시다. 이 영업사원은 좋은 직원이 되기 위해 넘치는 의욕으로 희망을 가진 채 업무에 무척 열심을 보일 겁니다. 즉, 열정적인 초보자입니다. 이 발달단계에서는 지시적인 리더십 유형이 알맞습니다. 리더는 이 신입사원에게 영업에 관한 모든 것을 가르쳐주고, 자기계발을 위한 단계별 계획을 세워줘야 합니다. 또 업무 교육을 실시하고 위험부담이 낮은 영업 상황을 실습하도록 도와줘야 합니다.

이제 신입 영업사원이 몇 주간의 교육을 마쳤습니다. 그는 영업의 기본은 이해하고 있지만 자신이 생각했던 것보다 영업이 훨씬 어렵다는 것을 깨달았을 것입니다. 이 영업사원은 더 이상 전처럼 영업에 대해서 의욕이 넘치지 않으며, 때때로 낙담하기도 합니다. 이런 단계에 있을 때, 영업사원은 좌절한 학습자가 됩니다. 이때는 높은 지시와 지원을 제공하는 지도형 리더십이 필요합니다. 리더는 지속적으로 지시하는 한편 그 영업사원의 노력을 세심히 관찰해주며 쌍방향 의사소통을 해주어야 합니다. 이 발달단계에서 리더는 직원의 자신감을 키워주고, 의욕을 다시 북돋아주며 격려해주기 위해서 많은 칭찬과 지원을 해주어야 합니다.

드디어 이 신입 영업사원이 자신의 위치에서 실행해야 하는 책임사항을 숙지하고 좋은 영업 스킬을 익히게 됐습니다. 하지만 이 영업사원은 여전히 자신의 능력에 확신을 갖지 못하고 과연 리더의 도움 없이 제품을 판매할 수 있을지 자신감이 없을 것입니다. 이 발달단계에 있을 때는 유능하지만 조심스러운 수행자가 됩니다. 이때는 지원형 리더십이 필요합니다. 이제 그는 좋은 영업 스킬을 갖추게 되었기에 리더가 지시하기보다는 조언해주고, 아이디어에 귀 기울여주며 자신을 지원해줄 것을 원하게 됩니다. 이때는 어느 정도 위험부담을 감수해도 괜찮다는 것을 알려주면서 적절한 질문을 던져 문제의 해결책을 스스로 찾을 수 있도록 도와줘야 합니다.

상황대응 리더십에 따르면 이런 과정을 거친 신입사원은 높은 성과를 올리는 핵심사원이 됩니다. 영업 스킬을 완벽하게 익혔을 뿐만 아니라 가장 어려운 고객들도 능수능란하게 성공적으로 응대합니다. 발생할 만한 문제를 미리 예측하고 해결책을 제시하며 주도적인 자세로 성공적으로 일하면서 다른 사람들에게 영감을 주기도 합니다. 이 발달단계에 도달하면 자주적인 성취자가 됩니다. 이 단계에서는 위임형 리더십이 가장 좋습니다. 결정권과 문제해결에 대한 권한을 위임하고 자립적으로 일할 수 있도록 해주고 자율권을 보장하는 것입니다. 또한 계속해서 성장할 수 있도록 도전적인 과제를 주고 더 도전적인 과제에서 성공하도록 이끌고 격려해줘야 합니다.

다음 사례를 통해 조직에서 팀 단위의 책임자가 에고그램을 활용해 인재를 어떤 기준으로 선발하고 어떻게 관리해야 하는지 생각해봅시다. 지금부터 당신은 팀장으로서 앞으로 프로젝트를 함께하게 될 팀원들을 선발해야 합니다. 다른 팀의 팀장들도 팀원을 선발하고 있으므로 지체하다가는 좋은 팀원이 다른 팀으로 가게 될 가능성도 있습니다. 인사팀에서는 당신의 요청을 최대한 수용하겠다고 이야기합니다. 다음 후보자 중 가장 매력적이며 함께 일하고 싶은 사람은 누구입니까? 당신이 좋아하는 사람부터 순위를 정해보십시오.

• **팀원 A:** 적극적이고 추진력이 있으며 박력 있고 의리가 있습니다. 원칙을 중요하게 생각하며 자신의 기준에 따라 사람이나 상황을 판단하는 경향이 강합니다. 포부가 크고 이상적이며 상사에게 믿고 맡겨달라고 말하며 윗사람에게 아부는 못하겠다고 이야기합니다.

• **팀원 B:** 매사에 치밀하고 세심하며 알뜰하지만, 약간은 소심하고 업무처리 속도가 느린 편입니다. 본인도 마음이 약한 게 흠이라고 말할 정도로 온순하고 차분하며 조직에 충실하고 협조적입니다. 어떤 상황에도 신중하고 끈기가 있습니다.

• **팀원 C:** 인정이 많고 어려운 사람을 보면 어떻게든 도우려 하며, 그들의 요청을 잘 거절하지 못합니다. 성품이 온화하며 상대방의 이야기에 귀를 기울이고 그들의 기분을 알아주고 배려합니다. 업무보다는 조직 분위기에 관심이 더 많은 것 같습니다.

• **팀원 D:** 자기주장이 강하고 하기 싫은 일은 좀처럼 하려 들지 않지만, 마음에 드는 일을 할 때는 몰두하는 성격입니다. 호기심이 강하고 창조적이며 자발적입니다. "와, 대단하다!"와 같은 감탄사를 많이 사용하며 늘 밝고 명랑합니다.

• **팀원 E:** 객관적이고 논리적이며 합리적입니다. 목표를 명확하게 설정하며 계획적이고 정보를 수집하는 능력이 있습니다. 침착하고

영리하며 자기주장이 분명한 편입니다. 모든 사람과 관계가 좋은 것 같지만 정작 관계가 깊은 사람은 거의 없습니다.

이상 다섯 사람은 순서대로 화끈이(CP), 끄덕이(AC), 포용이(NP), 솔직이(FC), 침착이(A)입니다. 에고그램을 활용해서 사람에 대한 이해를 폭넓게 하면 이를 통해 효과적인 팀원 선발과 관리방법을 생각해보게 될 것입니다. 리더가 카멜레온처럼 유연하게 직원을 이끌고 대하면 직원은 높은 성과를 올리는 유능한 직원으로 성장합니다. 그들이 매출을 끌어올리는 핵심인재라는 점을 기억하길 바랍니다.

| 제4부 |

진짜 속마음은 따로 있다

personality

"진짜 속마음을 간파하는 방법"

교류분석에서는 어떤 사람이 자신과 다른 사람에 대해 어떻게 느끼고 어떻게 결론 내리는가를 기본적 인생태도라고 합니다. 에릭 번에 따르면 어린 시절에 자신과 타인, 그리고 세상에 대한 어떤 확신이 이미 형성됩니다.[11] 이러한 확신은 평생 그 사람을 따라다니며 영향을 끼칩니다. 이러한 확신을 인생태도라고 하며 긍정(OK)과 부정(Not OK)으로 구분하고 자신과 타인에 대해 교차 조합한 네 가지 유형으로 분류됩니다.

인생태도에서 말하는 긍정(OK)은 일반적으로 우리가 쓰는 긍정의 개념보다 넓습니다. 좋다, 살아갈 가치가 있다, 자유롭게 행동할 수 있다, 좋은 사람이다, 사랑받고 있다, 할 수 있다, 잘될 것이다, 즐겁다, 유쾌하다, 유익하다, 안심이 된다 등 좋은 감정을 느끼는 모든 것을 의미합니다. 이와 반대로 부정(Not OK)은 나쁘다, 살아갈 가치가 없다, 나쁜 사람이다, 사랑받을 가치가 없다, 할 수 없다, 실패한다, 뭘 해도 안 된다, 쓸모가 없다, 어리석다, 열등하다, 불쾌하다, 도움이 안 된다, 안심할 수 없다 등 나쁜 감정을 느끼는 모든 것을 의미합니다. 이를 기반으로 자기와 타인에 대한 긍정, 부정 정도에 따라 인생태도를 네 가지로 분류할 수 있습니다.

첫 번째는 자기긍정·타인긍정의 제1의 태도로, 상대에게 상처 주지 않고 서로 협력해 문제를 해결하고 소통하는 유형이며, 두 번째는 자기부정·타인긍정의 제2의 태도로, 상대를 긍정적으로 보며 상처 주지 않지만 자신감이 없고 움츠러드는 소극적인 유형입니다. 세 번째는 자기긍정·타인부정의 제3의 태도로, 상대를 인정하지 않고 무시하는 언행을 하며 자신이 옳다고 생각하는 이기적인 유형이며, 네 번째는 자기부정·타인부정의 제4의 태도로, 자신을 쓸모없는 인간으로 여기고 인생을 허무하고 비관적으로 생각해 회피하거나 자포자기하는 유형입니다.[12)]

제1의 태도	자기긍정 · 타인긍정	I'm OK, You're OK
제2의 태도	자기부정 · 타인긍정	I'm Not OK, You're OK
제3의 태도	자기긍정 · 타인부정	I'm OK, You're Not OK
제4의 태도	자기부정 · 타인부정	I'm Not OK, You're Not OK

[그림 6] 네 가지 유형의 인생태도

제1의 태도(I'm OK-You're OK= 자타긍정)

유아기에 부모 등의 양육자로부터 따뜻한 마음을 받고, 유쾌한 애무(스트로크)를 받으며 자라면, 말을 배우지 못한 때부터 자신과 타인(주로 모친)과의 사이에 싹트는 OK감정은 오래 기억에 남게 되고, 시간이 경과하면서 더욱 강화되어 '나도 OK, 당신도 OK'라고 하는 바람직한 기본적 인생태도가 형성됩니다. 교류분석에서는 '사람은 본래 누구라도, 왕자, 왕녀로서 이 세상에 태어난 것'이라고 하는 성선설을 취하고 있습니다. 인생태도로 따지면 네 개의 포지션 가운데 제1포지션인 OK-OK입니다.

제2의 태도(I'm Not OK-You're OK= 자기부정, 타인긍정)

제2의 포지션은 '나는 OK가 아니지만, 당신은 OK'라고 하는 인생태도입니다. 태어난 지 1년 미만인 어린아이는 어루만지거나 접촉하는 스트로크 없이는 자랄 수 없습니다. 이러한 스트로크에 익숙해진 유아는 부모의 상황과 기분에 따라서 평소 자기의 기대, 즉 울면 젖을 주거나 기저귀를 채워주는 기대에 부모가 응하지 않을 때도 있다는 것을 경험합니다. 이러한 OK가 아닌 경험에서 생긴 감정은 어느새 아이의 마음속에 쌓이게 되고, 마침내는 '자기에 대한 OK가 아니다'라는 인생태도를 형성합니다. 반면에 부모는 자유롭게 자기 생각대로 행동할 수 있는 절대적 존재라고 느낀 결과, '나는 OK가 아니지만, 타인은 OK이다'라는 제2의 인생태도를 몸에 익히게 됩니다.

제3의 태도(I'm OK-You're Not OK= 자기긍정, 타인부정)

처음에는 확실히 OK라고 느낄 수 있었던 부모로부터 때때로 부정적 자극을 받는 일이 일어나게 되고, 이런 일을 오랜 기간에 걸쳐 경험하면, 어린아이는 다른 것에는 의지할 수 없고 스스로를 위로하며 문제는 자신만이 해결할 수 있다고 생각합니다. 즉, '자기만이 OK, 그 외에는 OK가 아니다'라는 제3의 포지션을 취합니다. 이러한 태도를 갖는 사람은 자칫하면 자기방어적이 되고, 자기는 항상 옳고 상대방은 항상 잘못됐다고 느끼는 행동으로 일관하게 됩니다. 만일 자기에게 잘못이 있다고 해도, 그것을 바르게 보려고 하지 않고 상대에 원인이 있는 것이라고 몰아붙여 다른 사람을 꾸짖으려고 합니다.

제4의 태도 (I'm Not OK-You're Not OK= 자타부정)

부모에 의한 육아 기간이 끝날 무렵, 어린아이는 혼자서 걸을 수 있게 되고, 안아주거나 어루만져주는 일도 점차 없어질 뿐 아니라 여기저기 걸어 다니기 때문에 넘어지거나 떨어질지도 모르는 위험에 빠질 때도 있습니다. 그뿐 아니라 호기심에 위험한 장소에 가까이 가려고 하거나 위험한 것을 손에 넣으려고 하면 양육자로부터 야단을 맞기도 합니다. 이처럼 태어나서 1년이란 기간은 아주 모순된 인생을 체험하는 시기로, 그 정도가 강하면 강할수록, 또 그 차이가 크면 클수록 자기를 포함해서 주위 사람들이 위험한 존재라는 것을 깨닫고, 버림받았다는 감정에 빠지게 됩니다. 그리고 마침내 '나도 OK가 아니고, 타인도 OK 아니다'라고 하는 제4의 인생태도를 갖게 됩니다.

대부분의 사람은 제1과 제4의 포지션보다는 제2 또는 제3의 인생태도를 유지하면서 살아갑니다. 예외도 있지만, 인간은 일반적으로 부모로부터 내리쬐는 태양과 같은 넘치는 애정을 가득 받고 자라기 때문입니다. 그 결과 대개 제1의 태도를 기본적 인생태도로 하고, 제2나 제3의 태도 중에서 상황에 따라 움직이게 됩니다. 교류분석을 배우다 보면 자신이 인생태도의 어디에 있는지 조사해 속마음을 알 수 있습니다. 또 그 인생태도가 유아기의 특정 상황에서 자기 자신이 결단한 것이기 때문에, 만일 바람직하지 않다고 생각하면 재빨리 탈출해 밝은 인생, 서로 신뢰할 수 있는 인간관계를 만들어내는 제1의 태도, '나도 OK, 당신도 OK'로 옮길 결심을 하고, 그것을 실행해야 합니다. 스스로의 인생태도를 빨리 인지하고, 매일의 생활을 OK-OK의 자세로 바꾸어 그 행동을 유지한다면 밝고 보람 있는 인생을 만들 수 있습니다.

personality

“ 겉마음과 속마음의 상관관계 ”

지금까지 인생태도가 무엇이고 어떻게 만들어졌는지, 그리고 네 가지 유형별 특징에 대해 살펴봤습니다. 그렇다면 다음의 체크리스트를 통해 자신의 인생태도를 확인해봅시다. ‘마음의 자화상’인 에고그램이 겉마음이라면 인생태도는 속마음입니다. 떼려야 뗄 수 없는 사이지요. 실제로 에고그램의 각 자아상태와 인생태도 사이에 어떤 상관관계가 있는지, 에고그램으로 인생태도를 얼마나 설명할 수 있는지를 알아보는 연구가 국내외에서 다수 이루어졌습니다.[13] 많은 연구에서 에고그램의 침착이(A)를 제외한 각각의 자아상태와 인생태도의 네 가지 요소 간에 유의미한 상관관계가 있음이 밝혀졌습니다. 연구 결과 화끈이(CP)와 타인부정(Y-), 포용이(NP)와 타인긍정(Y+), 솔직이(FC)와 자기긍정(I+), 끄덕이(AC)와 자기부정(I-)간에 연관성이 나타났습니다.

■ 진단하는 방법

• 문항을 읽고 이상적으로 바라는 모습이 아닌 자신의 평소 모습을 생각하면서 빠르게 응답합니다.

• 문항의 내용이 평소의 모습과 매우 비슷하면 3점, 대체로 비슷하면 2점, 대체로 다르면 1점, 매우 다르면 0점을 흰색 빈칸에 표시합니다.

• 마지막으로 110쪽의 오케이그램을 작성합니다.

1	상호 이해관계를 생각한 다음에 행동하는 편이다.					
2	상대를 의식하지 않고 하고 싶은 말은 자유롭게 모두 한다.					
3	다른 사람과 함께 일하면 불편하고 혼자 일할 때가 편하다.					
4	'나는 왜 이런 안 좋은 일만 하지'라고 생각하는 일이 많다.					
5	자기 취향에 맞지 않는 사람들과는 어울리고 싶어 하지 않는다.					
6	'다른 사람이 있어서 참 잘됐어'라고 생각하는 일이 많다.					
7	다른 사람의 이야기를 대부분 긍정적으로 듣고 좋게 생각하는 편이다.					
8	대화 중에 감정적으로 흥분하는 일이 적다.					
9	하루하루를 최선을 다해 열정적으로 살고 있다고 생각한다.					
10	상대가 친절하게 대하더라도 다른 속셈이 있는 것 같아 부담스럽다.					
11	자기가 하고 싶은 일이라도 상대가 싫어하는 것 같으면 그만둔다.					
12	타인이 실패하거나 잘못하더라도 그다지 조급해하지 않고 믿고 기다린다.					
13	자기의 말과 행동에 자신이 없어서 주위를 의식하는 편이다.					
14	'인생이란 이런 거야'라는 등 대화를 단정적으로 하는 경향이 있다.					
15	사물을 분석적, 객관적으로 생각한 다음에 신중하게 결정한다.					
16	타인으로부터 안 좋은 소리를 들어도 아무런 말도 하지 못할 때가 있다.					
17	사고방식이 다르거나 싫어하는 행동을 하는 사람하고도 잘 지낸다.					
18	내 속마음을 드러내 보이면 타인에게 무시당할 것 같은 기분이 든다.					
19	마음으로 느끼기보다는 머리로 생각하는 편이다.					
20	내가 좋아하지 않는 사람의 일에는 가능한 한 관여하고 싶지 않다.					
21	중립적인 자세로 양쪽 의견을 모두 듣고 현실적으로 결정한다.					
22	자신을 매력적이라고 생각하며 남들과 다르게 특별하게 꾸미는 편이다.					
23	무엇을 하든, 어디를 가든 좋지 않은 사람이 있다고 생각한다.					

24	상대와 안 좋은 일로 다투고 있을 때에도 잘 해결될 것이라고 생각한다.					
25	알지 못하는 사람에게 내가 먼저 접근하는 일이 거의 없다.					
26	상대가 화제로 삼고 싶지 않은 것은 될 수 있으면 언급하지 않는다.					
27	'나는 이렇게 노력하고 있는데 남들은 왜 저럴까'라고 생각할 때가 있다.					
28	자신에게는 아직 계발되지 않은 감추어진 재능이 많다고 생각한다.					
29	무엇인가 문제가 생기면 다른 사람 탓으로 돌리는 일이 많다.					
30	내가 무슨 일을 해도 이상하게 잘 안 되고 있다는 생각이 든다.					
31	타인과 비교해 자신이 모자란 점이 많다고 생각해 열등감에 빠질 때가 있다.					
32	내가 좋아하는 사람에게는 스스럼없이 자연스럽게 다가간다.					
33	어떤 일에서든 감정에 치우치지 않고 사물을 객관적으로 본다.					
34	어떤 일을 하더라도 '하면 된다, 안 되는 게 없다'라고 생각한다.					
35	나는 상대를 위해서 해준 것인데 상대가 싫어할까 봐 걱정한다.					
36	매사 치밀한 계획과 예산을 세우고 행동한다.					
37	안 좋은 일이 있더라도 자신을 통제하고 좋은 기분으로 바꿀 수 있다.					
38	앞으로 하고 싶은 일이 정말 많고 커다란 꿈이 있다.					
39	개인적인 일은 다른 사람에게 거의 이야기하지 않는 편이다.					
40	감정적인 상태를 피하고 되도록 이성적으로 생각하고 행동한다.					
41	잘 모르는 것은 정보를 수집해서 신중하게 결정한다.					
42	상대가 나에게 관심을 주고 무엇인가 해주는 것을 좋아한다.					
43	즐겁고 행복하게 사는 사람을 보고 있으면 나까지 즐거워진다.					
44	상대의 무례함 때문에 화가 날 때가 많은 편이다.					
45	어디서나 자유롭게 행동하며 이런 자신의 사고방식에 만족한다.					
46	상대가 하는 말을 대부분 긍정적으로 받아들이고 믿는 편이다.					
47	자신이 생각하고 느낀 것은 무엇이든지 참지 않고 이야기하는 편이다.					
48	'당신과 함께 있으면 참 편안하다'라는 말을 상대에게 자주 듣는다.					
49	스스로의 컨디션을 잘 관리하며 지나치거나 무리하지 않는다.					
50	상대가 하는 말을 대부분 의심하지 않고 그대로 믿는 편이다.					

■ 오케이그램 분석지

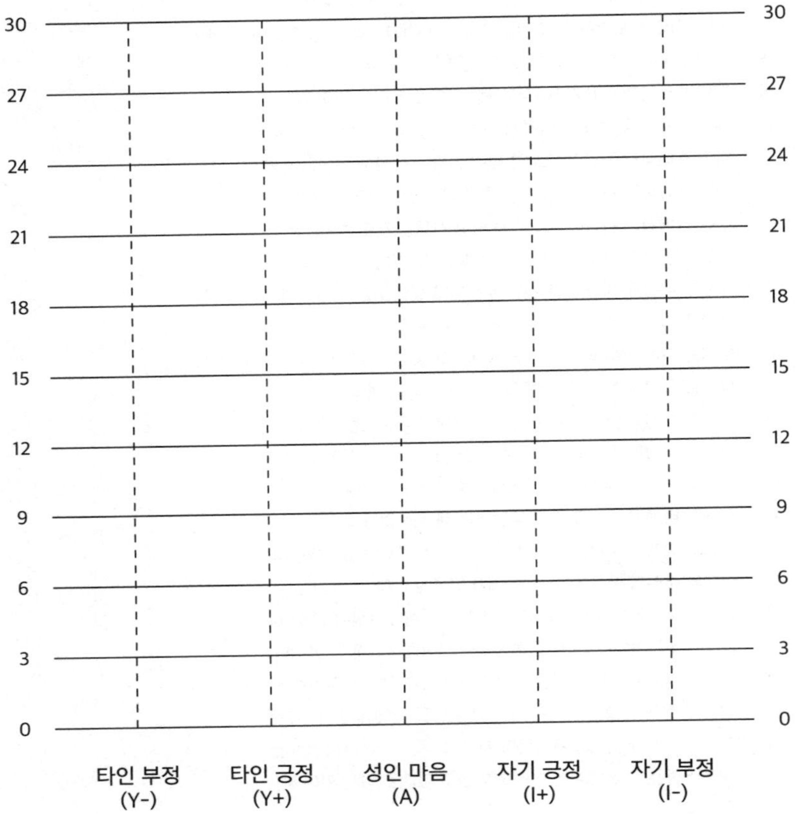

personality

“ 에고그램과 오케이그램 통합프로그램 ”

지금까지는 에고그램 또는 오케이그램 가운데 하나만으로 사람들을 이해하려고 했습니다. 그러나 같은 모형의 에고그램이라도 실제로 대인관계를 맺는 모습이나 적응상태에는 차이가 많습니다. 그래서 인생태도와 자아상태를 관련지어서 파악하기 위해 고찰된 것이 에고 오케이그램입니다. 에고 오케이그램은 윗부분에 자아상태를 나타내는 에고그램을, 아래에는 기본적 인생태도를 나타내는 오케이그램의 그래프를 함께 표현한 것입니다.

에고 오케이그램의 전형적 패턴 분석

각각의 인생태도에 에고 오케이그램의 전형적인 패턴이 있다는 것을 앞서 자아상태와 인생태도의 상관관계로 설명했습니다. 현실에서는 에고그램에 나타난 것이 내면의 기본적 인생태도와 차이가 있는 경우도 흔합니다. 이런 경우는 전형적 패턴의 변형으로써 그 이유를 밝히는 것이 인간관계를 개선하는 실마리가 될 수 있습니다. 먼저 전형적인 패턴 네 가지를 살펴보겠습니다.

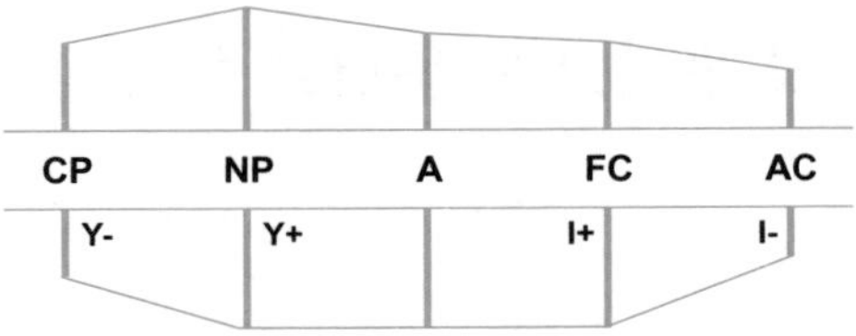

[그림 7] 에고 오케이그램 그래프①

에고 오케이그램 그래프①의 사례는 '나도 너도 모두 OK'라는 건설적이며 긍정적인 인생관을 가진 사람입니다. 에고그램 부분은 포용이(NP)를 정점으로 끄덕이(AC)로 내려가는 산모양형입니다. 포용이(NP)나 침착이(A)가 높으므로 남을 위해서 생각하고 행동하며, 솔직이(FC)도 높으므로 명랑하고 자신을 적절히 표현할 수 있습니다. 타인과 원만하게 교류하며 자신감이 있고 타인의 좋은 면을 인정하기 때문에 상대로부터 쉽게 받아들여집니다(I+, Y+).

오케이그램 부분은 남을 배려해서 행동하고(NP↑, Ⓐ↑), 명랑하고(FC↑), 자신을 적절히 표현할 수 있습니다(AC↓). 타인과 원만하게 교류하며(Y+↑, Y-↓), 자신감도 있기 때문에(I+↑), 인간관계를 잘 맺는 유형입니다. 친절하고 돌보기도 잘하나(NP↑) 자신을 희생하지는 않습니다(I-↓, AC↓). 오히려 상대를 설득해 협력하는 일을 잘합니다(Y+↑). 한마디로 온화하며 마음이 강한 사람입니다.

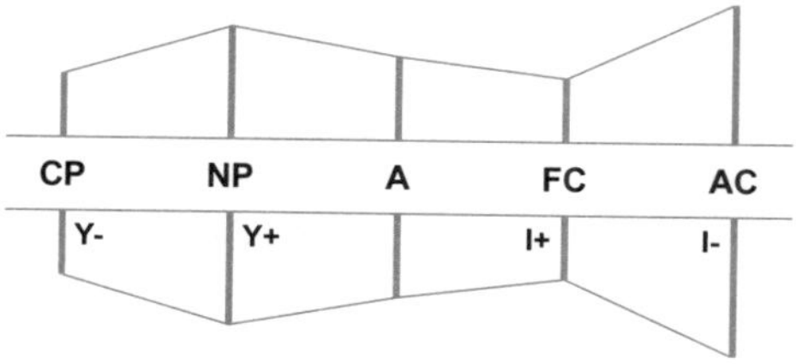

[그림 8] 에고 오케이그램 그래프②

에고 오케이그램 그래프②의 사례는 '나는 OK가 아니지만 타인은 OK'라는 열등감, 무력감에 기반한 인생관으로 사는 사람입니다. 에고그램 부분은 포용이(NP)와 끄덕이(AC)가 높고 화끈이(CP)와 솔직이(FC)가 낮은 N형입니다. 자신을 억제하고서라도 타인과의 관계를 잘하려는 포용이(NP)나 끄덕이(AC)가 표면에 나타나기 쉬운 것이 특징입니다. 화끈이(CP)가 낮기 때문에 자유롭게 자신의 감정을 표현하지 못합니다. 스트레스를 쉽게 느끼고 내부에 모순을 축적하는 유형입니다(I-, Y+).

오케이그램 부분은 자신을 억압하더라도(AC↑) 타인과의 관계를 잘하려는 성향을 보입니다(NP↑). 남에게 엄하지 않고(I+↓, CP↓), 자신의 감정을 자유로이 표현하지 못합니다(FC↓). 스트레스를 느끼기 쉽고 내부에 모순을 축적해가는 유형입니다.

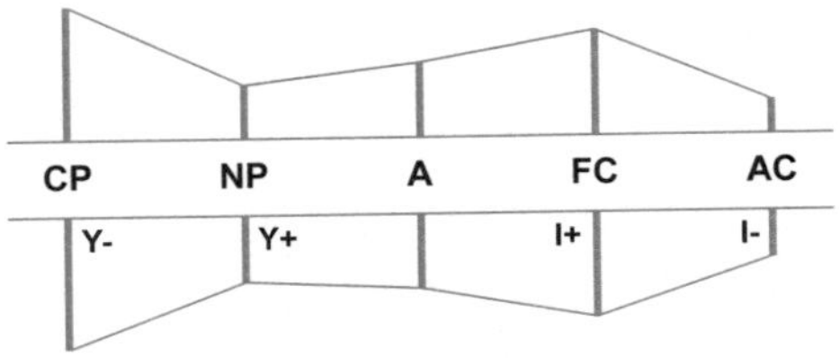

[그림 9] 에고 오케이그램 그래프③

에고 오케이그램 그래프③의 사례는 '나는 OK지만 타인은 OK가 아니다'라는 자존심이 강하고 배타적이며 독선적인 인생관을 가진 사람입니다. 에고그램 부분은 화끈이(CP)와 솔직이(FC)가 높고 포용이(NP)와 끄덕이(AC)가 낮은 역N형입니다. 타인에게는 비판적이면서 자신은 적극적으로 주장하려고 하는 화끈이(CP)와 솔직이(FC)가 표면에 나오는 것이 특징입니다. 포용이(NP)가 낮으므로 남을 위해서 봉사하려는 감정은 약하고 끄덕이(AC)가 낮으므로 남에게 맞추지 않고 자기중심적인 행동을 취하기 쉽습니다(I+, Y-).

오케이그램 부분은 타인에게는 비판적이며(Y-↑, CP↑), 자신을 적극적으로 주장하고(CP↑, FC↑) 남에게 맞추지 않고(AC↓) 자기중심의 행동을 취합니다(Y-↑, FC↑). 남을 위해 봉사하려는 감정은 약합니다(Y+↓, NP↓). 자칫하면 주변 사람과 마찰이 생기기 쉬운 유형입니다(I+↓).

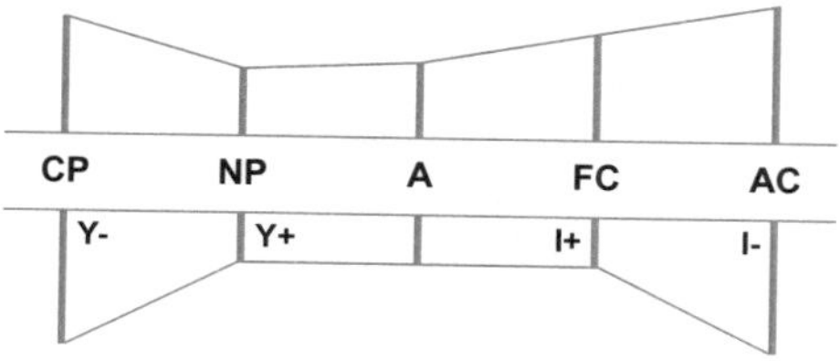

[그림 10] 에고 오케이그램 그래프④

에고 오케이그램 그래프④의 사례는 '나도 너도 모두 OK가 아니다'라는 비건설적이고 부정적 인생관을 가진 사람입니다. 에고그램 부분은 포용이(NP)가 낮고 화끈이(CP)와 끄덕이(AC)가 높은 계곡형입니다. 솔직이(FC)가 낮고 끄덕이(AC)가 높기 때문에 상대에 맞추어서 행동하는 경향이 강합니다. 침착이(A)가 낮기 때문에 자기통제의 힘이 약하고 주위의 움직임에 떠내려가기 쉬운 유형입니다(I-, Y-).

오케이그램 부분은 타인과 따뜻하게 교류하기가 어렵고(CP↑, NP↓), 상대에 맞추어서 행동하는 성향이 강합니다(AC↑). 자기 자신을 조절하는 힘이 약하고(Ⓐ↓), 주변 분위기에 휩쓸리기 쉽습니다(AC↑, I+↓).

personality

“ 에고 오케이그램 변형적 패턴 분석 ”

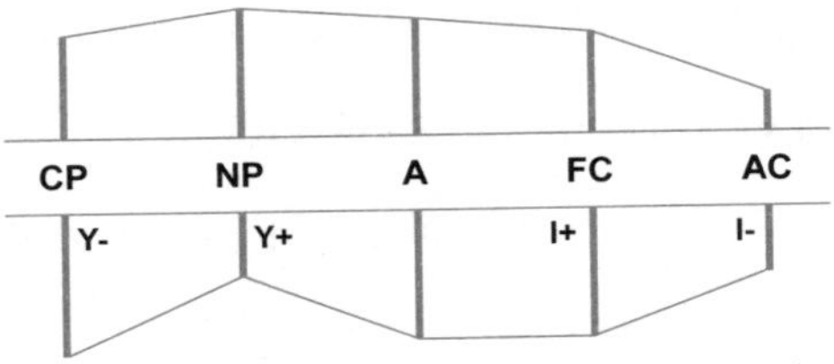

[그림 11] 에고 오케이그램 그래프⑤

이 유형은 타인 부정적 태도(Y-)가 강하나 비판적 행동(CP)은 적게 하며, 타인 긍정적 태도(Y+)는 약하나 지원적 행동(NP)은 많이 하고 있습니다. Ⓐ로 자기통제가 어느 정도 이루어지고 있으나 역할 때문에 온화하게 행동하고 있습니다. 다른 사람에게 친절하지만 어딘지 사람을 가볍게 보고 있는 느낌이 듭니다.

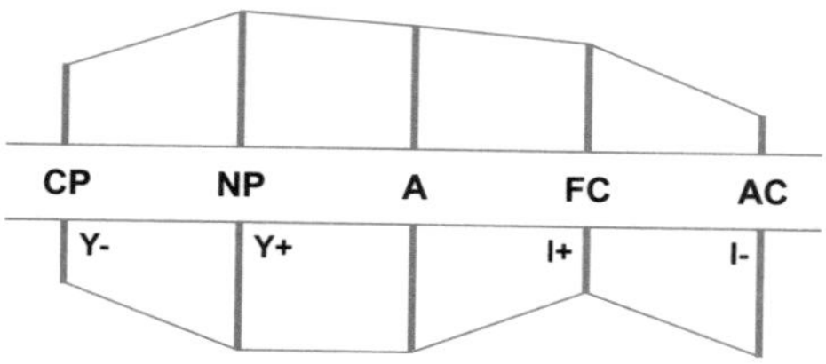

[그림 12] 에고 오케이그램 그래프⑥

이 유형은 자기긍정적 태도(I+)가 약하나 FC 행동이 많고, 자기부정적 태도(I-)가 강하나 AC 행동을 적게 하는 것으로 나타나고 있습니다. 자신감은 없으나 겉으로는 명랑한 척 행동하고 있습니다. 얼핏 보아서는 쾌활하지만 속마음은 연약합니다.

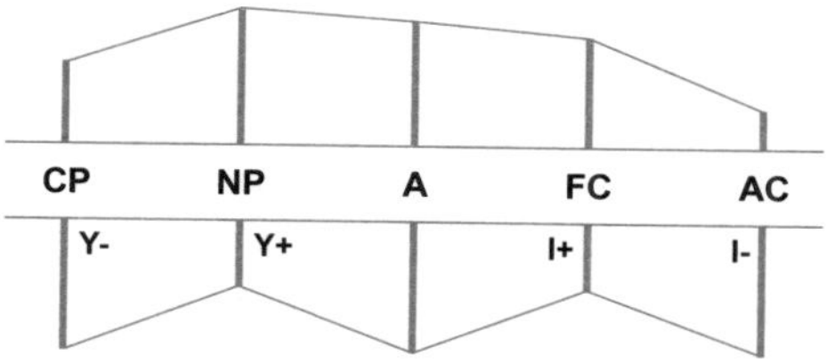

[그림 13] 에고 오케이그램 그래프⑦

이 유형은 타인부정적 태도(Y-)가 강하나 비판적 행동(CP)이 적고, 타인긍정적 태도(Y+)는 약한데 지원적 행동(NP)을 많이 하고 있습니다. 또 자기긍정적 태도(I+)가 약한데 FC 행동을 많이 하고, 자기부정적 태도(I-)가 강한데 AC 행동을 적게 하는 것으로 나타나고 있습니다. 내면과 행동이 완전히 엇갈린 느낌입니다.

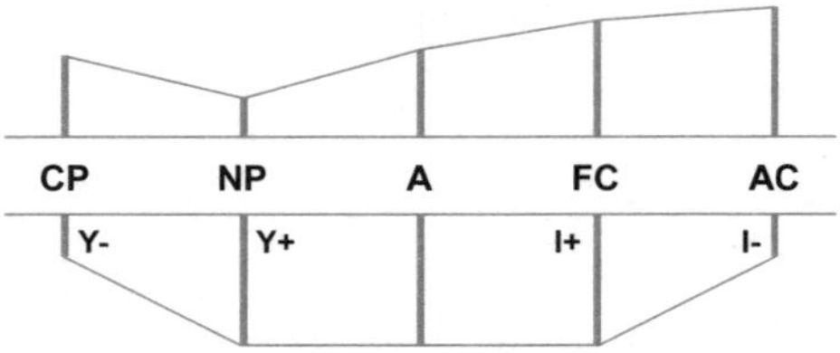

[그림 14] 에고 오케이그램 그래프⑧

이 유형은 기본적 태도의 좋은 면이 행동에 나타나지 않습니다. 체면을 존중하고(CP↑), 남에게 맞추면서(AC↑) 조심스럽게 행동합니다. 적극성이 결핍된 면이 있고(FC↓), 남과의 관계도 소극적이며(NP↓), 전체적으로 잠재력은 있으나 계발되지 못한 느낌입니다.

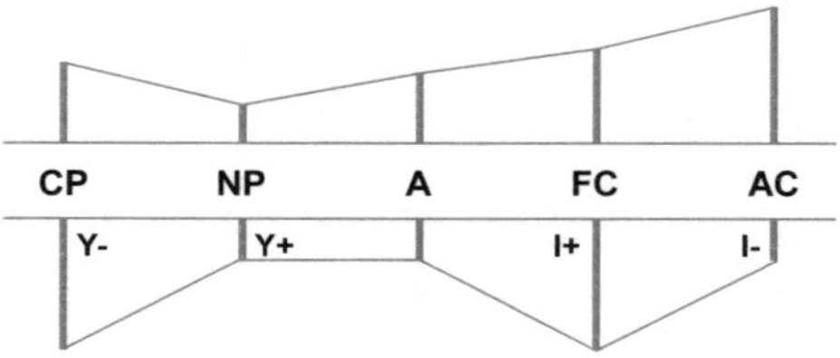

[그림 15] 에고 오케이그램 그래프⑨

이 유형은 마음속으로 자신은 우수하다고 생각하고 있으나(I+↑), 표면은 남에게 맞추는 자세를 취하고 있습니다(AC↑). 동정심이 없고(NP↓) 자신이 받아들여지지 않으면 강하게 상대를 비난하는 성향을 보입니다(CP↑, Y-↑). 자신감은 있지만(I+↑), 그것이 솔직하게 표현되지 못해(FC↓) 굴절된 모습으로 나타납니다(CP↑, AC↑).

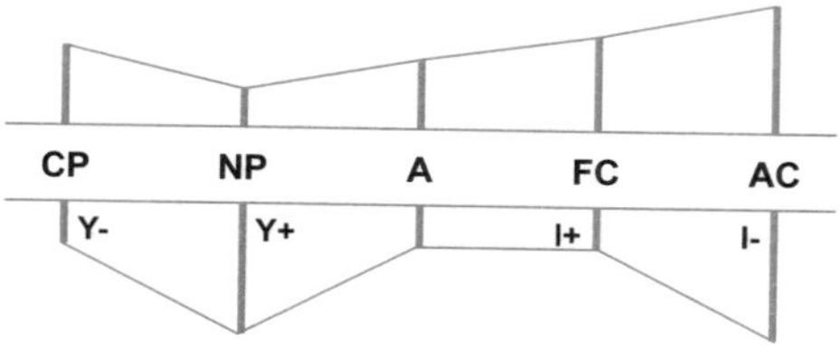

[그림 16] 에고 오케이그램 그래프⑩

이 유형은 자신감을 가질 수 없어서(I+↓), 남에게 맞추어 행동할 때가 많습니다(AC↑). 타인에 비해서 부족한 점을 느끼기 쉽고(Y+↑, I+↓), 자신은 안 된다고 생각하는 경향이 강합니다(I+↓). 타인의 장점은 인정하나(Y+↑) 남을 온화하고 친절하게 대하는 여유가 없고(NP↓), 체면상 행동하는 일이 많습니다(CP↑).

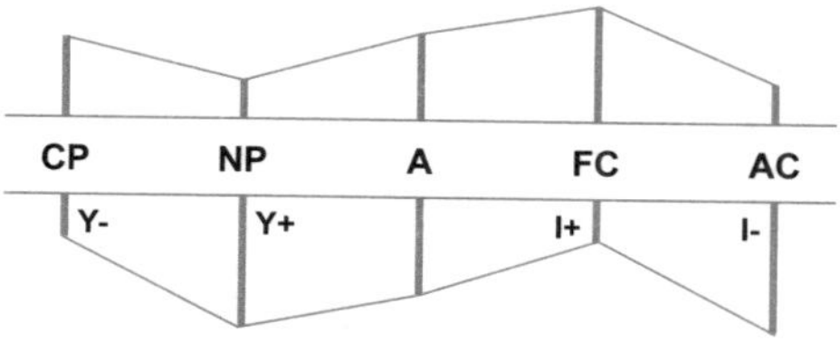

[그림 17] 에고 오케이그램 그래프⑪

이 유형은 기본적 인생태도와 자아상태가 반대로 나타나고 있습니다. 열등감 때문에 남에게 엄하게 대하고(CP↑) 딱딱하게 행동하는(AC↓) 면이 보입니다. 상대의 좋은 점은 인정하지만(Y+↑), 약점(I−↑)을 보이고 싶지 않아서 온화하고 친절한 행동을 솔직하게 표현하지 않습니다(NP↓).

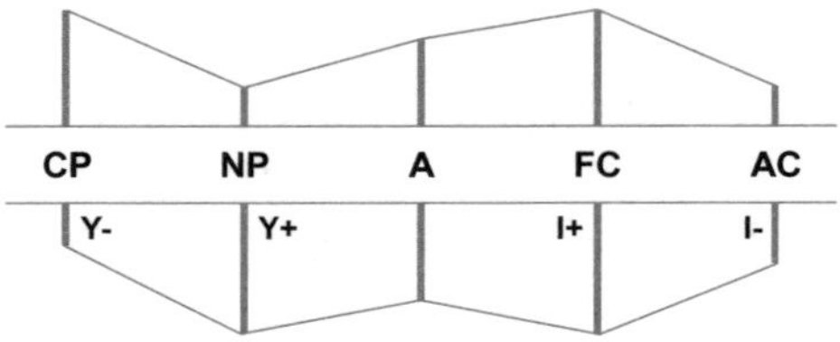

[그림 18] 에고 오케이그램 그래프⑫

이 유형은 자신감을 갖고(I+↑) 자신을 드러내는 편입니다(FC↑). 완고하고(AC↓) 자신의 생각을 강하게 주장하나(CP↑) 상대를 부정하는 감정은 약하므로(Y-↓) 풍기는 인상은 부드럽습니다. 역할 때문에 엄하게 행동하는(CP↑) 경향이 보입니다.

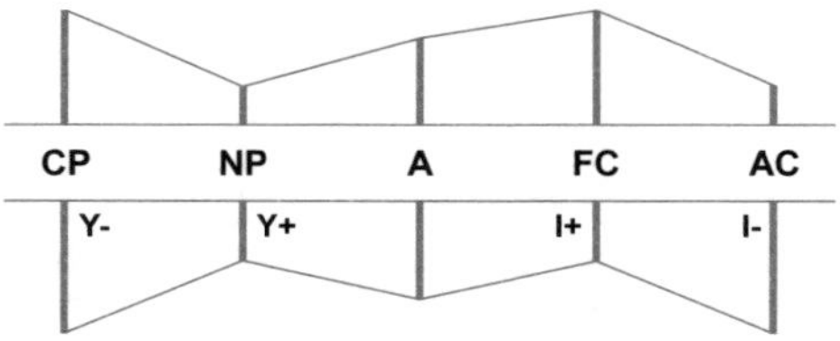

[그림 19] 에고 오케이그램 그래프⑬

이 유형은 자신도 잘못하지만(I-↑) 타인도 잘못하는 것이 많다고(Y-↑) 생각하고 있습니다. 타인의 결점을 찾고(CP↑) 엉망진창인 기분을 감정적 행동으로 발산하는 성향입니다(FC↑). 다른 사람을 상대할 때 다소 엄격해 보이지만 어딘지 허약한 느낌이 듭니다.

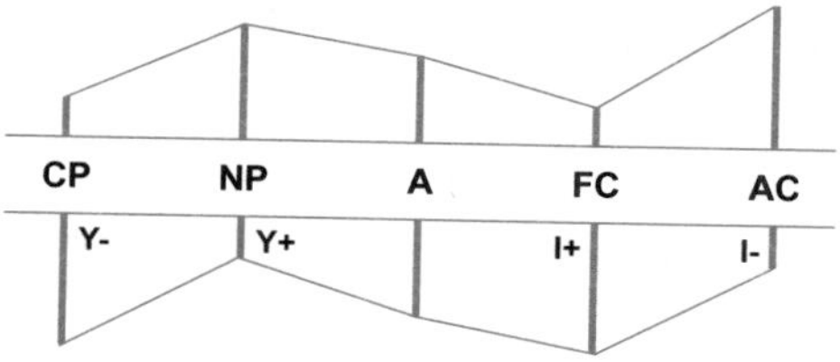

[그림 20] 에고 오케이그램 그래프⑭

이 유형은 기본적 인생태도가 자아상태와 반대의 모습으로 나타나 있습니다. 자신은 있으나(I+↑) 자신을 노출하지 않고(FC↓) 상대에 맞추는 성향입니다(AC↑). 마음속으로 타인을 부정적으로 보고 있으나(Y-↑) 남을 엄하게 비판하는 행동을 취하지는 않습니다(CP↓). 남을 돌보는 데 열심이지만(NP↑) 진정성이 없어 보입니다(Y+↓).

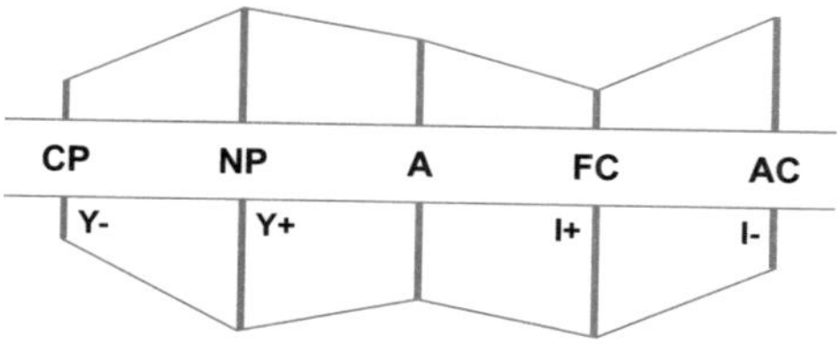

[그림 21] 에고 오케이그램 그래프⑮

이 유형은 타인의 장점을 인정하고(Y+↑) 따뜻하고 친절하며(NP↑) 비판은 별로 하지 않습니다(CP↑). 자기 자신에게 긍정적이나(I+↑) 외면적으로는 자신을 억압하고 상대를 추켜세우는 경향이 있습니다(FC↓, AC↑). 남에게 맞추어서(AC↑) 친절하기 때문에(NP↑) 대인관계에 풍파를 일으키지는 않습니다. 조심성이 있고 침착한 인상을 줍니다.

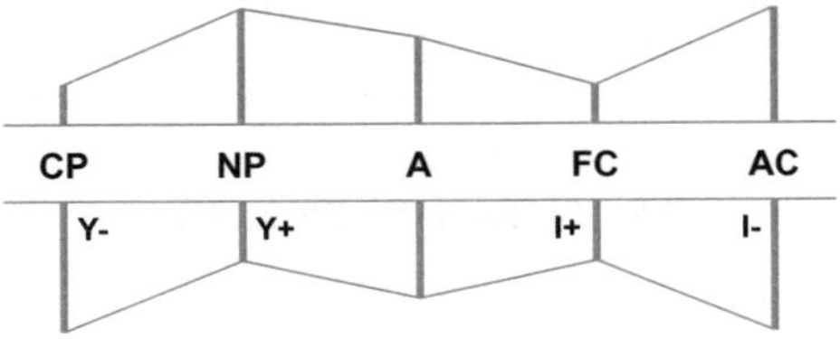

[그림 22] 에고 오케이그램 그래프⑯

이 유형은 자신에게 열등감을 느끼고 있기 때문에(I-↑) 상대에 맞추어 행동하는 일이 많습니다(AC↑). 마음속으로 타인을 부정적으로 보고 있으나(Y-↑) 남을 비판하는 행동은 취하지 못하고(CP↓) 오히려 남을 위해서 봉사하는 편입니다(NP↑). 대인관계에서 마음과 행동에 차이가 있어 모순이 생기기 쉬운 타입입니다.

personality

“ 교류분석을 활용한 집단 분위기 진단 ”

에고 오케이그램의 결과는 개인별로 에고그램과 오케이그램에 표시되는 것 외에도 집단 검사 시 집단진단표도 만들 수 있습니다. 보통의 검사는 집단으로 함께 검사해도 개인 결과의 일람표만 나옵니다. 에고 오케이그램 검사는 집단의 특징을 파악하고 그중에서 각 개인의 특색을 이해하기 위한 목적으로 집단진단표를 작성합니다.

자기지각 표현지도(Personal Map)

자기지각 표현지도는 집단에 소속된 개인으로서의 반응 특징을 좌표로 나타낸 것입니다. 자신감의 정도와 자신을 어떻게 표현할 것인가의 측면에서 개인의 특징을 파악하고 집단에서 각자의 개성을 파악합니다. 자기지각 표현지도의 X축은 자신감 정도이며, ‘자신이 있다(confidence)’와 ‘자신이 없다(no-confidence)’의 관점에서 개인의 위치를 정합니다. 오른쪽으로 갈수록 자신이 있으며, 왼쪽으로 갈수록 자신이 없는 것입니다. 자기지각 표현지도의 Y축은 자기표현 정도이며, '직접적(direct)'과 '간접적(indirect)'이라는 관점에서 개인의 위치를 정합니다. 위쪽으로 갈수록 자기표현이 적극적이고 직접적이어서 자신을 그대로 나타내며, 아래쪽으로 갈수록 자기표현이 소극적이고 간접적이어서 자신을 그대로 나타내지 않는 경향이 있습니다.

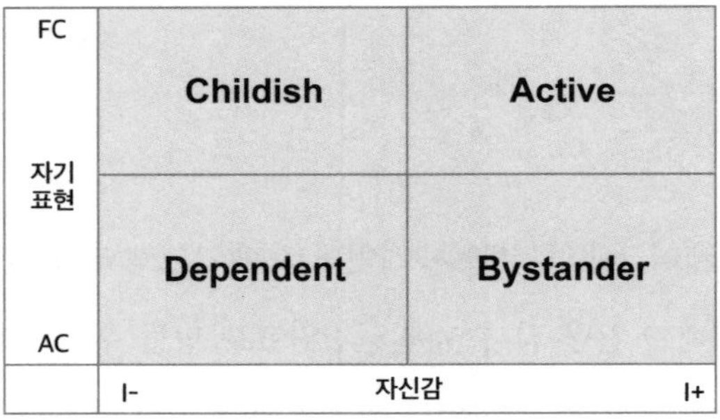

[그림 23] 자기지각 표현지도

• **A형(Active type)**: 자신감 있게 적극적으로 자신을 표현하는 타입입니다. 활동적이며 자신이 생각한 대로 행동에 옮기므로 집단에 활력을 줍니다. 집단에 이런 타입의 사람이 많으면 밝고 활발하며 적극적인 분위기가 나타나지만 통합이 어렵다는 단점이 있습니다. 각자가 제멋대로 행동하면 수습이 어려울 위험성도 있습니다. 집단 구성원의 개성을 잘 살리면 활기찬 행동적 집단이 됩니다.

• **B형(Bystander type):** 자신감은 있지만 자신을 소극적으로 표현하는 타입입니다. 신중하고 소극적이며 온순한 특징이 있으므로 집단에 이런 타입의 사람이 많은 경우 조용하고 원만한 분위기를 띠며 통일성을 유지하기 쉬우나 활기가 부족할 수 있습니다. 타인을 배려하면서 행동하는 사람들이 많기 때문에 실력 있는 집단이라도 성과가 향상되지 않는 경우가 있습니다. 집단 구성원이라면 더욱 자신의 개성을 발휘할 필요가 있습니다.

• **C형(Childish type):** 자신감은 약하나 생각대로 행동하는 타입입니다. 행동이 앞서기 쉽고, 활동은 열심히 하나 성과는 충분히 나타나지 않는 사람입니다. 집단에 이런 타입의 사람이 많으면 활기차고 즐거운 면은 있으나 일을 해나가는 데 신뢰성이 부족해집니다. 감정에 따라 움직이기 쉬워서 전반적으로 자신 없는 대로 행동해버리는 분위기가 조성됩니다. 따라서 책임의 소재를 명확히 하는 일이 중요합니다.

• **D형(Dependent type):** 자신감이 부족하고 자기표현이 왜곡되기 쉬운 타입입니다. 생각대로 행동하지 못하고 주위에 마음을 쓰면서 남을 따라가는 경향을 보입니다. 집단에 이런 타입의 사람이 많은 경우 활력이 없고 정체된 분위기를 띠게 됩니다. 자신감이 없고 남의 상황을 염려하는 구성원이 많으므로 집단 전체적으로 역동성이 부족합니다. 자진해서 하기보다는 남을 의지하려는 분위기가 지배적입니다. 집단의 활력을 높이기 위해 강력한 리더십이 필요합니다.

타인지각 관계지도(Social Relation Map)

타인지각 관계지도는 집단에 소속된 구성원의 대인관계 대응법과 리더로서의 대응법을 좌표에 나타낸 것입니다. 얼마나 타인을 신뢰하고 있느냐와 원조적이고 지배적인 정도에 따라 특정 상황에서 상대에게 어떤 영향력을 발휘하는가 여부를 표시합니다. 리더라면 집단에 어떤 특징을 가진 사람이 많은가를 파악합니다. 타인지각 관계지도 X축은 타인 신뢰 축으로, '상대를 신뢰하고 있다(trust)'와 '신뢰하지 못한다(mis-trust)' 관점에서 개인을 판단합니다. 오른쪽으로 갈수록 상대를 신뢰하며, 왼쪽으로 갈수록 신뢰하지 않는 것입니다. 타인지각 관계지도의 Y축은 타인 관계 축으로, '원조적(help)'과 '지배적(ruling)'이라는 관점에서 개인의 위치를 정합니다. 위쪽으로 갈수록 원조적 경향이 강하고, 아래쪽으로 갈수록 지배적 경향이 강한 편입니다.

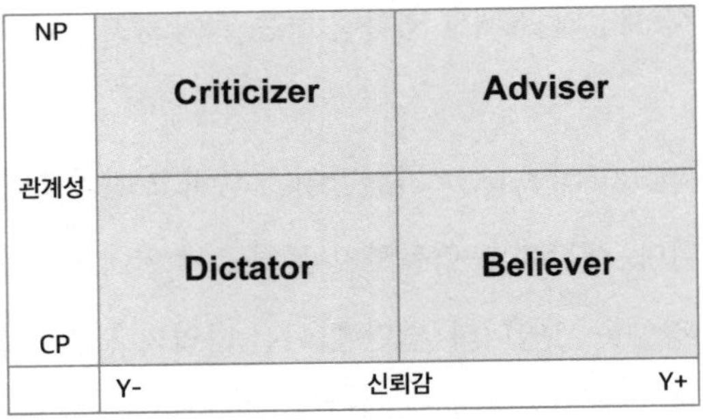

[그림 24] 타인지각 표현지도

• **A형(Adviser type):** 친절하고 다른 사람과의 협력을 아끼지 않는 유형이며, 리더로서는 상대를 신뢰하고 힘이 되어주려고 하는 타입입니다. 집단에 이런 타입이 많은 경우 상호신뢰해 협력하려는 분위기가 형성되어 편안해집니다. 다만 조심하지 않으면 상호 간에 엄격성이 없어져서 지나치게 단조로워질 위험이 있습니다.

• **B형(Believer type):** 신념을 가지고 해결하려는 유형이며, 리더로서는 상대를 신뢰하고 있기 때문에 자신의 생각대로 움직여주기를 바라는 타입입니다. 집단에 이런 타입의 사람이 많으면 문제를 원칙에 따라 해결하려는 분위기가 조성됩니다. 상호 간에 신뢰하고 있고 구분도 명확하므로 집단 전체에 생기가 있습니다. 다만 이상을 지나치게 좇는 면도 보입니다.

• **C형(Criticizer type):** 필요 이상으로 돌봐주려고 하는 유형으로서, 리더로서는 상대를 불신해 맡기지 못하는 타입입니다. 집단에 이런 유형의 사람이 많은 경우 남이 하는 일이 마음에 걸리는 구성원이 많으므로 능률이 오르기 어렵습니다. 분담하여 협력하는 일이 잘 안되는 집단입니다. 불필요하게 간섭하거나 말을 얹어 집단 내의 화합이 어렵습니다.

• **D형(Dictator type):** 따지는 것이 많고 불만을 갖기 쉬운 유형으로서, 리더로서는 상대를 신뢰하지 못하므로 자신의 생각을 강요하는

타입입니다. 집단에 이런 유형의 사람이 많은 경우에 개개인이 하고 싶은 일을 강하게 주장하고, 자신을 내세우고 싶어 하므로 집단은 통합되기 어렵고 서먹서먹한 분위기가 되기 쉽습니다. 남의 단점을 찾거나 엄격히 비판하려는 경향이 강하므로 구성원은 스트레스를 느끼기 쉽습니다.

■ **에고 오케이그램 분석지**

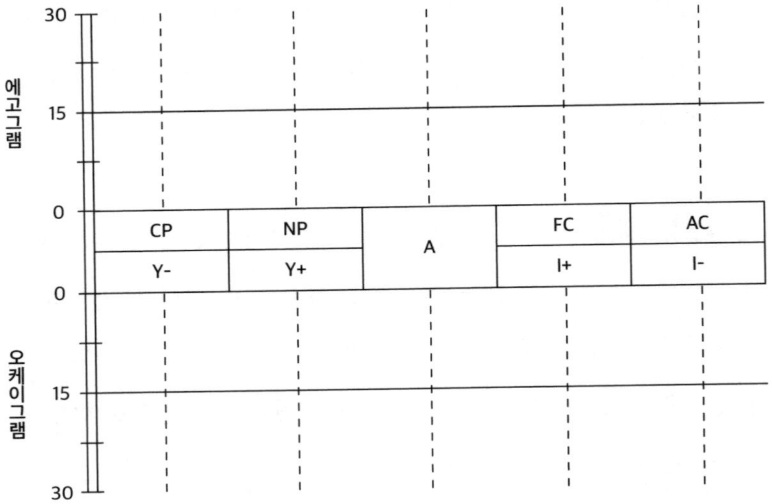

| 제5부 |

인간유형별 소통의 기술

슈퍼맨 유형
No.001 AAAAA

화끈이(CP), 포용이(NP), 침착이(A), 솔직이(FC), 끄덕이(AC) 모두 강한 유형입니다. 이 유형은 가치관이 뚜렷하고 엄격하면서도 타인에 대한 관심과 애정도 많으며, 매우 이성적이고 상황판단 능력이 뛰어나며 감정 표현도 적극적으로 하는 사람이지요. 많은 사람을 즐겁게 하며 일과 취미 활동 어느 것 하나 빠지지 않는 유형입니다. 굉장히 쾌활하며 밝은 성격으로 이 유형과 함께 있으면 긍정적 기운을 듬뿍 받습니다.

단, 주위 사람들을 잘 보살펴주는 것은 좋지만 내 방식대로 잘해주려고 하고 때로는 상대방을 지나치게 헤아려서 자신의 진정한 감정을 솔직하게 표현하지 못하는 경우도 있습니다. 자신의 감정과 자기주장을 진솔하게 표현하는 연습이 필요합니다.

또 에너지를 과하게 발산하는 유형이므로 자신의 에너지를 관리하기 위해서는 체력 관리를 꾸준히 해야 합니다. 그렇지 않으면 스트레스에 의해서 에너지가 어느 순간 고갈될 수 있으니 주의하십시오. 산책이나 명상 등 혼자 있는 시간을 만들면 좋습니다.

에너지 과잉 유형
No.002 AAAAB

화끈이(CP), 포용이(NP), 침착이(A), 솔직이(FC)는 모두 강하나 끄덕이(AC)만 중간 정도인 유형입니다. 이 유형은 추구하는 이상이 높아 정의감이나 책임감에 불타며, 의리나 인정이 두텁습니다. 일을 할 때 합리적이면서 호기심도 많은 사람입니다.

도전 욕구가 강한 유형이라서 업무뿐만 아니라 취미나 오락에 대한 탐구심도 왕성합니다. 또한 협조성과 타협성이 풍부한 유형입니다. 다만 에너지가 너무 높아서 계속 발산만 하다 보니 체력 손실로 이어질 가능성이 높습니다. 타고난 재주가 많지만 모든 면에서 자칫 이류로 끝나게 될 위험성도 있습니다.

다채로운 생활을 즐기는 것도 중요하지만 자신이 원하는 것 한두 가지에 집중해 탁월한 성과를 내보는 것은 어떨까요? 또한 부정적인 감정을 표현할 때는 차분하게 상대방의 입장과 감정을 이해하려는 섬세함이 필요합니다.

다재다능한 유형
No.003 AAAAC

화끈이(CP), 포용이(NP), 침착이(A), 솔직이(FC)가 모두 강하나 끄덕이(AC)만 약한 이 유형은 남을 의식하지 않고 하고 싶은 대로 다 하는 사람입니다. 정신적인 에너지가 무척 강하며 좋고 싫음이 분명합니다.

사람에 대한 관심도 높아서 의리와 인정이 많으며 자기 표현력이 뛰어납니다. 호기심도 많고 자유분방하면서도 합리적이고 현실적으로 살아가는 유형입니다. 문제는 다른 사람 입장을 생각하지 않고 자신의 생각을 고집하며 자기중심적으로 행동한다는 것입니다. 감정적으로 되기가 쉽고 불만이 있을 땐 잘 참지 못하고 직설적으로 표현해버립니다.

이 유형은 자기중심적인 태도에서 벗어나야 합니다. 자신의 감정을 누그러뜨리는 노력과 비판을 자제하려는 태도를 익히고 의식적으로 상대방을 배려해 맞춰줘야 합니다. 또 다방면에 관심이 많아서 무엇에 중점을 두고 행동해야 좋을지 알 수 없다는 것도 문제입니다. 어느 것 하나 또는 둘을 정해서 제대로 일을 끝내는 선택과 집중이 필요합니다.

모범생 유형
No.004 AAABA

화끈이(CP), 포용이(NP), 침착이(A), 끄덕이(AC) 모두 강하나 솔직이(FC)가 상대적으로 약한 이 유형은 침착하고 안정된 느낌을 주는 사람입니다. 매사에 조심스럽고 이런 저런 생각을 많이 하며 항상 예의를 지키려고 노력합니다. 한마디로 매사에 최선을 다하는 모범생이지요.

이 유형의 사람은 도덕적이며 규범을 잘 지킵니다. 상대에게는 항상 친절하며 희생적인 일도 마다하지 않습니다. 문제가 생겼을 때 조정하는 역할을 맡으며 타협과 양보를 잘하는 사람입니다. 하지만 자신의 감정을 자유롭게 표현하지 못하는 때가 있습니다. 남을 너무 생각하기 때문에 시간이 지나면서 지치고 스트레스가 쌓이는 유형입니다.

이 유형은 솔직한 감정을 있는 그대로 표현하는 데 약하고 다른 사람의 요구에 맞추려고 해서 정작 자신은 힘들 때가 많습니다. 자신만의 시간을 가지면서 나를 위해서 즐기고, 참았던 감정을 표현할 수 있는 재미있는 일을 찾아보세요.

좋은 관리자 유형
No.005 AAABB

화끈이(CP), 포용이(NP), 침착이(A)가 강하고 솔직이(FC)와 끄덕이(AC)는 중간 정도인 이 유형은 다른 사람의 자주성과 독립성을 인정하지 않고 간섭하며 지나치게 현실적입니다. 이 유형은 헌신적인 애정을 베푸는 경향이 강해 주위 사람들을 위로하고 지지하는 역할을 즐깁니다.

경영자나 관리자로서는 직원들이 본받고 싶어 하는 유형입니다. 비전과 목표가 뚜렷하며 신념이 큰 사람입니다. 후배 직원을 잘 육성해주고 지지해주는 유형으로 조직 내 질서를 잘 만들어갑니다. 문제는 인생에서 자신만을 위한 재미있는 활동에는 별로 투자하지 않는다는 것입니다. 열심히 일만 해서 목표를 이루고 나면 그 뒤에는 허탈감이 따라올 수 있습니다.

이 유형은 좀 더 활기 있고 낙관적이고 낙천적인 마음가짐과 협동심이 필요합니다. 개인의 삶을 돌아보는 여유를 갖고 취미 생활을 찾아 실천해보세요.

자주적인 인재 유형
No.006 AAABC

화끈이(CP), 포용이(NP), 침착이(A)는 강하나 끄덕이(AC)가 약한 이 유형은 보수적이고 권위적이며 냉철하고 봉사정신도 투철합니다. 어떠한 상황에서든지 판단력과 이해력, 조정 능력을 지니고 있어서 일할 때 촉망받는 유형입니다. 다른 사람을 보살펴주거나 이해하는 마음도 크고 자신만의 색깔을 분명하게 가지고 있습니다.

이러한 유형이 조직의 책임자로 있으면 변화와 혁신이 잘 이루어집니다. 특히 주도권을 가지고 있을 때 더 큰 에너지를 뿜어낼 수 있습니다. 하지만 이 유형은 자신의 주관과 고집이 아주 세고 상대방이 자신의 요구를 거절하는 것에 대해 매우 기분 나빠합니다. 그래서 누군가로부터는 '독단적이고 제멋대로다'라는 말을 들을 수 있으니 주의해야 합니다.

이 유형은 자신과 생각이 다르더라도 참고 기다리고 다른 사람의 요구를 좀 더 섬세하게 알아주기 위해 노력해야 합니다. 타인의 이야기에 귀를 기울이고 그 마음을 순수하게 들어주세요.

감정 자제 유형
No.007 AAACA

화끈이(CP), 포용이(NP), 침착이(A), 끄덕이(AC) 모두 강하고 솔직이(FC)만 약한 이 유형은 자신을 솔직하게 표현하지 못하고 폐쇄적이며 즐거움을 모르는 딱딱한 사람입니다. 이 유형은 희로애락의 감정을 외적으로 잘 표현하지 못해서 다른 사람들에게 무감하고 재미없는 사람이란 소리를 듣습니다.

책임감과 의리, 마음 씀씀이, 이성적인 분별력도 좋지만 여유와 융통성이 없어서 답답한 편입니다. 감정 표현을 억제하기 때문에 상대방에게 의도와 다르게 오해를 사거나 자신이 남을 생각하고 배려하는 것만큼 상대가 알아주지 못하는 경우가 생깁니다.

이 유형은 사회에서 인정받고 애쓰는 일도 중요하지만, 자신을 위해 더 투자해야 합니다. 다른 사람을 위한 시간만큼 자신을 위한 시간에도 더 많은 에너지를 쏟으세요. 이 유형은 가족들과 편안하게 단란한 시간을 보내거나 아무 계획 없이 흥미롭고 재미있는 일에 몰두하는 여유가 필요합니다.

안정 추구 유형
No.008 AAACB

화끈이(CP), 포용이(NP), 침착이(A)가 강하고 솔직이(FC)가 약한 이 유형은 권위적이고 포용력이 있으며 타인의 반응에 신경을 많이 쓰고 민감합니다. 감정기복이 적고 욕심을 부리지 않는 유형입니다. 일할 때는 계획적인 현실 지향형 스타일이나 인간관계에서는 다른 사람의 동정이나 부탁을 받으면 거절하지 못합니다.

이 유형은 책임감과 의무감이 강하지만 상대방을 지나치게 보호하거나 간섭해 상대방의 자주성을 해칠 우려가 있습니다. 감정을 심하게 억제하고 사물을 즐기지 못하는 경우가 많습니다. 주위 사람이 보기에는 여유나 즐거움이 없어 보입니다. 감수성이 둔한 사람이 많으며 전반적으로 표현력이 부족합니다.

인생에서 가장 중요한 것은 바로 자기 자신입니다. 스스로에 대한 욕구도 의식하고 좀 더 건강하고 성숙한 의미에서 감정의 가치를 인정하고 적절한 표현 방법을 찾아 삶을 즐길 수 있어야 합니다.

교과서 유형
No.009 AAACC

화끈이(CP), 포용이(NP), 침착이(A)가 강하고 솔직이(FC)와 끄덕이(AC)가 약한 이 유형은 조심스럽고 감정에 휩쓸리지 않으며 합리적이고 비판적입니다. 매사에 정확하고 똑 떨어지는 것만 말하고 실행하는 유형입니다. 공사를 구분할 줄 알며 책임감이 매우 강합니다. 사회적 질서나 인간의 기본 됨됨이를 중요하게 생각하는 유형이기 때문에 교과서와 같은 사람으로 비칠 수 있습니다.

취미나 오락에 시간을 투자하는 것이 시간 낭비라고 생각하는 경향이 커서 사적인 일에 시간을 많이 쏟지 않습니다. 나이가 든 사람이라면 젊은 사람과의 관계에서 세대 차이를 많이 느낄 수 있으며 고지식하다는 말을 듣기도 합니다.

시대의 변화에 따라 자신의 가치관도 함께 변화해야 좋은 관계를 맺을 수 있다는 것을 명심하세요. 자신의 고집을 내려놓고 주변의 조언에 귀를 기울여야 합니다. 자신의 솔직한 기분과 타인의 감정에 더욱 민감해질 필요가 있습니다.

잠재적 거물 유형
No.010 AABAA

화끈이(CP), 포용이(NP), 솔직이(FC), 끄덕이(AC) 모두 강하고 침착이(A)만 약한 이 유형은 자기중심적이고 감정적이며 생각을 거침없이 말합니다. 책임감과 정의감이 불타며 사람들에 대한 애정도 깊고 어린아이 같은 자유분방함을 가지고 있습니다. 에너지가 높고 에너지를 발산하는 유형이기 때문에 자칫 산만하게 느껴질 때가 있습니다.

상대적으로 이성과 지성의 에너지를 높여 선택과 집중하는 것이 요구됩니다. 그러나 내면에는 큰 그릇을 가지고 있는 사람입니다. 주변 사람을 잘 만나면 대단한 거물이 될 수 있습니다. 이미 상당한 잠재력을 발휘하고 있으며 인간관계의 희로애락을 잘 아는 유형입니다. 하지만 객관적이며 냉정하게 일 처리를 하지 못하는 것이 단점일 수 있습니다.

이 유형은 사람들에게 당당하고 자신감 있게 보이는 것은 좋으나 자신의 허점이나 인간적인 면도 존중하고 사랑하는 마음이 요구됩니다.

워라밸 유형
No.011 AABAB

화끈이(CP), 포용이(NP), 솔직이(FC)가 강한 이 유형은 솔직하고 융통성이 있으며 희생정신과 책임감이 높습니다. 일과 여가 생활에도 모두 유능한 사람입니다. 일에 대한 욕심이 있으면서도 인생을 즐기며 자신에게 투자하는 데도 아끼지 않습니다. 두 가지를 균형 있게 유지하기는 힘들지만 이 유형은 돈을 버는 데 혈안이 되어 있지 않고 인생을 남들보다는 여유 있게 바라보는 사람입니다.

이 유형은 사람을 대할 때 너무 냉정하거나 차갑지 않으며 계산적이지도 않습니다. 가끔 상대를 생각하는 마음이 커서 잔소리나 과보호를 하는 경우가 있지만 매우 인간미가 넘칩니다. 애정 표현도 활발히 하는 편이며 자신과 타인에게 솔직한 유형입니다.

이 유형은 타인을 비판할 때나 도와줄 때 조심스러운 태도가 필요합니다. 오해받을 소지가 있으므로 좀 더 객관적으로 자기 자신을 보아야 합니다. 또 완벽해지려는 욕심보다는 느슨함과 여유를 가져야 합니다.

의리파 아저씨 유형
No.012 AABAC

화끈이(CP), 포용이(NP), 솔직이(FC)가 강하고 끄덕이(AC)가 약한 이 유형은 권위적이고 일방적이어서 타인이 간섭하는 것을 매우 싫어합니다. 의리와 인정, 책임감이 넘쳐서 가끔 고집쟁이처럼 보일 수도 있지만 진국인 사람입니다.

이 유형은 좋고 싫음, 옳고 그름이 너무나 분명해 다른 사람이 끼어들 여지가 거의 없습니다. 자신이 스스로 판단해서 많은 일에 열성을 보이고 희생정신을 발휘하지만, 아니다 싶으면 냉정하게 돌아서버리는 사람입니다. 아저씨 같은 보수적이고 무뚝뚝한 면과 함께 아이처럼 천진난만한 면도 함께 가지고 있습니다.

정열적인 사람이라서 함께 있으면 에너지를 얻을 수 있습니다. 가끔 정의감에 불타서 총대를 메는 일이 있을 수 있습니다. 고집이나 주관 때문에 갈등을 일으키거나 인간관계에서 고립될 수 있습니다. 그렇기 때문에 타인의 욕구나 입장, 그리고 기분에 더욱 민감하게 귀를 기울이는 태도가 요구됩니다.

범생이 유형
No.013 AABBA

화끈이(CP), 포용이(NP), 끄덕이(AC)가 강한 이 유형은 조심스럽고 의존적이면서 상대방의 마음을 많이 이해하려는 사람입니다. 항상 상대방 입장에서 생각하며 타인의 이야기에 귀를 잘 기울입니다. 주위를 배려하며 타인의 눈을 생각하면서 행동합니다. 또한 사람들로부터 칭찬받을 만한 결과물을 많이 만들어냅니다.

주변의 눈을 지나치게 의식해 자신을 테두리 안에 가두고 모범적인 행동을 하려고 합니다. 높은 신념, 강한 책임감, 맹목적인 헌신과 애정은 결국 스트레스로 이어질 때가 많습니다. 때로는 높은 에너지가 큰 부담으로 작용해서 심신을 괴롭게 할 수도 있으니 주의하세요.

이 유형은 좀 더 강한 자기 주관과 건강한 고집이 필요합니다. 상대방을 돕는 것도 소중하고 가치 있는 일이지만 그보다는 자기 자신을 존중하는 태도가 요구됩니다. 거절할 일이 있을 땐 분명히 거절할 수 있는 용기도, 자신의 감정을 표현하는 열정도 필요합니다.

노력파 어버이 유형
No.014 AABBB

화끈이(CP)와 포용이(NP)가 강한 이 유형은 한마디로 어버이 같은 사람입니다. 권위적이고 강압적이고 독단적이며 타인을 지나치게 보호하고 간섭하며 잔소리가 많습니다. 타인을 비판하면서도 상대의 입장을 생각하고 이해하려는 유형입니다. 이 유형은 인생에서 행운을 바라기보다는 노력을 기울여 얻으려고 합니다. 어떠한 곤경에 빠지더라도 정면승부를 하는 유형이기도 합니다. 최선을 다하고 나서 결과가 나쁘게 나오더라도 심하게 낙담하거나 불평하지 않습니다.

이 유형은 인간관계에서 적당히 자기주장을 내세우고 타협할 줄 아는 지혜로운 사람입니다. 사람에 대한 호불호도 없으며 주변 사람들을 잘 보살피고 이끌어갑니다. 약점이 있다면 너무 일에만 매달려서 인생의 즐거움을 놓칠 수 있으니 주의해야 합니다.

자신이 믿는 것을 지나치게 신뢰하지 않도록 조심해야 합니다. 완벽주의적인 성향을 버리고 좀 더 편안한 여유를 가지는 것이 필요합니다.

굳은 신념주의자 유형
No.015 AABBC

화끈이(CP)와 포용이(NP)가 강하고 끄덕이(AC)가 약한 이 유형은 한마디로 고집이 있고 자신만의 신념이 뚜렷한 사람입니다. 어떤 것이든 대충 하는 법이 없습니다. 이 유형은 자신이 생각하는 방향으로 밀어붙입니다. 그래서 비판이 많고 잔소리가 심하며 독선적이라는 소리를 들을 수 있습니다.

그렇다고 자기중심적으로 문제를 바라보거나 자기 이익만을 추구하는 사람은 아닙니다. 사람과의 관계에서 융통성이 부족할 뿐입니다. 때로는 타인이 정한 사항을 따라갈 필요가 있으며 상대의 의견을 순수하게 받아들여야 할 때도 있습니다.

이 유형은 고집 때문에 좋은 기회들을 잃을 수 있습니다. 조직은 자신만의 색깔을 가진 사람보다 팀워크를 이루는 사람을 더욱 원합니다. 아무리 뛰어난 재능을 가졌다고 하더라도 동료 의식이 없다면 성공하기 어렵습니다. 타인의 의견에 귀를 기울이고 상대방의 마음에 들기 위해 노력하는 것도 필요합니다.

사회봉사 유형
No.016 AABCA

화끈이(CP), 포용이(NP), 끄덕이(AC)가 강하고 솔직이(FC)가 약한 이 유형은 권위적이고 자기주장이 뚜렷할 것 같지만 동시에 타인의 눈치도 보는 사람입니다. 사려 깊고 신중하며 자제력이 뛰어나 자신의 감정을 잘 드러내지 않습니다. 외향적인 것처럼 보이나 내향적인 면도 많으며 사회나 타인에 대한 배려가 우선이지요. 사람들과의 의리와 인정이 매우 중요하다고 느끼며 항상 의무감과 책임 의식에 젖어 있습니다.

누군가에게 칭찬받을 수는 있지만 정작 자기 자신을 위해 즐기는 사람은 못 됩니다. 순응하다 보면 상대가 보기에 약한 사람처럼 비치기도 합니다. 자신의 감정을 좀 더 표현하고 주위를 의식하는 모습은 버리는 것이 좋습니다. 타인의 비위를 맞추다가 정작 손해를 보는 경우도 많습니다.

'재미있을 것 같다' '한번 해보자' '즐겁다' 하는 마음으로 매사에 호기심을 가지고 적극적으로 뛰어드십시오. 유머나 농담을 하고 유쾌한 기분에 흠뻑 젖어봅시다.

조숙한 맏언니 유형
No. 017 AABCB

화끈이(CP)와 포용이(NP)가 강하고 솔직이(FC)가 약한 이 유형은 어느 자리를 가든지 맏언니 역할을 합니다. 있는 그대로의 감정을 표현하는 걸 어려워하고 함께 하는 사람들을 지나치게 보호하고 간섭하며 잔소리가 많습니다. 튀지 않고 적당히 상대방에 맞춰주면서 친근하게 인간관계를 유지하지요. 독특한 개성은 없지만 안심하며 대할 수 있는 편안한 유형입니다.

이 유형은 얌전하고 무표정하며 감정적이지 않습니다. 문제는 자유분방함이 없어서 인생을 즐기지 못한다는 것입니다. 상식에서 벗어나는 연애나 취미 생활은 잘 못하기 때문에 평범해 보일 수 있습니다. 사회질서나 윤리, 봉사도 중요하지만 자신을 위한 재미있는 일에 도전해보는 것은 어떨까요?

인간관계를 넓게 갖길 어려워하는 당신은 세상과 사물에 대한 호기심을 갖고 무엇이든 적극적으로 시도해보는 것이 좋습니다. 감정을 겉으로 드러내는 연습을 하고 공상을 즐기며 자연을 접하고 예술과 오락 등을 즐기도록 하세요.

상식 중심 유형
No. 018 AABCC

화끈이(CP)와 포용이(NP)가 강하고 솔직이(FC)와 끄덕이(AC)가 약한 이 유형은 완고한 아저씨처럼 상식의 틀에서 벗어나는 일이 거의 없습니다. 다른 사람에게 피해를 주는 일은 절대 하지 않지만 생각의 폭이 너무 좁을 때가 있습니다. 정해진 자신만의 세계에서 정해진 방식대로 생활하고 행동합니다. 사회에서 짠 테두리에서만 움직이는, 인간미가 부족한 벽창호 같은 사람이므로 완고한 아버지 형이라고 불리기도 합니다.

흑백을 명확히 따지고 타인에 대한 평가도 잘합니다. 물론 상대를 보살펴주기 위해서 관심을 갖고 이야기하지만, 상대는 잔소리로 받아들일 확률이 높습니다. 스스로 마음먹은 일은 쉽게 바꾸지 못하기 때문에 인간관계에서 종종 마찰이 일어납니다.

좀 더 열린 마음으로 상대방 입장에서 관계를 끌어가세요. 매사에 호기심을 가지고 적극적으로 뛰어들어보세요. 생각이 나면 즉시 행동해보고 하고 싶은 것을 마음껏 해보는 것도 좋습니다.

현실 무시 유형
No.019 AACAA

화끈이(CP), 포용이(NP), 솔직이(FC), 끄덕이(AC) 모두 강하고 침착이(A)만 약한 이 유형은 항상 적극적이고 명랑하며 쾌활합니다. 호기심도 상당히 많으며 눈치도 빠르지요. 또한 타인의 비위를 잘 맞추고 배려하는 마음도 가지고 있습니다. 인간미가 있고 순박해 좋은 사람이라는 인상을 줍니다.

문제는 이성적 사고가 뒷받침되지 않아서 판단력, 분석력, 냉정한 업무 처리가 부족합니다. 어떠한 문제가 발생했을 때 계획을 세워서 체계적으로 처리하는 것을 어려워합니다. 사물을 명확하게 판단하고 이성적으로 접근해야 할 때도 감정에 치우치는 경우가 있습니다. 그때그때 생각난 대로 행동하므로 일관성이 없어서 신뢰받기가 어렵습니다.

이 유형은 사람과의 관계에서 넘쳐나는 열정도 중요하지만, 현실감각을 높이도록 에너지를 잘 조절해야 합니다. 정보를 수집하고 다양한 각도에서 사물을 생각해보세요. 현실에 근거해 상황을 정확하게 판단하며 모든 가능성과 대안을 생각해야 합니다.

인간 럭비공 유형
No.020 AACAB

화끈이(CP), 포용이(NP), 솔직이(FC)가 강하고 침착이(A)가 약한 이 유형은 한마디로 어디로 튈지 모르는 사람입니다. 의욕은 넘쳐나고 에너지는 아주 높습니다. 감정도 있는 그대로 모두 보여줍니다. 내키는 대로 하며 목표 의식도 강합니다.

그러나 넘쳐나는 욕구를 모두 채워줄 수 있는 이성적 사고가 부족합니다. 상대방의 행동에 대해서는 비판적이면서도 자신을 적극 주장하며 남에게 맞추지 않고 자기중심적으로 행동할 때가 많습니다. 하고 싶은 일이 많은데 이것들을 조정해가는 이성이 받쳐주지 않기 때문에 결과가 약합니다.

의욕이 없는 사람보다는 낫지만 어떤 일이든 심사숙고하는 자세가 필요합니다. 항상 계획적으로 생각하며 냉정하게 판단하는 습관을 들이십시오. 감정적으로 행동하지 않도록 스스로를 통제하며 침착하고 객관적인 자세를 유지하세요. 메모하는 습관을 들여 어떤 상황이나 문제에 대해 상대방에게 그 이유를 질문하는 것도 좋은 방법입니다.

자유분방 유형
No.021 AACAC

화끈이(CP), 포용이(NP), 솔직이(FC)가 강하고 침착이(A)와 끄덕이(AC)가 약한 이 유형은 비판적이고 직설적이며 자기주장이 강하고 즉흥적인 사람입니다. 이성보다는 감정이 앞서 실수를 저지를 확률이 높습니다. 이런 사람을 철없는 막내아들 유형이라고도 하지요. 주위 사람들의 생각보다는 자기 자신을 우선시하고 감정 표현을 솔직하게 합니다. 사회의 질서와 안정을 무척 중시하지만 엉뚱한 행동으로 상대를 당황하게 할 때가 있습니다. 무슨 일을 저지를지 몰라 눈을 뗄 수 없기도 합니다. 그래도 다행히 정이 많은 사람이라서 쉽게 거절하지 못하고 사람들을 잘 도와줍니다.
아주 솔직한 이 유형은 타인을 이용하기 위해 잔머리를 쓰거나 일부러 달콤한 말을 하지는 않습니다. 항상 자신의 마음을 가라앉히고 차분하게 행동합니다. 상대방의 말과 행동에 대해 정확한 의미와 내용을 확인하고 반응하세요. 어떤 사항을 분석하고 거기에 어떤 원칙이나 패턴이 있는지 조사하고 또 결과를 예측하면서 행동하십시오.

책임감 과다 유형
No.022 AACBA

화끈이(CP), 포용이(NP), 끄덕이(AC)가 강하고 침착이(A)가 약한 이 유형은 스스로에게 엄격하며 책임감이 강합니다. 남을 배려할 줄도 알며 사람을 좋아하고 옳고 그름이 명확하지요. 다만 자신을 희생하고서라도 타인과 관계를 잘 맺으려고 하기 때문에 자신의 감정을 자유롭게 표현하지 못합니다. 타인에 대해 너무 신경을 써서 말투도 공손하고 자기주장도 별로 하지 않고 언제나 부드러운 사람으로 남고 싶어 합니다.
주위 사람들이 보기에는 고집이 있어 보이고 비현실적이라고 느끼기도 합니다. 지나치게 타인을 참견하거나 남의 시선을 의식하기 때문입니다. 또 본인의 역량으로 하기 어려운 일들도 거절하지 못하고 모두 수락합니다. 부담이 가는 일을 혼자 해결하다 보니 스트레스를 받는 경우도 많습니다.
자신이 느낀 것을 망설이지 말고 표현하세요. 용기를 내고 진취적인 쪽으로 생각하십시오. 자신감이 있는 작은 일부터 도전하고 실행해보는 것도 좋은 방법입니다.

사회질서 유지 유형
No.023 AACBB

화끈이(CP)와 포용이(NP)가 강하고 침착이(A)가 약한 이 유형은 매우 도덕적이며 이상, 신념이 높은 사람입니다. 의리를 중요시하며 정이 많고 타인을 배려하는 마음도 크지요. 그러나 계획성이 없으며 즉흥적이고 현실감각과 논리성이 부족합니다.
그래서 계산하고 따지지 않다가 의외의 인생을 보내기 쉬운 유형입니다. 현실적이거나 객관적이지 못해서 이상은 높으나 실행력이 뒤따라주지 않아 엉뚱한 방향으로 튀기도 합니다. 사람에 대한 관심과 의리도 중요하지만, 사회에서 성공하려면 상황을 정확하게 파악하는 능력과 문제해결 능력을 갖추어야 합니다.
적당한 자기 표현력과 겸손함을 갖춘 이 유형은 일에서 조금 더 냉정하고 현실적으로 행동할 필요가 있습니다. 감정적으로 행동하지 않도록 스스로를 통제하며 침착하고 객관적인 자세를 유지하세요. 항상 메모하는 습관을 들여 어떤 상황이나 문제에 대해 상대방에게 그 이유를 질문하는 것도 좋은 방법입니다.

사회질서 고집 유형
No.024 AACBC

화끈이(CP)와 포용이(NP)가 강하고 침착이(A)와 끄덕이(AC)가 약한 이 유형은 보수적이고 권위적이며 감정적이고 즉흥적인 사람입니다. 사회질서나 약속에 대해서는 책임감을 갖고 행동하지요. 주어진 일에서는 목표를 갖고 확실하게 일을 하려고 하나 좀처럼 상대의 기대에 맞는 결과가 나오지 않습니다.
이 유형은 종종 자신을 절대시하는 고집쟁이처럼 행동해 융통성이 부족하다는 말을 듣기도 합니다. 사회생활에서 좀 더 조화를 이루거나 마찰을 피해 갈 수 있는 처세술을 익혀야 합니다. 때로는 누군가를 보살피고 관심을 갖는 넓은 마음이 희석될 수 있으니 주의해야 합니다.
자신의 개성이 뚜렷한 사람입니다. 자칫하면 주위를 의식하지 않고 튀는 사람으로 보일 수도 있습니다. 자신이 최대한 겸손하며 현실적이고 합리적인 사람으로 느껴질 수 있도록 미리 말과 행동을 준비하세요.

감정 노동자 유형
No.025 AACCA

화끈이(CP), 포용이(NP), 끄덕이(AC)가 강하고 침착이(A)와 솔직이(FC)가 약한 이 유형은 자기주장을 하지 못하고 억압되어 있어서 불만이 많으며 자기 자신에 대해서 부정적입니다. 상대의 의견을 잘 받아주며 내심 불만이 있더라도 겉으로 표현하지 않습니다. 마음에 들지 않아도 항상 주변 사람을 배려하기 때문에 타인이 정한 사항을 따라가는 경우가 많습니다.

하지만 남을 위해 지나치게 양보하다가 스스로 위축되거나 문제해결이 잘 되지 않을 때가 많습니다. 또한 자기표현을 잘하지 못해서 종종 오해를 사기도 합니다. 적극적으로 행동하거나 밝고 긍정적인 성격이 될 수 있도록 많은 노력을 해야 합니다.

상대에게 순응하는 유형으로 보이는 것은 스스로 호인으로 보이고 싶은 마음이 크기 때문입니다. 정말 호인처럼 보이고 싶다면 마음에 여유를 갖고 감정을 솔직하게 표현하도록 노력하세요. 당신의 신념과 의견을 적극적으로 피력할 때 분명 길은 열릴 것입니다.

지성과 실행력이 필요한 유형
No.026 AACCB

화끈이(CP)와 포용이(NP)가 강하고 침착이(A)와 솔직이(FC)가 약한 이 유형은 우등생으로 보이길 바라고 있습니다. 책임감이 강하며 주어진 업무는 확실히 하기 위해 노력하지요. 또한 상대방을 잘 보살피며 인정을 베푸는 데에도 인색하지 않습니다. 자신의 감정을 거의 숨기는 사람으로서 생활을 감정적으로 즐기려 하지 않습니다.

하지만 세상이 이 유형을 우등생이라고 바라봐주지 않을 때가 있습니다. 문제는 어떤 일을 해결하는 데 지성과 적극성이 부족한 것입니다. 즉, 계획을 세워서 행동한다거나 객관적으로 일을 처리하는 능력이 부족합니다. 낙관적으로 생각하거나 적극적인 행동을 잘하지 못해서 성격이 어둡게 느껴질 때가 있습니다. 그래서 폐쇄적이고 비합리적이며 불평불만이 많다는 말을 듣습니다.

현실에 근거해 상황을 정확히 판단하도록 하며 모든 가능성과 대안을 생각해보세요. 또한 좀 더 자신의 감정과 태도를 솔직하게 보여주도록 노력해야 합니다.

엄부 자모 유형
No.027 AACCC

화끈이(CP)와 포용이(NP)가 강하고 침착이(A), 솔직이(FC), 끄덕이(AC)가 약한 이 유형은 보수적이고 관대하며 감정적이 되기 쉽습니다. 인간적인 재미가 없고 고집이 셉니다. 엄격하고 책임감이 강하며 인정을 베푸는 일에도 인색하지 않습니다.
하지만 인생의 기쁨과 즐거움을 어떻게 만들어야 하는지에 대한 관심이 적은 편입니다. 일할 때는 그때그때 상황을 파악하고 자신이 처한 입장과 환경의 변화 등 모든 것을 도외시하는 마음만 앞설 수 있습니다. 현실을 무시하고 계획 없이 즉흥적이며 논리성이 부족하고 생각이 정돈되어 있지 않습니다.
따라서 실속을 차리도록 내실을 갖추는 것이 중요합니다. 당신은 협상하고 싶은 것이 10개라면 그중에 한두 가지밖에 협상을 못 합니다. 그래서 실제 당신의 몸값만큼 연봉을 받기 어려울 수 있습니다. 좀 더 자신의 이익을 위해 확실한 계획과 설득 방법을 준비해야 합니다.

깔끔한 리더 유형
No.028 ABAAA

화끈이(CP), 침착이(A), 솔직이(FC), 끄덕이(AC)가 강한 이 유형은 도덕적이고 예의범절과 규범을 중요시합니다. 공사 구분을 잘하고 바른 소리를 많이 합니다. 이성적이고 합리적인 판단에 근거해 타인의 잘못된 점이 있을 땐 냉철하게 지적하고 비판합니다.
일에서도 감정적이지 않으며 합리적이고 현실적이어서 일에 실수도 적은 편이지요. 한마디로 모든 면에서 깔끔한 성격이기 때문에 주위에 사람이 많고 리더십이 있다는 말을 듣습니다. 그러나 감정 상태가 불안할 때에는 감정의 기복이 심하고 의기소침해질 때도 있습니다.
목적의식이 큰 당신은 때로는 스트레스를 많이 받기도 하지만 평소에 여유를 갖고 심신을 비운다면 크게 문제가 되지는 않습니다. 이 유형은 애정 표현도 풍부하고 항상 타인에게 긍정의 기운과 에너지를 전달하기 때문에 매일이 새롭고 활기가 있습니다. 약간의 초조함과 열등감만 내려놓으면 됩니다.

완벽 지향 유형
No.029 ABAAB

화끈이(CP), 침착이(A), 솔직이(FC)가 강한 이 유형은 이상이 높고 책임감이 강하며 매우 현실적이면서 열정적입니다. 일할 때는 항상 계획을 세우며 주위 상태를 잘 파악해 일을 추진하기 때문에 실수도 적은 편입니다. 감정에 휩쓸리기보다는 항상 사물을 공평하게 객관적으로 보기 때문에 이해관계에 얽히는 경우가 많지 않습니다.

다만 좋고 싫음이 분명해 스스로가 선을 긋고 인간관계를 맺는 경우도 많습니다. 좀 더 타인에 대한 인간적인 관심과 애정을 쏟는다면 주위에 좋은 사람들이 넘쳐날 수 있습니다. 일과 여가 생활 모두를 중요시하는 당신은 다른 유형에 비해 비교적 즐겁고 풍성한 삶을 살고 있는 편입니다.

이 유형은 지나친 완벽주의를 버리고 상대방의 좋은 점이나 생각을 인정하는 여유를 가져야 좋습니다. 그리고 매사에 타산적으로만 생각하지 말고 자신의 기분이나 상대방의 감정에도 눈을 돌리십시오.

자주 독립적인 유형
No.030 ABAAC

화끈이(CP), 침착이(A), 솔직이(FC)가 강하고 끄덕이(AC)가 약한 이 유형은 새장 안에 새를 가둬두는 것을 싫어하는 사람입니다. 자기표현 욕구도 강하며 자유로운 삶을 원합니다. 목표 의식도 뚜렷하며 꿈이 큰 사람입니다. 의리가 강하며 아주 솔직하기 때문에 돌려서 말하는 경우는 거의 없습니다. 상황판단도 매우 정확하고 빠르므로 어디를 가도 굶어 죽을 일은 없습니다.

미묘한 대인관계에는 관심이 없는 사람으로서 자신이 하고 싶은 것을 반드시 하는 유형입니다. 타협할 줄 몰라 완고하고 건방지다는 부정적인 평가를 받을 수 있습니다. 때로는 타인에게 고개 숙이는 일을 잘하지 못해서 고집이 세다는 말을 듣습니다.

이 유형에게는 적당히 자신을 억제하고 공존하며 살아갈 수 있는 마음의 여유가 필요합니다. 언젠가는 남 밑에서 일하지 않고 자신의 일을 하고 싶을 때가 찾아옵니다. 이름 있는 회사보다는 능력을 발휘하고 인정받을 수 있는 회사에 들어가는 것이 좋습니다.

완벽주의 지향 유형
No.031 ABABA

화끈이(CP), 침착이(A), 끄덕이(AC)가 강한 이 유형은 이상이 원대한 합리주의자로, 마음먹은 대로 행동하는 분명하고 깔끔한 사람입니다. 매사에 척척 해내겠다는 의지는 왕성하지만, 마음 한구석에 주변 사람을 지나치게 배려하고 양보하는 마음 때문에 그런 의지에 브레이크를 걸 때가 있습니다.
상대에 맞추어 행동하는 경향이 강하며 자신의 틀에 갇혀 있는 폐쇄적인 경향이 있어서 대인관계는 소극적이 될 수 있습니다. 성공에 대한 욕심은 크지만, 크고 작은 갈등으로 힘들 수도 있습니다.
욕심을 반으로 줄이고 일중독에서 빠져나와야 합니다. 인생 전반에서 여유 있는 마음을 가지고 편견과 선입관을 버릴 필요가 있습니다. 자신에게 엄격한 당신은 스스로 족쇄를 채워서 힘들게 할 때가 있으니 주의하세요. 완벽주의를 버리고 상대방의 좋은 점이나 나와 다른 생각을 인정하는 여유를 가지세요.

목표 지향 유형
No.032 ABABB

화끈이(CP)와 침착이(A)가 강한 이 유형은 자기주장을 적절하게 하고 대인관계를 원만하게 맺으며 자신감이 있는 사람입니다. 매사 책임감이 강하며 주어진 업무는 확실히 하기 위해 노력하는 유형입니다. 또한 상대방의 입장에서 생각하고 보살펴주는 일도 어느 정도 합니다. 인정을 베푸는 일에도 인색하지 않습니다.
하지만 이 유형의 사람은 권위를 간절하게 원하고 일을 할 때 지성과 이성을 발휘해 몰입해서 일을 합니다. 목표 지향적이기 때문에 일을 할 때도 머리 회전이 빠르며 정확한 분석과 상황 파악을 잘합니다. 자유로운 감정 표현과 배려심이 상대적으로 약하지만 크게 문제가 되지는 않습니다.
매사에 타산적으로 생각하지 말고 자신의 기분이나 상대방의 감정에도 주의를 기울이세요. 언젠가는 원하는 자리에서 분명히 성공할 수 있습니다.

업무 몰입 유형
No.033 ABABC

화끈이(CP)와 침착이(A)가 강하고 끄덕이(AC)가 약한 이 유형은 자기주장이 지나치게 강하고 비판적이며 차갑고 권위적입니다. 주어진 업무는 확실하게 하기 위해 노력하지요. 또한 상대방의 입장에서 생각하고 보살펴주는 일도 어느 정도 합니다. 강한 목적의식, 일에 대한 자기 고집, 사람에 대한 자유분방한 감정 등을 가지고 있습니다.

하지만 미묘한 대인관계에는 관심이 없어서 자신이 하고 싶은 것만 하는 유형입니다. 문제는 일중독이라는 것입니다. 물론 일할 때 무조건 덤벼들지는 않습니다. 일의 순서를 잘 알고 있고 면밀한 분석 능력 정확한 대응 능력도 가지고 있습니다. 일에서 완벽함을 추구하는 유형이지만, 주장을 어느 정도 꺾을 필요가 있습니다.

온화하고 따뜻한 성품이 더해진다면 추진력에 힘이 실릴 수 있습니다. 타인의 의견에 귀를 기울이고, 자기 생각을 주장하는 것은 되도록 자제해야 합니다. 상대방의 마음에 들도록 노력해보는 것도 좋은 방법입니다.

현실 지향 유형
No.034 ABACA

화끈이(CP), 침착이(A), 끄덕이(AC)가 강하고 솔직이(FC)가 약한 이 유형은 매우 양심적이며 사명감, 정의감이 투철합니다. 또한 이성적이며 객관적이고 현실 지향적인 사람입니다. 상대에 맞추어 행동하는 경향이 강하며 자신의 틀에 갇혀 있는 폐쇄적인 경향이 있어서 대인관계에서는 소극적일 수 있습니다.

문제는 정신적으로 위축되어 있어 하고 싶은 것을 못 하거나 에너지가 약해서 활력이 없어 보이기도 합니다. 자기표현을 잘 하지 않고 희로애락의 감정을 잘 드러내지 않기 때문입니다. 타인의 눈이나 말에 신경을 많이 써서 걱정이나 불안감이 클 수 있으니 주의해야 합니다.

그러므로 자기 나름의 재미를 찾기 위해 노력하고 취미 생활을 많이 가질 필요가 있습니다. '재미있을 것 같다' '한번 해보자' '즐겁다' 하는 마음으로 매사에 호기심을 가지고 적극적으로 뛰어들어보십시오.

업무 편중 유형
No.035 ABACB

화끈이(CP)와 침착이(A)가 강하고 솔직이(FC)가 약한 이 유형은 냉철하고 무감동하며 재미가 없고 비판적입니다. 인생에서 오락과 취미보다 일이 먼저인 유형입니다. 업무적으로는 좋은 파트너가 될 수 있지만 인간적으로는 친해지기 어려운 사람이지요.
이 유형은 자신의 감정을 거의 드러내지 않고 사생활을 감정적으로 즐기려 하지 않습니다. 우울한 분위기를 띠며 감수성이 둔하고 전반적으로 표현력이 부족합니다. 정신적으로 위축되어 있어서 관계보다는 일에만 매진하는 사람입니다. 일에서 결실을 더 크게 맺으려면 이미 갖고 있는 훌륭한 지성 위에 감성이 더해져야 한다는 것을 잊지 마세요.
신중하고 매사 이성적이며 깔끔한 이 유형에게 가장 필요한 것은 바로 따뜻한 감성입니다. 자신의 고집을 내려놓고 주변의 조언들에 귀를 기울여야 합니다. 그리고 유머나 농담을 해보며 유쾌한 기분에 흠뻑 젖어보세요.

올곧은 나무 유형
No.036 ABACC

화끈이(CP)와 침착이(A)가 강하고 솔직이(FC)와 끄덕이(AC)가 약한 이 유형은 올곧은 나무와 같습니다. 양심적이고 도덕적이며 책임감이 있는 굳건한 인상을 주는 사람이지요. 좋게 말하면 줏대가 분명하고 규칙을 엄격하게 따지는 주도적인 사람입니다.
하지만 감정적이고 완고하고 자기중심적이며 일방적이라는 말을 듣습니다. 감정을 심하게 억제하고 상황을 즐기지 못합니다. 향락적인 사람을 좋아하지 않으며 튀는 것도 싫어하지요. 주위에서 볼 때는 인생을 너무 무미건조하게 사는 것처럼 보입니다. 일상의 취미와 오락에 시간을 뺏기는 일이 없고 주위에 사람도 적습니다.
이 유형은 전반적으로 재미가 없고 어두운 인상을 줍니다. 따라서 조금 더 자신의 존재를 알리는 것이 필요합니다. 그리고 올곧은 나무에 많은 열매가 맺힐 수 있도록 겸손하게 고집을 줄이고 융통성을 발휘해 주변의 조언에 귀를 기울여야 합니다.

권력과 본능 양립 유형
No.037 ABBAA

화끈이(CP), 솔직이(FC), 끄덕이(AC)가 강한 이 유형은 비판적이고 불평불만이 많고 즉흥적이며 감정적으로 되기 쉽습니다. 권력과 본능적 욕구가 강하며 목표, 이상, 사명이 굉장히 높습니다. 사회생활에서는 규칙, 도덕, 가치관을 중요하게 여기지요. 또 희로애락의 감정을 솔직하게 표현합니다. 직감이 발달되어 있고 공상을 좋아합니다. 오락과 여가 생활에 에너지를 많이 쏟는 편입니다.

자기도취적인 경향이 강하며 남으로부터 주의를 끌고 싶어 합니다. 욕심이 많아서 자신이 원하는 것은 꼭 이루어야 직성이 풀리는 유형입니다. 문제는 비판 정신과 자기 욕망이 지나치게 왕성하다는 것입니다.

다른 사람들로부터 인정받는 것을 좋아하는 욕구처럼 상대도 그렇다는 것을 인정해주고 감싸 안아주어야 합니다. 또 그때그때의 기분이나 감정으로 행동하지 말고 한번 길게 호흡하고 생각할 여유를 가진 다음 행동하면 좋습니다.

보스가 되고 싶은 유형
No.038 ABBAB

화끈이(CP)와 솔직이(FC)가 강한 이 유형은 상대방의 행동에 대해서는 비판적이면서도 자신을 적극 주장하려고 하며 남에게 맞추기보다는 자기중심적인 행동을 많이 합니다. 에너지가 높으므로 어느 자리에서든지 눈에 띌 수밖에 없습니다. 그만큼 활발하며 밝은 성격을 지녔고 사람과의 관계를 중요시합니다.

하지만 머리가 되고 싶어 하는 욕심은 누가 봐도 드러납니다. 언행이 너무 솔직해 때로 독선적으로 보이기도 하며 비판적으로 느껴질 때도 있습니다. 그래도 늘 적극적이고 상상하는 것을 좋아하며 직감이 발달해 남이 보지 못하는 것을 보는 눈을 가지고 있습니다.

명랑하고 개방적이며 자신을 적절하게 표현할 수 있는 사람으로, 타인과도 따뜻하게 교류하고 원만한 인간관계를 맺습니다. 상대방을 비판하기보다 잘하고 있는 것을 찾아 칭찬하면서 본인의 일이나 생활도 즐기도록 하세요.

독불장군 유형
No.039 ABBAC

화끈이(CP)와 솔직이(FC)가 강하고 끄덕이(AC)가 약한 이 유형은 완고하고 자기주장이 강하며 하고 싶은 대로 다 하는 자기중심형의 사람입니다. 활기가 넘치며 자기 표현력이 좋아서 하고 싶은 말은 꼭 해야 합니다. 얼핏 독선적인 면이 강하다고 느낄 수 있습니다. 상대의 말에 절대적으로 순응하거나 따라가기보다는 자기주장을 내세우는 편이기 때문입니다.

자존심이 높으면서 순발력과 창의력이 있는 편이라서 경쟁에서 쉽게 지지 않습니다. 의리가 있어서 자기 사람이라고 생각하면 무슨 일이 있어도 보듬어주고 끝까지 함께 가는 유형입니다.

타인의 의견에 귀를 기울이고 어느 정도는 시선을 의식하면서 감정을 자제해야 합니다. 속으로 불만이 있더라도 겉으로 표현하지 말고 남이 결정한 것에 따르도록 합니다. 때로 내 마음에 들지 않더라도 다른 사람이 시키는 대로 해보는 것도 좋은 방법입니다.

권위와 배려 양립 유형
No.040 ABBBA

화끈이(CP)와 끄덕이(AC)가 강한 이 유형은 권위적이면서도 상대의 입장을 잘 헤아려줍니다. 주위 사람들이 볼 때는 매력 있는 성격입니다. 타인에게 불만이 많지만, 상대에 맞추어 행동하는 경향이 강해 주위에서는 제대로 모르고 순하게 볼 때도 많습니다.

타인의 결점을 잘 찾아내 충고하기도 하지만 약간은 소심한 면이 이 유형의 발목을 잡을 때도 많습니다. 예를 들어, 말하고 난 뒤 후회한다거나 '이렇게 말하면 그 사람이 상처받겠지?'처럼 고민을 합니다. 지나치게 남을 배려하면서도 잘못된 것은 고쳐주고 싶은 도덕적인 면이 상대방에게 긍정적인 성격으로 보일 수 있습니다.

표면적으로는 대인관계를 원만하게 끌고나가는 것처럼 보이나 실제로는 자기를 항상 억제하고 있으므로 내부에 여러 가지 문제가 쌓여 있습니다. 느낀 것을 망설이지 말고 표현하는 것이 좋습니다. 매사 용기를 내고 진취적인 쪽으로 생각하며 자신감이 있는 작은 일부터 시도하고 실행해보세요.

책임감 만땅 유형
No.041 ABBBB

화끈이(CP)가 강한 이 유형은 비판 정신이 지나치게 왕성한 잔소리꾼으로 엄격하고 공격적이며 설교를 잘하는 사람입니다. 일할 때 크게 돈이 되지 않아도 누군가가 부탁한 일이라면 책임감에 휩싸여 자신의 일처럼 열심히 합니다. 도덕적이고 정의감에 불타며 가치관이 명확합니다.

이 유형의 가장 큰 장점은 책임감, 솔선수범, 정의감, 뚜렷한 소신입니다. 하지만 그 장점 뒤에는 도를 넘는 공격성도 가지고 있습니다. 마음에 들지 않으면 벌침 같은 말을 직설적으로 하는 편입니다. 명령이나 지시 등 자신의 가치관을 강요하는 지배적인 행동을 많이 합니다. 남을 칭찬하기보다는 책망하는 일도 많아서 상대방을 위협하고 행동을 제한하기도 합니다.

주위 사람들을 조금 더 높여주고 감성으로 다가간다면 카리스마가 빛을 볼 수 있습니다. 지나친 책임감에서 벗어나서 일상의 여유를 즐겨보세요.

자기신념 고집 유형
No.042 ABBBC

화끈이(CP)가 강하고 끄덕이(AC)가 약한 이 유형은 독립성과 책임감, 자기주장이 강하며 고집이 세므로 자신이 정한 방침과 규칙에 상대가 맞춰주어야 합니다. 그렇지 않으면 일 자체가 스트레스가 되기 쉽습니다. 타인을 배려하기는 하지만 결국 자신의 생각과 방법대로 결과가 끝나는 경우가 많습니다. 고집이 있어 다른 사람이 아니라고 생각하는 것도 꽉 밀어붙입니다.

그렇다고 사리 분별이 안 될 만큼 이성이 부족한 사람은 아닙니다. 어떠한 상황에서든 나름대로 효율적인 결과가 나올 수 있도록 합리적으로 다가서려고 애쓰는 편입니다. 하지만 특유의 공격성과 반항심이 있어서 함부로 권위를 휘두를 때가 있습니다.

조금 더 여유 있는 마음을 갖고 나와는 다른 의견도 받아들이도록 노력해야 합니다. 속으로 불만이 있더라도 겉으로 표현하지 말고 다른 사람의 결정에 따르십시오. 때로 내 마음에 들지 않더라도 남이 시키는 대로 해보는 것도 좋은 방법입니다.

나보다 상대방 중심 유형
No.043 ABBCA

화끈이(CP)와 끄덕이(AC)가 강하고 솔직이(FC)가 약한 이 유형은 책임감이 강하며 주어진 업무를 확실히 하기 위해 노력하는 사람입니다. 또 상대방의 입장에서 생각하고 보살펴주는 일도 잘합니다. 인정을 베푸는 일에 인색하지 않은 유형이지요. 다만 열등감이 있고 폐쇄적이며 무감동하고 마음속으로만 불평불만을 하는 사람입니다.
이 유형의 가장 큰 단점은 너무 위축되어 있다는 것입니다. 하고 싶은 것도 나서서 하지 못하고 말하고 싶은 것도 제대로 말하지 못합니다. 자기 자신을 스스로 억압하고 있기 때문에 고민이나 조바심 때문에 상대방의 눈치를 보며 일하는 경우가 많습니다.
인내심으로 버티기보다는 자신을 주인공으로 만들 수 있도록 스스로에게 값진 선물을 주어야 합니다. 타인을 위한 봉사보다 자신을 위한 봉사가 가장 필요합니다. 이 유형은 상대적으로 자신감이 부족합니다. 먼저 잃어버린 자신감을 회복해야 합니다.

긍정과 부정 양면 유형
No.044 ABBCB

화끈이(CP)는 강하고 솔직이(FC)가 약한 이 유형은 냉정하고 비판적이며 책임감과 의무감이 강합니다. 일에 있어서만큼은 책임감이 있으며 요령을 피우지 않고 열심히 하는 유형입니다. 하지만 일하는 만큼 취미 생활을 즐기지 못해서 살아가는 재미가 특별히 없습니다.
이 유형의 사람은 일을 할 때 긍정과 부정의 양면성이 모두 보입니다. 자신이 확실하게 일하는 만큼 상대에 대한 기대도 큽니다. 그래서 요령을 피우며 일하는 사람을 두고 보지 않습니다. 이렇게 일에서는 충실하지만, 삶에서도 즐거움을 찾을 필요가 있습니다.
희로애락의 감정을 표현하는 것이 인생을 즐기는 첫 번째 태도입니다. 자신의 사명과 가치관대로 사는 것도 중요하지만 생활에 활력을 줄 수 있는 취미 생활이나 동호회 활동을 해보는 것은 어떨까요? 주변 사람이 조금 더 가까이 갈 수 있도록 마음의 문을 여는 것도 시급합니다. 자신감을 갖고 잃어버린 자존감을 회복해야 어떠한 일이든 만족하는 성과를 낼 수 있습니다.

독선적 보스 유형
No.045 ABBCC

화끈이(CP)가 강하고 솔직이(FC)와 끄덕이(AC)가 약한 이 유형은 타인에게 권위를 앞세워 자신의 목적을 강요하는 것이 특징입니다. 반대 의견에는 거의 귀를 기울이지 않습니다. 자기중심적이고 일방적이며 고집이 세고 감정 표현이 별로 없습니다. 권위를 앞세운 독재자 유형입니다.

이들은 사회 구성원의 다양성을 인정하기 어려워합니다. 그래서 타인에게 일률적인 잣대를 강요하기 쉽습니다. 또한 목표를 달성하기 위해 소속된 사람 모두가 희생되어도 괜찮다는 사고방식을 가지고 있습니다. 능력이나 역량이 클수록 스스로 자제하고 반성하지 않으면 주위에 좋지 못한 영향력을 미칠 수 있습니다. 평소 다른 사람을 배려하고 타인과의 즐거움을 찾을 수 있도록 융통성을 기르는 것이 필요합니다.

이 유형은 대화할 때 표현이 서툴러 권위적이고 완고한 고집쟁이처럼 보입니다. 생각이나 감정을 솔직하게, 그러나 부드럽게 표현하는 연습을 하는 것이 좋습니다.

명예를 추구하는 예술가 유형
No.046 ABCAA

화끈이(CP), 솔직이(FC), 끄덕이(AC)가 강하고 침착이(A)가 약한 이 유형은 권위적이고 비현실적이며 감정적으로 되기 쉽습니다. 이 유형은 권위적인 성격과 예술가적인 성격을 함께 가지고 있습니다. 그래서 이 유형의 사람들은 높은 지위나 명예를 가진 예술가가 되기를 열망합니다.

특히 강한 권력 지향, 넘치는 호기심이 있으며 늘 이상을 추구합니다. 또한 남에게 특별해 보이고 싶어 하고 보상이나 칭찬을 받고 싶은 마음이 강합니다. 그렇기 때문에 이 유형의 사람들이 평범한 직장 생활을 한다면 이상과 현실의 차이에서 오는 삶의 딜레마에 빠지기 쉽습니다.

이런 딜레마에 빠지지 않기 위해서 늘 이성과 지성을 높이는 훈련을 하고 매사에 간결하고 단순하게 생각하는 습관을 길러야 합니다. 현실에 근거해 상황을 정확하게 판단하도록 하며 모든 가능성과 대안을 충분히 생각하세요.

불도저 유형
No.047 ABCAB

화끈이(CP)와 솔직이(FC)가 강하고 침착이(A)가 약한 이 유형은 권위적이고 비합리적이며 감정적이 되기 쉬워서 제멋대로라는 인상을 풍깁니다. 어떤 일을 할 때 한번 집중하면 마치 브레이크가 고장 난 자동차처럼 달리는 경향이 있습니다. 의지가 강하나 합리적으로 사고하지 못하고 야생마처럼 충동적 감정에 휘둘리기도 합니다.
이 유형은 어떤 일의 결과가 나쁘게 나온 것이 자신의 편향된 감정과 행동에서 초래되었다는 것을 받아들이지 못합니다. 또 좋은 결과에 대해서는 이성적인 판단이 흐려져 자만에 빠지는 일도 있습니다. 이러한 행동은 결국 이 사람을 누구도 가까이하고 싶어하지 않는 외톨이로 만듭니다.
이 유형은 일종의 돈키호테 증후군으로 볼 수도 있지만 진짜 돈키호테 증후군인 사람들과는 다르게 자신을 포장하고 사람들을 현혹해 현실적인 피해를 입힐 가능성도 있습니다. 감정적으로 행동하지 않도록 스스로 통제하며 침착하고 객관적이며 공정한 태도를 유지하도록 노력하세요.

'난 아무것도 몰라요' 유형
No.048 ABCAC

화끈이(CP)와 솔직이(FC)가 강하고 침착이(A)와 끄덕이(AC)가 약한 이 유형은 비판적이고 고집이 세며 이성적이지 못하고 감정적입니다. 이성이나 지성은 찾아보기 힘들 만큼 쉽게 충동적인 감정에 휘둘리는 유형입니다.
합리적 판단 능력이나 검증 능력이 낮기 때문에 오해가 생기면 피가 거꾸로 솟는 듯 흥분해 감정을 풀기가 어렵습니다. 공동으로 하던 일을 실패했을 때, 자신의 잘못이더라도 책임을 회피하거나 오히려 상대방에게 책임을 전가하기도 합니다.
이런 유형의 사람은 사회생활을 위해서 항상 이성적이고 합리적으로 생각하려고 노력해야 사람들과 함께 어울릴 수 있습니다. 일이 잘못되었을 때 모두 자기 탓이라고까지는 말하지 않더라도 매사에 자신을 객관적으로 돌아보며 판단하는 것이 좋습니다. 감정적으로 행동하지 않도록 스스로를 통제하며 침착하고 객관적이며 공정한 태도를 유지하도록 노력하세요.

남의 잘못만 지적하는 유형
No.049 ABCBA

화끈이(CP)와 끄덕이(AC)가 강하고 침착이(A)가 약한 이 유형은 실현 불가능한 이상이나 사명감을 꿈꾸지만, 행동은 따라가지 못하는 사람입니다. 필요 이상으로 주위에 신경 쓰고 모범생이 되고자 하나 상황판단이 미흡하고, 문제를 처리하는 데 서툴러 머릿속이 늘 불안정합니다.

자신을 과대평가해 늘 실력 이상의 일을 하려다 어려움을 겪고, 뜻한 대로 일이 진행되지 않으면 자기 불신이나 열등감에 빠집니다. 다른 사람의 결점이나 실패는 잘 찾아내지만, 자신의 어리석음은 자각하지 못합니다. 이성적인 면이 부족해 다른 사람을 마구 비판하기 때문에 때때로 다른 사람에게도 비판을 받습니다.

이 유형의 사람은 자신의 편향된 사고나 감정을 자제하는 것이 중요합니다. 다른 사람의 말을 잘 경청하고 공감해주는 능력을 키우는 것이 필요합니다. 또한 사물이나 사건을 합리적으로 사고하고 판단하는 연습을 하는 것도 좋습니다.

자기과신과 욕심 유형
No.050 ABCBB

화끈이(CP)가 강하고 침착이(A)가 약한 이 유형은 감정적이고 비현실적이며 즉흥적인 경향이 높고 불평불만을 잘합니다. 자기신뢰가 지나치게 강하고 본인이 지닌 능력보다 높은 이상이나 사명을 꿈꾸는 경우가 많습니다. 이 유형은 현재의 입장이나 역량을 넘어 무작정 질주해버리는 경향이 있습니다.

이 유형은 논리력, 분석력과 판단력이 부족해 일의 진행이 서투릅니다. 그 때문에 상황을 판단할 때 초점을 잃고 지레짐작하는 경우가 많은 것이 단점입니다. 그때그때 생각나는 대로 행동하므로 일관성이 없어 다른 사람의 신뢰를 받기가 어렵습니다.

이 유형의 사람은 자신의 내부를 이해하고 정비해 충실하게 만드는 것이 필요합니다. 자신의 행동 에너지 패턴을 점검해야 직장과 가정생활 모두 무사히 해나갈 수 있습니다. 항상 메모하는 습관을 들여 어떤 상황이나 일에 대해서 상대방에게 그 이유를 물어보는 것도 좋은 방법입니다.

자기 색깔이 강한 유형
No.051 ABCBC

화끈이(CP)만 강하고 침착이(A)와 끄덕이(AC)가 약한 이 유형은 완고하고 고집이 세며 자기주장이 강하고 계획성이 부족합니다. 생각처럼 인간관계가 마음대로 잘 되지 않는 경우가 많습니다. 자신만의 색깔이 굉장히 강하고 좋고 싫음이 분명하며 문제를 자기중심적으로 해결하기 때문입니다.

책임감도 있고 정의감도 있지만 상황을 객관적으로 바라보기보다는 자신의 주관대로 결정하는 것이 문제입니다. 이성과 지성이 충분하지 못해서 현실적으로 움직이기보다는 즉흥적으로 움직일 때가 많아 손해를 보는 경우가 있습니다.

타인에게는 엄하고 자신에게는 관대한 성향에서 벗어나려면 무슨 일이든지 상대방의 반응에 관심을 가져야 합니다. 상대를 배려하고 적극적으로 협력하는 모습도 필요합니다. 이 유형은 얼마든지 남을 위해 헌신하려는 마음이 있지만 겉으로는 잘 드러나지 않습니다. 구설수에 오르지 않도록 차가운 인상보다는 따뜻한 인상을 심어주도록 노력해 보십시오.

눈치 보며 순응하는 유형
No.052 ABCCA

화끈이(CP)와 끄덕이(AC)가 강하고 침착이(A)와 솔직이(FC)가 약한 이 유형은 대인관계에서 둔감하고 자신과 타인에 대한 불만이 많으며 비현실적입니다. 본인이 가는 길이 늘 막막하다고 생각합니다. 마음 한편에는 목표 의식도 있고 이상을 찾는 신념도 있지만 정작 겉으로 보이는 것은 타인의 눈을 걱정하고 순응하며 맞춰가는 모습입니다.

항상 순응하는 마음이 이 유형의 전부는 아닙니다. 옳고 그름을 잘 판단하고 비판과 공격하는 성향도 있습니다. 이러한 것들이 상대에게 보이지 않는 것은 마음 구석에 열등의식이 누르고 있기 때문입니다.

조금 더 상황을 객관적이고 이성적으로 판단해야 합니다. 순응하는 것만으로 좋은 사람이 될 수는 없습니다. 또한 자발적으로 행동하고 개방적인 모습을 타인에게 많이 비춰주어야 주변 사람을 놓치지 않습니다. 많은 사람과 이야기를 나누며 자기의 의견을 적극적으로 발표하고 재미있게 몰두할 수 있는 일을 가져보세요.

마음은 약하나 권위적인 유형
No.053 ABCCB

화끈이(CP)는 강하지만 침착이(A)와 솔직이(FC)는 약한 이 유형은 비판적이고 무감동하며 솔직한 감정 표현은 거의 없는 편입니다. 나름 친절하고 타인을 이해하는 마음이 있지만, 권위적이고 강압적인 면이 더 많습니다.

문제는 자신의 목표를 달성하고 사회적 의욕을 충족시키기에는 이성과 지성이 부족해 판단을 그르친다는 것입니다. 문제를 처리할 때 철저하게 객관적으로 다가가기보다는 즉흥적으로 처리해버립니다. 게다가 목표를 채울 만큼의 활력이 부족하고 감정 표현이 억제되어 있어서 스트레스도 많이 받습니다.

이 유형은 도덕적이고 책임감이 넘치며 양심적인 성격이 더 빛나 보이도록 밝은 성격을 만들어가야 합니다. 먼저 희로애락의 감정을 표현하는 연습부터 시작해보십시오. 마음에 잘 맞는 사람들과는 잘 협업할 수 있으나 마음에 들지 않는 사람에게는 상처를 많이 받을 수 있는 유형입니다.

고집 있는 선생님 유형
No.054 ABCCC

화끈이(CP)만 강하고 침착이(A), 솔직이(FC), 끄덕이(AC) 모두 약한 이 유형은 고집이 세고 즉흥적이며 무계획적이고 인간관계가 원활하지 못합니다. 수용보다는 자기주장을 많이 하고 완고한 면이 있어서 고집이 센 보수적인 아저씨 같습니다. 좋게 보면 소신이 있고 가치관이 뚜렷합니다.

하지만 문제는 현실감각과 대처 능력이 부족하다는 것입니다. 자신이 세워놓은 원칙을 절대시하기 때문에 융통성이 없다는 이야기도 듣습니다. 이 유형은 즉흥적으로 행동하기보다는 현실적인 생각과 더불어 객관적인 자세를 취해야 합니다. 그리고 무엇보다 타인에 대한 개방적인 태도가 필요합니다.

물론 이 유형은 타인의 생각을 크게 신경 쓰지 않고 행동하지만, 어느 정도는 나의 생활태도나 사고방식을 타인에게 맞춰주어야 합니다. 협업보다는 혼자 하는 일을 더 잘할 수 있습니다. 그러나 혼자 하는 일에는 언제나 한계가 있습니다. 함께 어울리는 방법을 터득하기 바랍니다.

정체를 알기 어려운 유형
No.055 ACAAA

화끈이(CP), 침착이(A), 솔직이(FC), 끄덕이(AC)가 모두 강하고 포용이(NP)만 약한 이 유형은 깊게 사귀지 않으면 본성을 파악하기가 어렵습니다. 겉으로 보기에는 냉철하고 합리적이면서 개방적인 사람입니다. 비즈니스에 적합한 유형이지요. 특히 사람 사이의 마음 교류가 적은 이해관계에서는 탁월한 실력을 발휘할 수 있습니다.

문제는 포용이(NP)가 약해 정확하고 바른 태도 안에 굉장히 차가운 성격을 가지고 있다는 것입니다. 남의 이목을 신경 쓰기 때문에 겉으로 표현을 안 할 뿐 냉정하며 타산적으로 판단하는 속마음을 감출 수가 없습니다. 그래도 표현하는 것을 좋아하기 때문에 사람들에게 열린 마음으로 다가가는 편이지요.

타인을 이해하고 공감하는 면이 함께 보인다면 최고의 리더가 될 수 있습니다. 비즈니스 관계에서도 변수가 존재하는 법이니 갈등 상황에서 자신의 감정을 조절하려고 노력해야 합니다. 주변 사람들의 장점을 발견하고 칭찬하도록 하세요.

강한 파워 보스 유형
No.056 ACAAB

화끈이(CP), 침착이(A), 솔직이(FC)가 강하고 포용이(NP)가 약한 이 유형은 차갑고 냉담하며 불만이 있을 경우 직설적으로 표현해버리며 상대에 대한 배려가 부족합니다. 자신이 세워놓은 목표는 꼭 달성해야 직성이 풀리는 사람으로서 지독한 열정과 에너지를 보입니다.

이 유형은 차갑게 비칠 수 있지만 특유의 친화력으로 그 또한 자신의 장점으로 포장하는 능력이 있습니다. 일반 회사에서는 조금 튀는 스타일로, 어떤 일이든 앞장서서 끌어가는 유형입니다. 경영 마인드가 좋고 큰 그림을 보고 돌진하는 추진력이 있습니다. 다만 더 남을 보호하고 헤아려줌으로써 따뜻한 이미지를 구축할 필요가 있습니다.

관심 어린 잔소리나 희생하는 모습을 타인에게 보여준다면 멋진 리더가 될 수 있습니다. 다른 사람의 부탁을 받으면 기분 좋게 받아들이고 상대방의 입장에 서서 이해하고 부드러운 말을 쓰며 따뜻함을 갖도록 노력하는 것이 좋습니다.

까다로운 개성파 유형
No.057 ACAAC

화끈이(CP), 침착이(A), 솔직이(FC)가 강하고 포용이(NP)와 끄덕이(AC)가 약한 이 유형은 자기중심적이고 감정 표현이 직설적이며 냉담한 사람입니다. 강한 개성의 소유자로서 열정과 의지가 높으며 감정 기복이 큰 편입니다. 좋아하는 일이 생기면 몰입하는 강점도 있습니다. 좋고 싫음이 분명하며 남에게 쉽게 의지하거나 순응하지 않습니다.

힘든 일이 있어도 스스로 이겨내는 편입니다. 마음 내키는 대로 행동하며 사고하고 자신의 의견을 피력하는 것도 좋지만 그러한 면이 다른 사람에게는 부담스럽게 느껴질 수 있습니다.

이 유형에게는 상대에 대한 친절과 배려, 이해가 절실하게 요구됩니다. 감정을 표현하기에 앞서 좀 더 친근감 있게 경청하는 자세가 중요합니다. 가능한 한 상대방에게 동정심과 이해심을 보이십시오. 상대에게 부탁받으면 기분 좋게 승낙하고 늘 상대방 입장에서서 이해하고 부드러운 말을 쓰며 따뜻함을 갖도록 노력해야 합니다.

합리적인 현실파 유형
No.058 ACABA

화끈이(CP), 침착이(A), 끄덕이(AC)가 강하고 포용이(NP)가 약한 이 유형은 자신을 통제하고 억압하며 이성적이고 다른 사람에 대해 무관심합니다. 이성과 지성이 발달된 합리적이며 현실적인 사람입니다. 어떤 난관에 부딪혔을 때 감성으로 해결하기보다는 객관적으로 사물을 보고 현실 중심적으로 문제를 풀어나갑니다.

정에 얽매이기보다는 현실을 잘 받아들이는 편이어서 쉽게 절망하거나 포기하거나 상처받지 않습니다. 또 자신이 상처 입는 것을 두려워해서 일하거나 연애할 때 미리 방어막을 만들어놓을 수도 있습니다. 한번 마음먹으면 무엇이라도 해낼 수 있는 지적 능력이 있어 업무에서 탁월한 성과를 낼 수 있습니다.

사물을 바라볼 때 좋은 점을 보며 너그러운 마음으로 다가서는 모습이 필요합니다. 상대방의 부정적인 말이나 태도를 비판하기보다 관대하게 받아들이며 가족이나 친구들에게 부드러운 말을 하고 따뜻한 관심을 표현하도록 노력하세요.

주관을 진리라고 믿는 유형
No.059 ACABB

화끈이(CP)와 침착이(A)가 강하고 포용이(NP)가 약한 이 유형은 냉정하고 이성적이며 타인에 대한 존중과 배려가 부족합니다. 이런 유형에게 우왕좌왕하는 말을 하면 무시를 당할 수 있습니다. 공사가 명확한 사람이라서 친분이 있다고 해서 쉽게 부탁을 들어주거나 편을 들어주는 법이 거의 없습니다.
인간관계가 비즈니스처럼 느껴져서 상대방이 다소 위축되고 어려워할 수도 있습니다. 이 유형을 양심적이고 도덕적이지만, 정은 없는 냉철한 사람으로 오해하기 때문입니다. 신념과 지조가 좋은 모습으로 보일 수 있도록 먼저 타인을 마음에 품는 연습을 해야 합니다.
무슨 일에든 정확한 계산으로 일을 추진하는 우수한 인재입니다. 일과 사람 모두 인생에서 놓칠 수 없는 부분임을 명심하십시오. 주변 사람들의 좋은 점을 발견하고 그것을 인정하고 칭찬하도록 노력하세요.

소위 나쁜 남자 유형
No.060 ACABC

화끈이(CP)와 침착이(A)가 강하고 포용이(NP)와 끄덕이(AC)가 약한 이 유형은 냉담하고 무관심하며 비판력이 강합니다. 자신의 가치관과 규범을 중요하게 생각하기 때문에 상대가 이를 맞춰주어야 합니다. 어떠한 일에 자신의 규칙을 무시하고 감정이 개입하는 것은 참지 못합니다. 감정을 잘 숨기고 속마음을 이야기하지 않습니다.
이 유형은 매우 이성적이고 가치관이 뚜렷하며 카리스마가 있어 우직하고 믿음직한 유형으로 보입니다. 하지만 다른 사람을 돌봐주는 따뜻한 마음이 부족해 주변에서 일어나는 일에 관심이 없으며 다른 사람 일에는 별로 마음을 쓰지 않습니다. 담백하다는 인상을 주지만 냉정하고 인간미가 부족하고 매사에 방임적입니다.
업무적으로는 어떤 일을 하더라도 잘 해낼 수 있지만 본인의 능력만을 믿지는 마십시오. 모든 일이 계획대로만 이루어지지는 않습니다. 규칙을 융통성 있게 적용할 줄 아는 따뜻한 마음씨와 개방적인 사고를 길러야 합니다.

스트레스 억제 유형
No.061 ACACA

화끈이(CP), 침착이(A), 끄덕이(AC)가 강하고 포용이(NP)와 솔직이(FC)가 약한 이 유형은 늘 옳은 소리, 바른 소리를 많이 해서 차갑고 권위적이라는 말을 듣습니다. 합리적 사고로 타인을 비판하는 듯 보이지만 다소 소극적으로 보입니다. 또 평소 즐거움을 느끼지 못하고 근심과 염려가 많습니다.

실패에 대한 두려움도 많고, 실패하면 깊게 우울해하기 때문에 스트레스 지수가 높은 편입니다. 일단 자신을 즐기는 방법부터 찾아야 합니다. 그러기 위해서는 낙관적으로 생각하고 마음 내키는 대로 행동해야 합니다.

상대에게 타협하고 양보하는 것도 좋지만 피해 가는 것이 상책이 아니라는 것도 인정해야 합니다. 이제부터 못 하는 것은 못 한다고 이야기하고, 할 수 없는 것은 할 수 없다고 말해야 스트레스에서 벗어날 수 있습니다. 두려움과 걱정이 많기 때문에 무슨 일이든 시작하기까지 많은 시간이 필요합니다. 할 수 있다는 긍정적인 마음으로 모든 것을 시작하십시오.

지나치게 신중한 유형
No.062 ACACB

화끈이(CP)와 침착이(A)가 강하고 포용이(NP)와 솔직이(FC)가 약한 이 유형은 냉담하고 무표정하며 불만이 많고 다른 사람의 입장을 배려해주지 못합니다. 사려 깊고 신중한 유형으로써 외로움이 자기 자신을 억누르도록 만듭니다. 자신에게 엄격한 사람으로서 매사 지나치게 생각을 많이 해서 스트레스를 받는 경우가 많습니다.

일을 추진할 때 자신의 완고한 면이 많이 드러나며 원리 원칙, 규범을 중시합니다. 결단력이 있고 의지가 강한 것은 좋으나 인생을 즐기는 여유에 시간을 투자해야 합니다.

이 유형은 일 중심적인 사람이 많습니다. 일은 완벽하게 할 수 있으나 외로움을 잘 느껴 인간관계가 좁을 수 있습니다. 자신의 에너지를 쏟을 수 있는 취미 생활을 만들거나 사람을 많이 사귀도록 노력해야 합니다.

너무 쉽게 포기하고 마는 이 유형에게는 조금 더 생각해보는 인내가 필요합니다. 마음먹기에 달렸다는 말이 있습니다. 항상 '다 잘될 거야'라는 주문을 외워보세요.

진짜 나쁜 남자 유형
No.063 ACACC

화끈이(CP)와 침착이(A)가 강하고 포용이(NP), 솔직이(FC), 끄덕이(AC)가 약한 이 유형은 이성적이고 냉철하며 자신의 감정을 잘 표현하지 않습니다. 어떤 일이든 자신의 규칙을 무시하고 감정이 개입하는 것을 그대로 보지 못하는 성격입니다. 또 쉽게 눈물을 흘리거나 자신의 속마음을 이야기하지 않습니다.

이 유형은 업무적으로 어떤 일을 하더라도 잘 해낼 수 있는 사람이지만 본인의 능력만을 믿지는 마십시오. 주변에서 일어나는 일이나 다른 사람에게는 관심이 없습니다. 담백하다는 인상을 주지만 냉정하고 인간미가 부족하며 매사에 방임적입니다.

이 유형의 장점은 매우 이성적이고 가치관이 뚜렷하며 카리스마가 있어 우직하고 믿음직스럽다는 것입니다. 독선적인 면이 문제가 될 수 있으니 자신의 규칙을 융통성 있게 적용할 줄 아는 지혜가 필요합니다. 다른 사람을 돌봐주는 따뜻함이 부족하므로 관대한 마음과 개방적인 사고를 꼭 길러야 합니다.

충동적 스파크 유형
No.064 ACBAA

화끈이(CP), 솔직이(FC), 끄덕이(AC)가 강하고 포용이(NP)가 약한 이 유형은 자기 주관이 뚜렷하고 비판적이며 자신을 적극 주장하면서도 상대를 의식합니다. 공격적인 성향과 의존적인 성향 모두를 갖추고 있는 유형입니다. 그래서 스파크처럼 어디로 튈지 모를 때가 많습니다.

이성보다는 직감이 발달되어 있고 감정 표현을 숨기지 않습니다. 호기심이 많으며 행동적인 기질이 있습니다. 가끔 이 부분에서 다른 사람들은 이 유형을 자기중심적이고 충동적인 사람으로 오해합니다.

이 유형은 자신의 신념을 살짝 굽히더라도 타인을 품고 이해하려는 노력이 필요합니다. 다른 사람에게 좀 더 관심을 갖고 애정과 친절을 베풀어보는 것은 어떨까요? 또 경쟁에 대해 심하게 압박을 받으므로 이 유형에게 스트레스는 자신이 느끼는 반응에 따라 다르게 다가옵니다. 사람과의 관계에서 경쟁이란 또 다른 흥분되는 자극이 될 수도 있습니다.

야심만만한 유형
No.065 ACBAB

화끈이(CP)와 솔직이(FC)가 강하고 포용이(NP)가 약한 이 유형은 자기중심적이고 제멋대로이며 불만이 많고 타인에 대한 배려가 거의 없습니다. 하지만 주어진 업무는 확실하게 하며 책임감을 갖고 행동하는 유형입니다. 자존감이 높고 자기 자신에 대한 믿음도 강합니다. 평상시에는 상대에게 부드럽고 겸손한 모습을 보이려 하지만 기분이 좋아지면 적극적으로 행동하고 쉽게 마음을 드러냅니다. 기분파인 이 유형은 인생을 즐길 줄 알며 언제나 활력이 있습니다.

조금 더 상대방의 입장에서 생각하고 행동하며 타인을 보살펴주는 모습을 보여주는 것이 필요합니다. 주변 사람에게 관심을 표시하고 그들의 좋은 점을 발견해 인정하고 칭찬하세요.

고성능 에너지 유형
No.066 ACBAC

화끈이(CP), 솔직이(FC)가 강하고 포용이(NP)와 끄덕이(AC)가 약한 이 유형은 야망과 욕망에 불타는 사람입니다. 자신의 목적을 달성하기 위해서는 어떤 일도 개의치 않고 시도하는 유형입니다. 맡은 일은 책임감을 가지고 확실하게 합니다. 자신에 대한 믿음이 강하며, 자존심도 센 편입니다. 기분이 좋으면 무엇이든지 질러대지요. 평상시에는 고집이 세고 제멋대로 행동하지만 기분이 좋아지면 타인에게 관대하고 적극적으로 돌봐주는 유형입니다. 하나에 꽂히면 마니아가 돼버리고, 스스로 자신의 삶을 즐기며 항상 활기찬 기운을 내뿜습니다.

냉담하면서도 순수함이 있는 것이 매력입니다. 모성적인 애정이 부족한 유형이기 때문에 당신을 좋아하는 사람은 의외로 적을 수 있습니다. 조금 더 상대방의 입장에서 생각하고 행동하며 타인을 보살펴주는 것이 필요합니다.

강제와 순응 양면 유형
No.067 ACBBA

화끈이(CP)와 끄덕이(AC)가 강하고 포용이(NP)가 약한 이 유형은 타인에 대해 냉담하고 무관심하며 불평불만이 많고 열등감이 있습니다. 한마디로 터트릴 수 없는 폭탄을 감추고 있는 사람입니다. 내면에서 공격적인 면과 타협하고 양보하는 두 가지 면이 늘 충돌하기 때문입니다.

마음속으로는 권위적이고 강압적으로 밀어보려고 하나 겉으로는 항상 감정을 자제하고 환경에 적응하며 타협하는 일이 많습니다. 그래서 다른 사람이나 환경을 탓하는 경우가 종종 있습니다. 폭탄이 있어도 용기가 없어서 터트리지 못하는 유형입니다.

사람들에게 좋은 사람, 도덕적인 사람으로 보이고 싶으나 실행에 옮기지 못해서 스트레스를 받기도 합니다. 좋고 싫은 편견을 갖지 않고 먼저 타인을 향한 관심과 이해의 지수를 올려야 합니다. 누군가에게 헌신하고 배려할 때 올바른 신념과 가치관이 빛을 볼 수 있습니다. 깊이 생각하는 것은 긍정적이지만 자칫 좋은 기회를 놓칠 우려가 있습니다.

냉정하고 엄격한 유형
No.068 ACBBB

화끈이(CP)가 강하고 포용이(NP)가 약한 이 유형은 강압적이고 냉담하며 책임감이 강하고 신중합니다. 냉정하고 인간미가 없어 보인다는 것이 이 유형의 특징입니다. 다시 말해 찔러도 피 한 방울 안 나올 것 같은 이미지가 자신도 모르게 따라다닙니다. 시간 관리에 철저해 실수나 약속을 지키지 않는 것을 절대 봐주지 않습니다.

칭찬이나 관심, 친절에 익숙하지 않고 주변 사람들에게 '엄격하고 비판적이다'라는 인상을 줍니다. 하지만 이 유형은 실속을 잘 챙기는, 어느 정도 현실적이며 합리적인 사람입니다. 무조건 자신의 이득을 챙기는 것도 아니고 타인을 향해 적대심을 갖거나 폐쇄적인 사람도 아닙니다. 분위기를 잘 파악하며 타협과 양보도 적절하게 합니다.

다만 자신의 뚜렷한 가치관이 때로는 편견이나 선입관으로 작용해 인간관계를 어렵게 만든다는 것이 문제입니다. 조금 더 타인을 이해하고 원리 원칙보다는 상대를 지지하고 보호하는 넓은 마음이 필요합니다.

냉담하고 독단적인 유형
No.069 ACBBC

화끈이(CP)가 강하고 포용이(NP), 끄덕이(AC)가 약한 이 유형은 자기주장이 강하고 완고하며 일방적이고 냉정합니다. 타인이 보기에는 쉬운 길을 두고도 힘든 길을 가는 사람처럼 보입니다. 타인과 세상에 대해서 지나치게 냉담하고 엄격하며 지배적인 가치관을 가지고 있기 때문입니다.

자신의 목적을 달성하기 위해서는 주위의 충고도 어느 정도 받아들여야 하는데 신념이 지나치게 강해서 타협하고 양보하는 것이 이 유형에게는 쉬운 일이 아닙니다. 때로는 타인이 정한 사항이 마음에 들지 않더라도 따라가는 것이 필요하고 내심 불만이 있더라도 양보하는 마음이 요구됩니다.

자신의 체면이 중요한 것처럼 타인의 체면도 살려주어야만 넓은 인간관계를 맺을 수 있습니다. 그러기 위해서는 자신을 적당히 억제하며 상대방의 마음에 들기 위해 노력해야 합니다. 주변 사람들에게 관심을 표시하고 그들의 좋은 점을 발견해 인정하고 칭찬하세요.

자기절제가 지나친 유형
No.070 ACBCA

화끈이(CP)와 끄덕이(AC)가 강하고 포용이(NP)와 솔직이(FC)가 약한 이 유형은 자신감이 부족하고 불평불만이 많습니다. 마음과 행동이 상황과 상대에 따라 상당히 다르게 표현되는 사람입니다. 칭찬에 인색하고 타인과의 관계에서 최소한의 예의를 차리는 것 이외에는 더 이상의 노력을 하지 않습니다. 다만 상식적인 수준에서는 논리를 갖추고 있고 이성적인 면도 있어 필요에 따른 호감 정도는 형성할 수 있습니다.

자신을 엄격하게 통제함과 동시에 타인의 에너지에 편승하려는 의존적 성향도 강하게 갖고 있습니다. 이러한 두 가지 마음 상태가 극단적으로 상충할 때는 심적으로 심한 스트레스를 받기도 합니다. 삶을 건강하게 개척하려는 열정과 융통성은 부족합니다.

상황을 이끌 수 있는 정의로움과 책임감의 성향을 긍정적인 방향으로 넓히기 위해서는 사람을 향한 편견을 없애고 상대의 입장에 서보기를 권합니다. 매일 하나씩 관심과 애정이 담긴 따뜻한 말을 전하는 습관을 들이는 것도 좋습니다.

고집불통 유형
No.071 ACBCB

오직 화끈이(CP)만 강하고 포용이(NP)와 솔직이(FC)가 약한 이 유형은 감정 표현이 거의 없고 냉담해 인간관계에서 고립될 가능성이 있습니다. 얼음 심장을 지닌 고집불통 외골수입니다. 반대로 자신과 타인 모두에게 상당히 엄격한 잣대를 요구하며 배려라는 단어는 아예 모르는 사람입니다. 또 감정을 표현하는 데 인색하며 주체성이 약하면서도 타인에 대한 비판 심리가 강해 자기비하, 열등감에 빠질 확률이 높습니다.

현실적인 면은 어느 정도 갖추고 있으나 더불어 살아가는 인생의 즐거움은 생각하지 못합니다. 안타깝게도 이런 삶이 본인에게는 큰 문제가 되지 않습니다. 일을 해내는 능력을 인정받고자 하는 욕구가 강하여 성과를 낼 수는 있으나 이것 역시 스스로에 대한 만족감에 지나지 않습니다.

책임감이 강하고 본인이 하고자 하는 일이 명확하다면 기회는 언제든지 얻을 수 있습니다. 건강한 삶을 유지하기 위해서는 타인과 관계를 맺고 협력하는 기술부터 새로이 익혀야 합니다.

불평불만이 많은 유형
No.072 ACBCC

화끈이(CP)는 강하나 포용이(NP), 솔직이(FC), 끄덕이(AC)가 약한 이 유형은 자기주장이 강하고 냉담하며 고집이 셉니다. 자존심도 강하고 냉정하며 어두운 성향입니다. 매사에 불평불만이 많아 타인에게 부정적인 영향을 미치기도 합니다. 자신이 원하는 방향으로 세상사가 풀려가지 않는 것에 대한 책임을 모두 주위로 돌리며 끊임없이 비난합니다. 독선과 위축된 마음으로 자신을 세상 밖으로 쉽게 드러내지 못하고 항상 암울한 어둠 속에 가둬버립니다. 현실보다 높은 이상을 추구하지만 좀처럼 이뤄지지는 않습니다.

한 가지 에너지만 집중해서 키운다면 무엇이든 좋은 결과를 만들 수 있습니다. 마음속 깊은 곳에 잠들어 있는 따뜻함과 배려하는 마음을 깨우기 바랍니다. 세상에 혼자서 해낼 수 있는 일은 결코 없다는 것을 다시 생각하십시오. 상대방의 입장에 서서 나와 다른 상대의 의견을 들어보세요.

마음속 분노가 강한 유형
No.073 ACCAA

화끈이(CP), 솔직이(FC), 끄덕이(AC)가 강하고 포용이(NP)와 침착이(A)가 약한 이 유형은 감정적으로 되기 쉬우며 제멋대로이고 내적으로 열등감이 강합니다. 마음속에 크고 작은 폭죽을 지니고 있어 조금이라도 자신의 욕구에 미흡한 상황을 만나면 여지없이 터뜨려버립니다. 유아적인 성향이 강해서 상대에 따라 온순하고 발랄해지기도 하지요.

배려심과 이성적 성향이 부족해 결국에는 하고 싶은 대로 행동하고 표현합니다. 더 큰 문제는 상황 수습이 어렵다는 것입니다. 일단 저지르고, 화내고, 후회하고, 억지를 쓰는 일이 많은 유형입니다. 주변 사람과 좋은 관계를 원하고 있으면서도 자기 자신을 통제하는 능력이 약해 사람들을 떠나가게 만듭니다.

타인의 눈에는 마치 불량한 피터팬을 보는 듯합니다. 이 유형이 행복해지길 원한다면 주변에서 진심 어린 조언을 해주는 사람을 붙잡아야 합니다. 그러한 인간관계를 통해 지혜를 쌓아가는 것이 변화된 삶을 살 수 있는 현실적인 방법입니다.

자유로운 영혼 유형
No.074 ACCAB

화끈이(CP)와 솔직이(FC)가 강하고 포용이(NP), 침착이(A)가 약한 이 유형은 타인과 주변 상황에 대해서 무관심하며 자기중심적이고 비현실적입니다. 타인에 대해 관심도 없고 자기가 하고 싶은 대로만 하려는 유형입니다.

현실성이 부족해 이치에 맞지 않는 행동을 하면서도 주장만 내세웁니다. 다른 사람의 이목을 끌기 위해 올바르지 못한 행동을 취하는 경우도 많습니다. 의존성이 강해 사람과 관계를 맺길 원하지만 자기 방식만을 고수해 결국에는 타인으로부터 외면당하는 결과를 초래하게 됩니다.

이 유형의 장점은 공상하고 창의적인 아이디어를 만들 수 있다는 것입니다. 현실성을 높이고 타인에 대한 배려심을 바탕으로 소통하려고 노력한다면 민폐형 인간이 아닌 유쾌한 에너지를 전달하는 사람으로 대우받을 것입니다. 유연한 사회생활을 원한다면 먼저 돌발적인 행동과 안하무인격 행동을 버려야 합니다.

고집과 자만심 유형
No.075 ACCAC

화끈이(CP)와 솔직이(FC)가 강하고 포용이(NP), 침착이(A), 끄덕이(AC)가 약한 이 유형은 즉흥적이고 논리성이 부족하며 완고하고 불만이 많습니다. 이 유형은 겉모습만 성인입니다. 단편적이고 신중함이 부족한 반면, 고집이 세고 제멋대로인 성향 때문에 주변 사람들을 피곤하게 합니다.
상황 판단력이 부족해 무분별한 행동으로 적잖이 당혹스러운 결과를 초래하기도 합니다. 즉흥적이고 자기중심적인 태도 때문에 사람들과의 관계가 끊어지기도 합니다. 다른 사람을 함부로 무시하고 냉정하게 평가해버리기도 합니다. 이후에 발생할 상황에 대해서는 관심도 없습니다. 더불어 살아가는 가장 기본은 타인에 대한 배려와 따뜻한 마음의 교류라는 것을 깨닫는 것이 중요합니다.
'하고 싶은 일'과 '해야만 하는 일' 중 어떤 것이 우선일까요? 성공에 대한 바람이 있다면 현실과 자신의 역량을 정확히 판단한 후에 전략을 세우는 것이 좋습니다.

빙산의 일각 유형
No.076 ACCBA

화끈이(CP)와 끄덕이(AC)가 강하고 포용이(NP)와 침착이(A)는 약한 이 유형은 조심스럽고 의존적이며 타인이나 상황뿐만 아니라 자기 자신에 대해서도 불만이 많습니다. 좋은 사람인 것 같으면서도 어느 순간 냉정하고 불평불만이 가득한 비판주의자 모습을 보입니다. 보이는 것보다 감춰진 모습들이 더 많으며 돌발행동으로 상대를 당혹스럽게 합니다. 이성적인 판단력이 미흡하고 왜곡된 권위의식으로 쉽게 열등감에 휩싸입니다.
때론 자신의 태도가 잘못된 것을 후회하기도 하나 한편으로는 상대의 탓으로 돌리면서 소극적인 자세로 혼자서 부정적 감정을 키웁니다. 상대에 대한 과도한 집착과 올바르지 못한 표현 방법, 의존적 성향 때문에 기피 대상이 되기도 합니다.
왜곡된 포장지를 벗어버리고 좀 더 자신감을 갖고 있는 모습 그대로 강점과 약점을 조율하면서 바른 인성을 만든 다음 다시 시작하십시오. 세상에 대한 수용 능력과 현실감각을 높이는 것도 중요합니다.

편견과 집착 유형
No.077 ACCBB

화끈이(CP)는 강하나 포용이(NP)와 침착이(A)가 약한 이 유형은 즉흥적이고 현실감각이 떨어지며 인간적인 따뜻함이 적습니다. 부적절한 언행으로 인간관계에서 갈등을 유발합니다. 이성적 판단력이 미흡하며 냉정한 성격의 소유자로 상대에게 자신의 잣대를 적용해 그릇된 판단을 내리고는 합리화합니다.

권위 의식이 있고, 좋고 나쁨에 대한 이해력이 부족한 상태에서 타인의 잘못된 점을 비판하고 이야기하기를 즐깁니다. 인간관계에서 적당히 유쾌하고 협조적이지만 비현실적이고 타인에게 엄격한 성향이 지나쳐서 관계를 깨뜨리게 됩니다.

배려하는 마음과 내면의 합리성을 이끌어낸다면 보다 좋은 대인관계를 형성할 수 있으니 스스로 성찰의 시간을 가져보는 것이 좋습니다. 건강하고 가치 있는 삶의 일부분으로 사회생활을 영위하고자 한다면 무슨 일을 할 것인가 이전에 어떤 사람이 되어야 하는가에 초점을 맞춰 인성을 성숙시켜야 합니다.

외로움과 불행 자초 유형
No.078 ACCBC

화끈이(CP)가 강하고 포용이(NP), 침착이(A), 끄덕이(AC)가 약한 이 유형은 고집이 세고 비판을 많이 하며 비현실적이고 감정적으로 되기 쉽습니다. 비뚤어진 정의감으로 완전 무장한 독불장군입니다. 타인의 비판이나 충고를 받아들이는 능력이 현저히 부족하며 자신만의 그릇된 판단으로 상대를 일방적으로 공격할 수도 있습니다.

밝은 에너지를 지니고 있으나 신중함과 상황에 대한 융통성이 약해 유쾌한 분위기로 에너지를 활용하기보다는 오히려 상대를 불편하게 만들어 한곳에 정착하는 것이 어렵습니다. 주위 사람을 충분히 배려하고 현실감각을 키우는 것이 이 유형의 최우선 과제입니다. 이 유형은 세상을 멋대로 휘젓고 다니고 싶어 합니다. 하지만 비상식적인 행동과 부정적인 영향력으로 똘똘 뭉친 사람에게 어떤 기회가 주어질 수 있을까요? 스스로가 세상과 어우러져 살 수 있는 사람인지 아닌지에 대해 생각해본 후 전략을 세우기 바랍니다.

스스로를 억압하는 유형
No.079 ACCCA

화끈이(CP)와 끄덕이(AC)가 강하고 포용이(NP), 침착이(A), 솔직이(FC)가 약한 이 유형은 냉정하고 둔감하며 일을 그때그때 즉흥적으로 합니다. 또한 스스로를 점점 불행하게 만드는 경향이 있습니다. 상반되는 성향이 극단적으로 높게 나타나면서 두 가지 마음이 끊임없이 번뇌합니다.

자존심이 강하고 비판적이어서 자기주장을 드러내고 싶지만, 타인의 눈치를 많이 보며 순응하려는 에너지도 강해 결국에는 스스로의 감정을 억제하며 수동적인 태도를 보입니다. 이때 모든 스트레스가 내면에 쌓이게 되는데 이러한 자기감정을 제대로 이해하는 이성과 자신을 보듬어 안으려는 넉넉함도 부족해 항상 불안하고 어둡습니다. 타인이 보기에 늘 초조하고 억압되어 있는 사람입니다.

이 유형의 장점은 강한 책임감과 상대의 기대에 부응하려는 마음입니다. 자존감을 키우고 현명한 상황 판단력과 자신의 감정을 솔직하게 표현할 줄 아는 자신감을 갖는 것이 중요합니다.

욕심 과다 빈수레 유형
No.080 ACCCB

화끈이(CP)가 강하고 포용이(NP), 침착이(A), 솔직이(FC)가 약한 이 유형은 냉담하고 무표정하며 계획성이 부족하고 자발성이 떨어집니다. 타인의 삶을 "그 정도쯤이야! 나도 할 수 있어!"라는 오만한 태도로 평가합니다. 자신의 내적 에너지가 어떤 상태인지도 모른 채 엄격하고 편협한 잣대로 타인을 분석하고 비판합니다.

이 유형은 냉정한 마음과 부정적 태도, 위축된 마음 상태로 내면을 강하게 억압해 스스로 무언가를 이루고자 하는 의욕이 낮습니다. 하지만 자기과시와 타인의 기대에 부응하려는 욕구도 지니고 있지요. 그러나 이러한 욕구는 외면한 채 어설픈 흉내 내기, 과시용 삶을 살아갑니다.

이런 유형에 대한 평가는 상당히 부정적입니다. 부정적이고 암울한 면이 타인의 눈에도 분명히 보이기 때문입니다. 이 유형은 자신에 대한 올바른 이해, 타인의 생각 속에 있는 자신의 모습을 열린 마음으로 탐색하고 수용하는 자세를 갖는 것이 좋습니다.

오만한 비평가 유형
No.081 ACCCC

오로지 화끈이(CP)만 강하고 포용이(NP), 침착이(A), 솔직이(FC), 끄덕이(AC)가 모두 약한 이 유형은 냉담하고 둔감하며 편견이 심해서 인간적인 교류가 어렵습니다. 무인도에서도 살아가기 힘듭니다. 무인도의 생명체도 떠나버리게 만들 테니까요. 타인에게 부정적이고 독선적인 태도로 끊임없이 위화감을 조성하는 것이 자신의 존재 가치를 높이는 방법이라고 생각하는 사람입니다.

타인에 대한 이해심은 전혀 없는 상태에서 자신의 권위적이고 비논리적인 진리만 강요합니다. 타인이 외면하는 상황에서도 그들의 방식이 잘못된 것이라고 비난하며 혼자만의 자아도취에 빠져 살아갑니다. 냉담한 어조로 세상을 비평하며 자신을 알아주지 않는 세상에 독설만 내뱉을 뿐입니다.

그것이 이 사람의 행복이라면 행복입니다만, 진정으로 사회 구성원으로 활동하길 원한다면 자기 자신을 경영하는 방법부터 배워야 합니다. 다른 사람에게 관심을 갖고 함께 하려고 노력하십시오.

산만한 멀티플레이어 유형
No.082 BAAAA

포용이(NP), 침착이(A), 솔직이(FC), 끄덕이(AC)가 모두 강한 이 유형은 인간관계를 잘 맺으려는 욕구가 강하고 자기 통제적이며 타인 중심적입니다. 하고 싶은 것도 많고 해야 할 것도 많지만 의욕이 넘쳐 한계가 어딘지도 모르고 끊임없이 뛰어다닙니다.

이 유형은 자신이 아닌 타인을 성장시키는 데 모든 역량을 소모한다는 것이 가장 안타까운 점입니다. 나를 낮추고 상대에 맞춰가려는 끄덕이(AC)가 지나치게 강한 것이 문제입니다. 자신의 삶의 질과 미래에 어떻게 살 것인지 생각하며 상황과 대인관계를 조율하는 현명함을 갖춘다면 더할 나위 없이 좋은 결과를 얻을 것입니다.

집중력과 꾸준한 추진력을 갖춘다면 어디에서도 가치 있는 존재로 인정받을 수 있습니다. 철저한 시간 관리와 해야 할 일에 대한 전략적인 계획을 세우는 것이 좋습니다. 무엇이든 명확한 목적의식을 갖고 선택과 집중을 통해 한 단계 한 단계 성과를 낼 수 있는 일상의 습관을 기르도록 하십시오.

긍정 에너지 충만 유형
No.083 BAAAB

포용이(NP), 침착이(A), 솔직이(FC)가 강하고 화끈이(CP)와 끄덕이(AC)가 받쳐주고 있어서 전체적으로 균형을 이루고 있는 최상의 긍정 에너지를 발산하는 유형입니다. 어느 한 부분이 아니라 다방면에서 긍정 에너지가 충만합니다.

타인에 대한 배려심, 균형감 있는 현실감각, 분위기를 활력 있게 만드는 유쾌함, 적절한 친화력에 믿음직한 리더의 역량까지 어느 것 하나 빠짐없이 고루 갖췄습니다. 에고그램 검사를 할 때 이상적인 정답을 찾으려고 노력하지 않았다면 실제로는 쉽게 나올 수 없는 유형이기도 합니다.

전반적으로 개방적이고 자기주장을 하는 편이며 인간적인 따뜻함을 지니고 있습니다. 사람을 보는 눈이 있다면 누구라도 탐낼 만한 인재입니다. 스스로가 현 상황에 안주하려 하지만 않는다면 기회는 항상 열려 있습니다. 하고 싶은 것에 대한 목적의식을 분명히 해 도전하기 바랍니다. 주의할 사항은 환경이 만드는 오만함이 생길 수 있으니 항상 겸손함을 잃지 말아야 한다는 것입니다.

모험을 즐기는 유형
No.084 BAAAC

포용이(NP), 침착이(A), 솔직이(FC)가 강하고 끄덕이(AC)가 약한 이 유형은 하고 싶은 건 언제라도 해내고 마는 고집이 센 사람입니다. 그렇다고 독단적이거나 민폐를 끼치는 유형은 아닙니다. 타인에 대한 관심과 애정이 있으며 원만한 인간관계를 맺는 사람입니다. 들떠 있는 아이의 밝은 에너지를 가득 안고 있다 보니 자유로운 성향이 강하고 형식이나 틀에 얽매어 자신을 가두는 유형은 아닙니다.

고집이 세고 쉽게 타협하지 않는 경향도 있어 본인이 선택한 것에 자신이 있습니다. 어떤 일이 일어날지 뻔히 알면서도 실패하든 성공하든 가고 싶은 길은 가봐야 직성이 풀립니다. 다행스럽게도 이성적인 수준이 높아 자신을 망가뜨릴 일은 하지 않습니다.

주변의 호감도나 신뢰감도 높아 좋은 인맥을 형성할 수 있습니다. 자신을 조절하는 능력이 탁월하며 정신력 또한 매우 강합니다. 이 유형은 창의적이며 아이디어도 풍부합니다. 다채로운 경험을 할 수 있는 미래지향적 전문직을 선택해도 좋습니다.

타인 존중과 배려 유형
No.085 BAABA

포용이(NP)와 침착이(A), 끄덕이(AC)가 강한 이 유형은 타인을 아끼고 존중하고 배려하며, 함께 공존하기 위해 노력하는 사람입니다. 일 처리 능력도 뛰어나 어떤 문제든 합리적이고 깔끔하게 정리를 잘하지요. 반면 자신의 감정 표현에 미흡하며, 사람을 배려하고 의지하는 마음이 커서 다른 사람이 자신을 어떻게 평가할지를 두려워합니다.
감정을 억압하고 자기 통제적이며 타인 중심적입니다. 이러한 마음 때문에 가지고 있는 훌륭한 재능들을 잘 발휘하지 못해 성공하기 힘들 수도 있습니다. 스스로를 믿고 존중하는 마음을 가진다면 누구보다도 빛을 발하고 능력을 펼쳐 보일 수 있습니다.
타인을 배려하고 존중하는 만큼 자신도 존경받고 싶어 하는데, 그러기 위해서는 다른 사람의 눈치를 보지 않고 자신에 대한 믿음을 가지는 것이 중요합니다. 이 유형은 일단 목표를 정했다면 자신을 믿고 밀어붙여야 합니다. 공연히 다른 사람의 말에 의존해서 진로를 바꾼다면 나중에 후회할 수도 있습니다.

평범하고 무난한 유형
No.086 BAABB

포용이(NP)와 침착이(A)가 강하고 다른 자아와도 균형을 이루고 있는 이 유형은 자신감이 있고 합리적이며 침착합니다. 어느 곳에서나 적응과 배려를 잘해서 사랑받고 존경받는 사람입니다.
이성과 지성이 발달되어 합리적 판단력이 뛰어나 어떤 일도 빈틈없이 잘 처리하는 업무능력이 있으며, 또 어떤 상황에서도 다른 사람을 배려하고 챙기는 자상함을 엿볼 수 있습니다. 사람과의 관계를 중요시하며, 상대가 상식을 벗어나지 않는다면 끝까지 책임지는 모습도 보입니다. 자신의 역할을 명확하게 알고 있으며, 사명감과 책임감 또한 뛰어나 다른 사람에게 존경을 받습니다.
이 유형은 자신감을 높이고 자신의 자리에서 변화에 흔들리지 않도록 미래를 철저히 준비한다면 별다른 어려움 없이 성공할 수 있습니다. 어떤 직업을 선택한다고 해도 그 자리에서 잘 적응하고 성장할 가능성이 매우 높습니다.

배려와 고집 양립 유형
No.087 BAABC

포용이(NP)와 침착이(A)가 강하고 끄덕이(AC)가 약한 이 유형은 평소 다른 사람을 배려하는 모습과 상황을 합리적으로 판단하는 모습을 보입니다. 다만 한번 결심하면 반대 의견이 있을 때도 쉽게 굽히지 않는 성격입니다.
현실을 잘 파악하고 사리분별이 뛰어나 일할 때 별 문제없이 잘 해결하는 것이 이 유형의 특징입니다. 평소 배려하는 모습을 많이 보여주기 때문에 문제가 발생했을 때도 많은 사람이 이 유형을 이해하려고 하는 편입니다. 현실적인 유형으로 쉽게 유혹에 흔들리거나 쉽게 빠져들지 않습니다. 가끔 엉뚱한 부분에서 고집을 부리거나 무관심해 다른 사람을 당황하게 만들기도 합니다.
이 유형은 자신이 고집을 부리는 상황에서 한발 물러나 상황을 바라보는 습관을 들인다면 계속해서 좋은 상태를 유지할 수 있습니다. 합리적인 이성과 자신만의 철학을 가지고 있으므로 추진력과 신념이 요구되는 일에 적합한 유형입니다.

배려와 협력파 유형
No.088 BAACA

포용이(NP), 침착이(A), 끄덕이(AC)가 강하고 솔직이(FC)가 약한 이 유형은 타인을 배려하는 것이 몸에 밴 사람입니다. 그러나 그것이 스스로 즐거움을 추구하는 자발적인 행동이라기보다는 상대에 맞춰주는 행동에서 나오는 편입니다.
이 유형은 자칫 자신의 인생을 즐기지 못하고 삶이 무기력해지기 쉽습니다. 내적 즐거움이 없어서 다른 사람의 지시나 평가에 따라 움직일 가능성이 높습니다. 다른 사람이 좋게 평가해주는 것이 삶의 즐거움이고 그로 인해 다른 사람을 배려하기도 합니다.
이 유형이 행복하게 살기 위해서는 스스로 삶의 재미를 찾아 그것을 즐기는 것이 좋겠습니다. 다른 사람과의 관계에서도 쉽게 싫증을 느끼고 무기력한 상태에 빠질 수 있으니 주의하세요. 또한 자신이 가지고 있는 감정들을 표현하는 연습을 한다면 다른 사람에게서도 자신을 이해받을 수 있어 외로움이 줄어들 것입니다. 이 유형은 자신이 즐겁게 일할 수 있는 곳을 찾는 것이 급선무입니다.

타인을 위해 양보하는 유형
No.089 BAACB

포용이(NP)와 침착이(A)가 강하고 솔직이(FC)가 약한 이 유형은 관대하고 이성적이며 자기주장보다는 상대에 맞춰가기 때문에 주변에서 좋은 사람이라는 소리를 듣습니다. 늘 다른 사람을 배려하고 양보하며 상대와 맞춰서 일하는 조화로운 모습을 보여줍니다. 그러나 감정 표현이 서툴고 인생을 즐길 줄 모르기 때문에 스스로는 행복하지 않을 수 있습니다. 이 유형은 삶의 균형이 잡혀 있고 마음이 선하며 배려를 잘하는 좋은 사람입니다. 하지만 이런 착한 심성으로 인해 다른 사람에게 휘둘릴 수 있기 때문에 손해를 보는 경우가 많습니다.

다른 사람에게 균형 있고 좋은 사람으로 비치는 것보다 인생을 아끼고 즐기는 것이 더 중요하다는 사실을 잊지 마세요. 이 유형은 어떤 직업이나 역할이 주어지더라도 잘 해낼 수 있습니다. 좀 더 자신을 적극적으로 표현하는 연습을 하면서 일에 대한 열정을 보여준다면 좋은 결과를 기대해도 좋습니다.

외로운 봉사자 유형
No.090 BAACC

포용이(NP)와 침착이(A)가 강하고 솔직이(FC)와 끄덕이(AC)가 약한 이 유형은 감정 표현이 서툴고 다른 사람과 함께 일하는 것을 어려워하는 외로운 사람입니다. 다른 사람을 배려하고 도와주려고 하지만 자기 기준에 맞춰 행동하기 때문에 상대에게는 배려나 도움으로 느껴지지 않을 수도 있습니다.

이 유형은 다른 사람을 아끼고 보호하려는 마음이 많아 봉사활동에 많은 시간을 보내면서 그것을 사명으로 받아들이기도 합니다. 이러한 마음이 잘못된 믿음과 결합되면 자신만의 해석으로 다른 사람에게도 신념을 강요하는 모습을 보여주기도 합니다.

이 유형은 감정 표현을 잘하고 인생을 즐길 수 있도록 노력하는 것과 더불어 고집을 줄이고 다른 사람과 함께 협력하는 법을 배워야 합니다. 평소 감정을 잘 표현하지 못하는 모습을 자각하고 겉으로 표출하려고 노력한다면 즐거운 인생이 될 것입니다.

갈팡질팡 연기자 유형
No.091 BABAA

포용이(NP), 솔직이(FC), 끄덕이(AC)가 강한 이 유형은 자신의 감정을 잘 표현하면서 반짝반짝 빛나고 싶어 하는 연기자와 다른 사람 속에 자신을 감추고 기대고자 하는 연기자가 섞인 모습입니다. 천진난만한 모습으로 사람들에게 사랑받을 수 있지만 때로는 지나치게 타인에게 의존하려고만 해서 다른 사람을 피곤하게 하기도 합니다. 그렇지만 타인을 아끼고 좋아하는 마음을 가지고 있으며 누구와도 잘 지내려고 노력합니다.

이 유형은 상황에 맞춰 자신의 역할을 바꿔가며 행동하기 때문에 인생을 즐겁게 살 수 있지만 좀 더 높은 이상을 추구하지는 못합니다. 현재보다는 미래를 생각해서 좀 더 합리적으로 생각하고 목표를 가지는 것이 좋습니다.

이 유형은 이상과 목표를 명확하게 하는 것이 선행되어야 합니다. 어디에서나 사람들과 잘 어울리고 자신이 분위기를 즐겁게 이끌어가지만 목적 없이 즐거움만 추구한다면 무엇을 해도 적응하기 어려울 것입니다.

'우리 모두 즐겁게' 유형
No.092 BABAB

포용이(NP)와 솔직이(FC)가 강한 이 유형은 관대하고 개방적이며 인간관계가 원만합니다. 그래서 자신과 주변 사람 모두가 즐겁기를 바라는 사람입니다. 형식적인 체면치레를 싫어하고 고집과 치기를 앞세우거나 허영을 부리는 경우도 없습니다. 감정에 솔직하고 다른 사람에 말에 귀 기울일 줄 아는 개방형 인간입니다.

인생에서 즐거움을 추구하는 만큼 다른 사람의 감정에도 잘 반응하고 상대의 즐거움도 인정할 줄 알기 때문에 많은 사람과 시너지를 낼 수 있습니다. 평소 자유로운 사고에 따라 행동하므로 권위적이거나 경직되고 이해타산인 조직 생활에서는 어려움을 겪기도 합니다.

이 유형은 보수적인 조직보다는 조금은 자유로운 직업을 선택하는 것이 성격과 맞을 수 있습니다. 행동반경이 분명하고 정해진 공간 안에서 하는 활동보다는 프리랜서나 영업, 예술 분야 쪽에서 다른 어떤 유형보다도 뛰어난 활약을 할 수 있습니다.

동정심 넘치는 천진난만 유형
No.093 BABAC

포용이(NP)와 솔직이(FC)가 강하고 끄덕이(AC)가 약한 이 유형은 관대해 동정심이 넘치고 감정적이며 자기도취적인 성향이 강합니다. 그래서 인생에 솔직하고 즐겁게 살기 위해 노력합니다. 천진난만하고 호기심도 많아 가끔 예측할 수 없는 행동을 해 다른 사람을 당황시키기도 합니다.

그러나 상대를 배려하는 마음도 있어 미움을 사는 일은 별로 없습니다. 감정에 치우쳐 작은 실수를 범하더라도 꿋꿋이 이겨내는 모습도 가지고 있습니다. 자신의 즐거움을 위해 타인을 희생시키는 일도 없고 자신을 함부로 내세우지도 않습니다. 다만 고집과 독립적인 성향이 있어 다른 사람에게 쉽게 자신을 내보이지 않습니다.

이 유형은 속이 깊고 적응력이 빠르기 때문에 작은 실수로 낙담하는 일은 거의 없습니다. 어떠한 상황에서도 함부로 추측하고 자신의 고집을 내세우지만 않는다면 대인관계에서 좋은 관계를 유지할 수 있습니다.

배려심 많은 착한 사람 유형
No.094 BABBA

포용이(NP)와 끄덕이(AC)가 강한 이 유형은 타인 중심적으로 생각하고 행동합니다. 배려심이 지나쳐 다른 사람의 눈치를 보고 행동하거나 상대에게 의지하려는 소극적인 성격입니다. 정이 많은 정도를 넘어 착한 사람 콤플렉스가 있습니다.

이 유형의 사람이 즐겁게 살고 성공하기 위해서는 부적절한 부탁을 거절하는 연습이 필요합니다. 또 자존감을 좀 더 키우고 독립적으로 행동하려는 의지를 가져야 합니다. 다른 사람을 배려하는 것은 좋은 마음이지만, 어떻게 보일지 전전긍긍하면서 행동한다면 때때로 타인에게 이용당할 수 있음을 명심하세요.

이 유형은 무엇보다도 자신감을 키우는 것이 우선입니다. 어떤 일을 맡아도 잘 수행할 수 있으므로 자신감을 가지고 스스로 무엇을 해야 할지를 결정하는 것이 중요합니다. 기본적으로 배려심이 높기 때문에 서비스업이나 봉사활동과 관련된 일에도 적합합니다.

온화한 호인 유형
No.095 BABBB

포용이(NP)가 강한 이 유형은 관대하고 마음이 온화해서 호인 소리를 듣습니다. 의리와 인정이 넘칠 뿐만 아니라 밝고 긍정적인 행동과 성격으로 다른 사람에게 좋은 평가를 받습니다. 어떤 환경과 입장에 처해 있더라도 솔직하고 밝게 협조하기 때문에 주위에 많은 사람이 모여듭니다.

이 유형은 정말 좋은 사람이라 흠잡을 일이 전혀 없어 보이지만 유감스럽게도 발전이 멈추어 있습니다. 남을 깊이 배려하고 관용적인 성격이라 '정말로 이상적이다'라는 평가를 받습니다. '이런 사람이라면 무언가 훌륭한 일을 해낼 것 같다'라든가 '이 사람에게는 상당히 깊은 내공이 있을 것 같다'라는 생각은 들지 않습니다.

인생에서 좀 더 큰 목적을 지향하고 이성을 높이도록 노력해야 합니다. 구체적인 인생 목표를 설정하고 자신감을 가지고 열정적으로 도전하십시오. 그래서 지금의 'Good' 상태에 머무르지 않고 'Great' 상태로 발전해야 합니다.

독단적 배려 강요 유형
No.096 BABBC

포용이(NP)가 강하고 끄덕이(AC)가 약한 이 유형은 자기 기준에 따라 상대방을 배려하는 자기중심적인 사람으로 다른 사람을 돌보기를 매우 즐깁니다. 배려를 잘한다는 장점을 가지고 있지만 때로는 다른 사람의 상황을 고려하지 않음으로써 상대를 곤란하게 만들기도 합니다.

이들은 자신이 좋아하는 것에 대해 주변 사람에게 함께하기를 강요하기도 합니다. 특정 종교에 빠져 친구나 지인을 끌어들이려고 해서 사람들에게 기피 대상이 될 수 있으니 스스로 자제하는 능력을 키우십시오. 이 유형은 자신의 만족을 위해 자선가가 되는 경우와 상대를 과잉으로 보호하려는 올가미의 모습을 동시에 보여주기도 합니다.

배려란 상대의 입장에 맞추어서 하는 것이 중요합니다. 자신의 입장에서 배려하는 것을 자제하다면 좋은 사람으로 인정받을 수 있습니다. 이 유형은 우선 독단적인 배려를 좋은 배려라고 착각하지 않는 것이 중요합니다.

너무 쉽게 믿는 헬퍼 유형
No.097 BABCA

포용이(NP)와 끄덕이(AC)가 강하고 솔직이(FC)가 약한 이 유형은 감정 표현이 거의 없으며 자신의 욕구를 지나치게 억압합니다. 아무리 힘들어도 누군가가 "널 믿어, 네가 있어서 안심이야, 우린 가족이나 다름없어" 같은 말을 하면 쉽게 감동받아 다른 사람을 돌봅니다. 특히 거절을 잘 하지 못하므로 곤경에 처하더라도 다른 사람의 일까지 도맡아 하다가 스스로 무너지는 경우가 생길 수 있습니다.

지나친 보호 본능과 다른 사람에게 좋은 사람으로 인정받아야만 자신의 존재감을 확인할 수 있다고 느끼는 마음을 내려놓아야 합니다. 스스로 자존감을 키우고 다른 사람과 공존하기 위해 적절하지 못한 부탁은 거절하도록 노력하기 바랍니다.

이 유형은 장점을 잘 어필하지 못하는 사람입니다. 감정과 느낌에 솔직해지는 연습을 하는 것이 좋겠습니다. 하고 싶은 일을 결정했다면 그에 맞는 자신감을 가지고 도전해 보기 바랍니다. 단순히 거절하지 못해 착한 모습을 보여주는 것이 아니라 합리적인 사고에서 배려를 시작해야 한다는 점을 잊지 마세요.

남을 위해 일하는 서비스 유형
No.098 BABCB

포용이(NP)가 강하고 솔직이(FC)는 약한 이 유형은 타인에 대한 배려가 지나치고 자신의 감정을 거의 드러내지 않습니다. 서비스 정신이 투철해 누가 있든 없든 항상 열심히 일하는 편입니다. 특별히 관심이 많은 부분이 없고, 삶을 즐기려는 의지도 상대적으로 약한 사람입니다. 가끔은 사람들이 이것을 이용하기도 하는 안타까운 유형입니다.

이 유형은 자신의 느낌이나 감정을 표현하는 연습을 하는 것이 좋습니다. 이제부터는 다른 사람에 대한 배려뿐만 아니라 자신에 대한 배려도 키워 목표를 향해 움직이는 것이 좋습니다. 세상에 대해서도 좀 더 엄격한 자세를 취할 필요가 있습니다.

이 유형은 어디에서나 일을 잘할 수 있습니다. 일이 주어지면 자신을 희생해서라도 확실하게 처리하는 유형입니다. 그러나 인생에서는 희생만으로 성공할 수는 없습니다. 자신의 감정과 느낌도 의사소통에서는 중요한 요소입니다. 의사소통 능력을 적극적으로 키워나가기 바랍니다.

지나치게 타인만 돌보는 유형
No.099 BABCC

포용이(NP)가 강하고 솔직이(FC)와 끄덕이(AC)가 약한 이 유형은 자기중심적이고 융통성이 부족해 다른 사람을 돌보는 데에만 집중합니다. 지나치게 타인을 돕는 데 열중한 나머지 자신을 돌보지 못하는 경우도 있습니다. 또 배려를 가장한 독선적인 행동으로 다른 사람의 감정에 대해 무관심해 곤란한 상황을 만들기도 합니다. 그래서 자신은 사람들을 잘 돌봐주는데 사람들이 호응해주지 않아 상처를 받을 수도 있습니다.
이 유형은 자신의 감정과 느낌에 더 관심을 가져야 합니다. 그리고 그 감정을 수용함으로써 다른 사람을 조금 더 이해해야 합니다. 다른 사람을 돌보는 만큼 자신도 돌봐주어 조금 더 행복한 삶을 즐길 수 있기를 바랍니다.
이 유형은 혼자서 모든 것을 다 하려는 태도를 보이기도 하므로 다른 사람과 공존하는 방법을 익히는 것이 좋겠습니다. 다른 사람의 감정을 이해하는 연습을 하고 함께 문제를 해결해나가면 좋은 결과가 있을 것입니다.

식을 줄 모르는 열정파 유형
No. 100 BACAA

포용이(NP), 솔직이(FC), 끄덕이(AC)가 강한 이 유형은 즉흥적이고 비합리적이며 세상의 모든 것에 관심이 많은 사람입니다. 특히 다른 사람에게 주목받고 싶고 사랑받고 싶어 하는 사춘기 청소년 같은 사람입니다. 배려심도 있고 자기 표현력이 좋으므로 이 유형과 함께 있으면 즐거운 시간을 보낼 수 있습니다.
그러나 인정에 약하고 호기심이 많아서 합리적으로 신중하게 생각하는 능력이 부족해서 주변 문제에 갑작스럽게 휘말릴 수 있습니다. 이 유형은 늘 즐겁고 선한 성격으로 사랑스러운 모습을 보여주지만 성공적인 사회생활을 위해서는 성숙한 모습도 필요합니다. 어린아이 같은 행동만 한다면 상대에게 신뢰를 잃을 수 있습니다.
모든 상황에서 들뜬 모습을 보여주기보다 어른스럽고 합리적으로 바라보는 시각을 키운다면 사회생활을 성공적으로 할 수 있습니다. 이 유형은 열정이 넘쳐 어떤 일이든 적극적으로 도전합니다. 이제부터는 행동보다 목표를 명확하게 하고 합리적으로 결정하는 습관을 들이는 것이 좋습니다.

천방지축 기분파 유형
No.101 BACAB

포용이(NP)와 솔직이(FC)가 강하고 침착이(A)가 약한 이 유형은 따뜻하고 인간미가 있으며 즉흥적이고 자유분방합니다. 행동이 감정에 좌우되는 사람으로 인정이 많고 활달합니다. 성격도 밝아 주위에 사람들이 많이 모이며 타산적이지 않아 타인으로부터의 평가도 매우 좋은 편입니다.

그러나 분위기를 끌어가며 인기를 얻는다고 하더라도 자신의 실속은 차리지 못할 수도 있습니다. 사람을 너무 좋아하다 보니 정확한 판단력이 부족해 남 좋은 일만 시킬 가능성도 높은 편입니다. 조금 더 이성적으로 생각하는 것이 좋겠습니다.

이 유형은 타인에게는 굉장히 좋은 사람입니다. 누구든 자신에게 맞추어주고 배려해주는 사람을 좋아하기 때문입니다. 그러나 자신도 함께 생각해야 합니다. 자기실현을 하기 위해서는 인생의 목표를 구체적으로 설정하고 인내심을 갖고 집중하세요. 사람들에게 즐거움을 전달하고 분위기를 조성하는 일들을 하십시오.

개구쟁이 꼬마 유형
No.102 BACAC

포용이(NP)와 솔직이(FC)가 강하고 침착이(A)와 끄덕이(AC)가 약한 이 유형은 인간미가 풍부하고 자기주장이 강하며 감정적이고 계획성이 부족합니다. 재미있고 즐겁게 사는 데는 결코 뒤지지 않는 유형입니다. 세상 만물에 호기심이 넘치고 무엇이든 같이 껴서 함께 놀고 싶어 하는 마음이 넘치는 사람입니다.

언뜻 유쾌한 사람으로 보일 수 있으나 자유로움이 지나쳐 충동적으로 행동할 가능성이 높습니다. 합리적인 판단력이나 이성적인 행동이 부족한 유형으로 중요한 일을 결정해야 하는 상황이 닥치면 신중하게 생각하지 못하고 잘못된 선택을 할 수도 있으니 주의해야 합니다.

이런 유형의 사람을 친구로 둔다면 항상 즐겁게 생활할 수 있습니다. 다만 친구가 아닌 배우자로 고려한다면 조금 깊이 생각해보아야 합니다. 이 유형은 사리분별력과 이성적인 판단력을 키워야만 인생을 제대로 끌고갈 수 있습니다. 또한 세상은 혼자 살아가는 것이 아니므로 타인의 입장에서 생각하는 마음도 키우는 것이 중요합니다.

과민한 성격 유형
No.103 BACBA

포용이(NP)와 끄덕이(AC)가 강하고 침착이(A)가 약한 이 유형은 지나치게 상대방을 배려하고 자상하며 타인의 눈치를 보는 경향이 있습니다. 이러한 성격 탓에 자신의 실속은 차리지 못하고 다른 사람에게 이용당할 가능성이 높습니다.

주위에서 하는 이야기에 지나치게 귀를 기울여 모두가 자신을 향해 말한다고 생각하는 것처럼 스스로에게 스트레스를 주고 있는 것은 아닌지 생각해보아야 합니다. 자긍심이 약해서 주변을 지나치게 의식하다 보니 상황에 엉성하게 대처해 주위 사람들로부터 제대로 된 인정을 받기가 어렵습니다. 이 유형은 이성적인 판단력이 부족하고 자기 주도적으로 행동하지 못해 세상의 움직임에 따라 좌지우지될 가능성이 매우 높습니다.

무엇이든 절차와 논리적인 체계를 갖고 사고하는 습관을 들이는 것이 좋습니다. 자신에 대한 믿음도 중요합니다. 조금 더 자기주장을 펼치며 대담하게 밀고 나가는 것도 유익할 수 있습니다. 자신을 좀 더 소중하게 생각하고 스스로에 대한 믿음으로 배짱 있게 세상과 마주할 필요가 있습니다.

자상함과 배려 과잉 유형
No.104 BACBB

포용이(NP)가 강하고 침착이(A)가 약한 이 유형은 다른 사람을 잘 도와주고 협조적이며 자상함과 깊은 배려심을 지니고 있습니다. 하지만 이러한 장점이 과해 지나치게 상대를 배려하다 보니 정작 자신의 실속은 차리지 못하고 오히려 인생을 무너뜨릴 위험이 있습니다. 항상 상대방의 눈물샘을 자극하는 유형입니다.

분명 자신에게 해가 될 수 있는 일이라도 다른 사람의 부탁이나 도움 요청을 거절하지 못하는 심약함을 지니고 있습니다. 자상함이 이 유형의 최대 장점이자 단점입니다. 자상한 것도 좋지만, 현실적인 눈을 갖는 것이 필요합니다.

먼저 매사에 이성적인 판단력을 가지고 이해타산을 따져보는 것이 좋겠습니다. 풍요로운 인생을 만들기 위해서는 현명한 사리분별력을 키우는 것이 급선무이며, 현실을 살필 줄 아는 안목이 필요합니다. 주변에 이 유형을 제어해줄 이성이 강한 현실주의자를 찾아 관계를 맺는 것이 좋습니다.

정에 약한 착한 아이 유형
No.105 BACBC

포용이(NP)가 강하고 침착이(A)와 끄덕이(AC)가 약한 이 유형은 인생에서 무슨 일을 하든 실수가 많을 수 있습니다. 상황을 판단하는 분별력이 떨어지며 다른 사람의 부탁이라면 거절하지 못하고 들어주는 성격이지요. 때로는 타인의 눈치 따위는 보지 않고 자신이 하고 싶은 대로 하고자 하는 자유분방한 성격도 갖고 있습니다.

바쁘게 살다 보면 인생에서 큰 문제를 일으키지 않지만 생활에 여유가 생기는 편안한 시기가 되면 바로 곁눈질을 시작합니다. 현재의 삶에 무엇이 옳은지 판단도 못하면서 자신을 어려운 지경으로 내몰아버립니다. 인생에서 전환점이 될 만한 운이 따르는 시기가 되어도 그 기회를 제대로 잡지 못하는 유형입니다.

이 유형의 사람은 삶이 안정되고 정착되길 원한다면 모든 일에 계획을 짜는 습관을 들이는 것이 좋습니다. 자상함을 강점으로 타인에게 이성과 감성의 균형 있는 영향력을 미친다면 어떠한 기회도 잡을 수 있습니다. 중요한 것은 한 가지 일에 집중할 수 있는 태도와 진중함을 기르는 것입니다.

겉모습과 속마음이 다른 유형
No.106 BACCA

포용이(NP)와 끄덕이(AC)가 강하고 침착이(A)와 솔직이(FC)가 약한 이 유형은 인간관계에서 고립되어 있고 비논리적이며 자신의 감정을 자유롭게 표현하지 못합니다. 어린아이처럼 어리광이 많고 다른 사람에게 칭찬받거나 누군가 자신을 좋아해준다면 굉장히 기뻐하는 성격이지요. 또한 늘 타인의 눈치를 보며 어떻게든 좋은 사람으로 비쳐서 호감을 사려고 노력합니다.

이 유형은 사리분별력이 약하고 겉으로 보이는 것보다 어두운 성향입니다. 상대방을 의식해서 자신의 감정을 잘 표현하지 못합니다. 이 유형이 유난히 다정다감하게 웃으며 다가온다면 무언가 원하는 바가 있는 것입니다. 스스로 우울감을 느끼고 욕구 충족이 되지 않을 때 더욱 웃으려고 하는 이중적인 모습이 있기 때문입니다.

이러한 성향을 개선하기 위해서는 이성적 판단에 따라 사리분별력을 높이고 원활하게 교류할 수 있는 자신감을 갖게 된다면 모든 문제가 해결될 것입니다.

정에 끌려 현실감이 약한 유형
No.107 BACCB

포용이(NP)가 강하고 침착이(A)와 솔직이(FC)가 약한 이 유형은 얼핏 보면 매우 좋은 사람으로 보입니다. 인간관계에서 의리 있고, 다른 사람을 돌보거나 도와주려고 하는 성향이 강하기 때문입니다. 그러나 깊이 알고 지낸 친구들이나 가족은 이 유형의 사람이 조금 걱정될 수도 있습니다. 타인을 지나치게 의식하고 비현실적이며 무감각하고 어두운 편이기 때문입니다.

이 유형은 첫째, 밝은 성격을 갖고자 노력해야 합니다. 기본적으로 오락이나 취미 등 인생의 즐거움에는 관심이 별로 없어 점점 더 어두운 성격으로 변해갈 수가 있습니다. 둘째, 타인을 제대로 바라보는 이성적인 판단력을 길러야 합니다. 자칫 이 유형을 물주로 생각하는 사람을 만나 모든 것을 다 내어주는 실수만은 하지 않도록 주의하세요.

무엇보다도 먼저 이성과 감성을 겸비하는 것이 필요합니다. 자신에게 부족한 이성이나 감성을 채우고 관계를 맺는다면 의리와 인정이 넘치는 이 유형의 강점이 더욱 빛을 발하게 될 것입니다.

과잉 참견을 하는 유형
No.108 BACCC

포용이(NP)가 강하고 침착이(A), 솔직이(FC), 끄덕이(AC)가 모두 약한 이 유형은 다른 사람의 일이라면 헌신적으로 발 벗고 도와주려고 합니다. 만일 이런 성격을 이용해 누군가가 사기를 치려고 달려든다면 여지없이 당하고 말 사람입니다.

이 유형은 사람들과의 관계에 그다지 관심을 가지지 않고 누군가에게 특별히 잘 보이고 싶어 하는 편이 아님에도 과도하게 참견하는 편입니다. 심리학적으로 본다면 스스로 한심하다고 생각되는 자신을 위로하기 위해서 그 반대의 모습으로 연극하고 있는 것은 아닐까요.

인생에서 가장 소중한 것은 바로 자기 자신이라는 것을 잊지 말기 바랍니다. 곰곰이 생각해보고 변화를 위해 노력하는 것만이 자신의 단점을 없애는 방법입니다. 먼저 올바른 자기인식과 수용이 이루어져야 합니다. 이어서 자신감을 갖고 감정을 진실하게 표현하는 동시에 상대방의 입장도 충분히 받아들여 균형 있는 모습을 만들기 바랍니다.

좋은 일만 꿈꾸는 유형
No.109 BBAAA

침착이(A), 솔직이(FC), 끄덕이(AC)가 강한 이 유형은 분석적이고 신중하며 때로는 자유분방하고 개방적입니다. 자기가 좋아하는 것, 좋아하는 사람에게만 관심이 있으며 자신과는 상관이 없다고 생각하는 사회문제에는 관심이 없습니다.

세상과는 관계를 되도록 멀리하려고 하며 오직 관심 분야인 취미, 여가 등에만 열중하는 편입니다. 기본적인 이성이나 지성이 높은 편이라 합리적인 판단력과 사리분별력이 뛰어나지만 그러한 강점을 복잡한 사회적인 문제에 발휘하려고 하지 않습니다.

자신이 좋아하는 사람들과 어떻게 하면 즐겁고 행복하게 살아갈 수 있을까에 중점을 두어 모든 것을 생각하며 상대방을 배려하거나 타협하는 행동도 그들과의 관계에서만 생겨납니다. 일반 사람들과는 조금 다른 성향의 독특한 성격을 가진 유형으로 평범한 사람들은 이 유형의 생각이나 행동을 잘 이해하지 못할 가능성도 높습니다. 다른 사람에 대한 관심과 협동심을 기른다면 최고의 리더가 될 수 있는 잠재력이 있습니다.

회복탄력성이 강한 유형
No.110 BBAAB

침착이(A)와 솔직이(FC)가 강한 이 유형은 합리적이고 타협적이며 감정 표현에 솔직하고 개방적입니다. 한 가지 일에 얽매여 그것에 대해 계속 걱정하거나 한 번의 실패에 억눌려 다시 일어서지 못하는 등의 어리석은 행동을 하지 않는 사람입니다. 회복탄력성이 높아 어려운 상황에서도 굳건하게 튀어 올라 또 다른 기회를 살릴 수 있습니다.

이런 유형은 기본적으로 지성과 이성이 높고, 감성 또한 풍부해 인생에서 즐거움을 느낄 만한 요소를 많이 갖고 있으며, 쾌락을 추구하고 자유분방하게 즐기더라도 자신을 망가뜨리는 수준까지 끌고 가지는 않습니다.

장점으로 볼 수 있는 융통성이 변덕스러움이라는 단점으로 변형되지 않도록 유의해야 합니다. 다른 사람에 대한 관심과 배려를 넓히는 것이 해법이 될 수 있습니다. 상황대응력이 뛰어난 이 유형은 과도한 자신감으로 오히려 기회를 얻지 못할 수 있습니다. 무언가에 도전하기 위해서는 언제까지나 버텨내리라는 굳은 결심이 필요합니다.

이기적인 인생을 즐기는 유형
No.111 BBAAC

침착이(A)와 솔직이(FC)가 강하고 끄덕이(AC)는 약한 이 유형은 합리적이면서 직관력이 있으며 자기주장이 강합니다. 자신이 원하는 것에만 최대의 에너지를 쏟는 사람입니다. 지극히 자기중심적이라 주변 사람에게 편안하고 성격 좋은 사람이라는 평을 받기는 어렵습니다. 그러나 자기보전을 위해 상당히 높은 이성이 작용하므로 완전히 배척되는 행동을 하지는 않습니다.

이 유형의 사람은 보통의 사람과 인생관 자체가 많이 다릅니다. 인생에서 자기만족과 즐거움을 매우 중요한 것으로 인식하고 있기 때문이지요. 대부분의 에너지를 자신의 욕망, 감정의 만족, 즐거움에 사용하고 있으며 타인에 대한 의리나 인정에는 적정선 이상 넘어가려고 하지 않습니다.

이 유형이 더 나은 인생을 살아가기 위해서는 겸손하고 온화한 품성을 함양하고 지나친 자기중심성과 쾌락 지향성을 줄이는 것이 좋습니다.

타인을 지나치게 의식하는 유형
No.112 BBABA

침착이(A)와 끄덕이(AC)가 강한 이 유형은 생각이 많고 이성적이며 실수하지 않으려 조심합니다. 높은 지성과 이성으로 무슨 일을 하든 굉장한 결과를 만들어낼 수 있는 기본적인 저력을 갖고 있습니다.

그러나 정확한 판단 능력에도 불구하고 제대로 실력을 발휘하지 못한 채 중단하는 일이 다반사입니다. 지나치게 타인의 평가를 생각하기 때문입니다. 다른 사람으로부터 좋은 사람이라는 말을 듣고 싶어 하기 때문에 이성으로 판단한 일을 행동으로 이어가지 못하는 것입니다.

늘 조심스러운 행동과 정직한 생활로 좋은 평판을 받기는 합니다만, 자신을 위해서라면 지나치게 주위를 의식하는 일은 하지 않는 것이 좋습니다. 조금 더 자신감을 갖고 도전해보기 바랍니다. 이 유형은 자신이 지닌 역량을 활용하는 데 몸을 사리지 않는 사람인지 스스로 냉정히 평가해보기 바랍니다.

균형 감각이 뛰어난 유형
No.113 BBABB

침착이(A)만 강한 이 유형은 사람의 감정을 경시하는 성향이 있고 컴퓨터처럼 논리에 맞지 않는 것은 없다고 생각합니다. 무엇 하나 부족하거나 과하게 넘치지 않는 균형 있는 마음 상태로 채워져 있는 유형입니다. 침착이(A)가 주도하는 사람이므로 굴곡 없이 평탄한 일반적인 생활을 하기에는 더없이 좋은 유형이지요.
균형을 잡으려는 마음이 무의식에 잠재해 있기 때문에 능력이나 재능을 키우는 걸 스스로가 막고 있는 상태입니다. 모든 면에 과부족이 없다는 것은 뛰어나게 눈에 띄는 면이 없다는 말과도 같습니다.
사회에서 필요로 하는 좋은 역량을 강점화해서 부각하기 바랍니다. 상황에 따라 그에 맞는 역량이 발휘되어 어려움을 극복하거나 성공으로 이끌어가는 좋은 성격이 될 수 있습니다. 그래서 이 유형은 마음먹기에 따라서 충분히 더 성장할 수 있습니다. 탁월한 균형감각 안에 융통성과 상황 분석력을 함께 갖춘다면 더 가치 있는 삶을 살아갈 수 있습니다.

실리에 강한 현실적인 유형
No.114 BBABC

침착이(A)가 강하고 끄덕이(AC)가 약한 이 유형은 마음에 여유가 없고 독단적이며 이치를 따지고 자기중심적입니다. 이해타산적인 면이 강하다 보니 멀리 내다보지 못하고 눈앞의 이익에만 연연할 수 있습니다. 사람들과 타협하고 상대를 인정하며 때론 자신을 낮춰야 할 때도 오로지 자기중심적인 성향이 나타나 인간관계를 그르칠 가능성도 높습니다.
이 유형은 땀 흘려 일하며 인내심을 갖고 어떤 일을 해내려는 마음보다는 쉽고 편하게 일하며 살고 싶어 하는 마음이 강합니다. 당연히 남들에게 피해가 되는 일을 하면서도 '어떻게 하면 내가 이런 행동을 해도 미움을 받지 않을까' '어떻게 하면 내 맘대로 다 할 수 있을까'라는 엉뚱한 방법을 찾으려 하고 있습니다. 세상은 사람들과 어울려 함께 살아야 하는 곳임을 잊지 마십시오.
이 유형의 기본적인 능력은 뛰어나지만, 혼자서는 한계가 있다는 것을 인식하고 다른 사람들과 협조해서 더 높은 시너지를 낼 수 있도록 노력하기 바랍니다.

이성적 사람인 척하는 유형
No.115 BBACA

침착이(A)와 끄덕이(AC)는 강하나 솔직이(FC)는 약한 이 유형은 신중하고 계산적이며 감정을 자제하며 예의가 바릅니다. 많은 지식과 기술을 갖추고 있지만 실제 상황에는 접목하지 못합니다. 주변 상황을 지나치게 살피며 좋은 사람이라는 인정을 받고자 하는 마음이 강하지만, 정작 자신이 하고 싶은 일이나 욕구는 억누르는 편입니다.
성인군자가 되고자 하면 스트레스가 끝없이 쌓일 수 있으니 어느 정도는 겉으로 표현하고, 무엇이든 자신의 욕망을 분출해보는 것은 어떨까요? 세상 모든 사람을 다 받아주며 인격적으로 좋지 못한 사람들에게까지 착한 사람으로 보일 필요는 없습니다.
인생에는 얼마든지 즐거움을 주는 요소가 많습니다. 높은 이성과 지성을 허무하게 주위를 살피는 데만 쏟지 말고 자신을 위해서 발휘해보는 것이 좋습니다. 무슨 일이 주어지든 잘 해내겠지만 지나치게 위축된 성향으로 기회를 잘 잡을 수 있을지 의문입니다. 좀 더 밝은 에너지를 갖도록 노력하는 것이 우선입니다.

안전지대에 안주하는 유형
No.116 BBACB

침착이(A)가 강하고 솔직이(FC)는 약한 이 유형은 이성적이고 합리적이며 생각이 많고 감정을 억압하는 사람입니다. 상당히 이성적으로 보이지만 소극적이라 빛을 발하지 못합니다. 이성적으로 생각하고 행동해야 한다는 강박관념이 머릿속에 자리 잡고 있어 솔직한 욕구나 천진난만한 밝은 천성 등을 겉으로 표출하지 못해 자칫 어두운 심성을 갖고 있는 것처럼 보이기도 합니다.
가치관이 이렇기 때문에 잘못된 인생을 살고 있다고 말할 수는 없으나 스스로에게 좋지만은 않습니다. 항상 소극적으로 살다 보면 타인과의 경쟁에서 뒤처질 수밖에 없기 때문입니다. 인생은 전쟁과도 같습니다. 적극적으로, 때로는 저돌적으로 무엇인가를 쟁취하고자 노력해보기 바랍니다.
'재미있을 것 같다' '한번 해보자' '즐겁다'라는 마음으로 매사에 호기심을 가지고 적극적으로 뛰어들어보세요. 생각이 나면 즉시 행동해보고, 하고 싶은 일을 찾아서 마음대로 해보는 것도 좋은 방법입니다.

세상을 바라보고만 있는 유형
No.117 BBACC

침착이(A)가 강하고 솔직이(FC), 끄덕이(AC)가 약한 이 유형은 자기중심적이고 융통성이 부족하며 인간적인 재미가 없습니다. 머릿속에는 타산적인 생각이나 합리적인 판단력이 있음에도 정작 겉으로 표현하거나 나서지 않고 미동 없이 바라보고만 있습니다.

매사에 정확한 눈을 갖고 있어 맺고 끊음이 확실하지만, 결코 제멋대로 결정하거나 처리하지는 않기 때문에 사람들로부터 비난받지는 않습니다. 타인에게 좋은 사람이라는 평판을 받는 것도 굳이 원하지 않고 비난받는 일도 하려고 하지 않는 사람입니다.

인생을 좀 더 풍요롭게, 성공한 인생으로 만들고자 한다면 다른 사람들과 잘 어울려 살아가는 방식을 배울 필요가 있습니다. 이 유형의 사람은 다소 완고한 성격으로 타인과 협조하는 마음 자세가 부족하기 때문에 간혹 다가온 기회를 스스로 날려버릴 수도 있습니다. 가끔은 누군가보다 한발 앞서야 할 때가 있습니다.

유아적 성향이 높은 유형
No.118 BBBAA

솔직이(FC)와 끄덕이(AC)가 강한 이 유형은 자기도취적인 성향이 강하고 즉흥적이며 외부의 자극에 쉽게 동요됩니다. 사물에 대한 호기심이 왕성하고 자유분방한 성향을 갖고 있으며 자신의 욕구를 충족하기 위해서라면 다른 사람에게 피해를 줄 수 있는 일이라도 해버립니다. 반대로 주위를 의식하고 사람들에게 호감을 얻고 싶어 하며, 칭찬받는 것도 매우 좋아하고 타인의 기대에 부응하기 위해 과할 정도로 노력합니다.

이 유형의 사람은 적당한 사리분별력을 갖고 있고, 또 의리나 인정도 있어서 세상을 살아가는 데 크게 문제가 될 부분은 없습니다. 요즘같이 겉치레에 신경 쓰고 위선적인 사람이 많은 시대에 어쩌면 이런 유형은 스스로에게 정직하고 진정성 있는 사람이라고도 할 수 있습니다.

이 유형의 과한 유아기적 성향은 이성과 감성의 균형을 요구하는 조직의 입장에서는 받아들이기 어려운 모습입니다. 사리분별력이 부족한 것은 아니니 상황에 따라 어떤 면이 부각되어야 하는지를 성찰해보십시오.

본능이 충만한 유형
No.119 BBBAB

솔직이(FC)만 강한 이 유형은 자유분방하고 호기심이 왕성하며 마치 어린아이 같은 사람입니다. 세상에는 즐겁게 할 수 있는 일이 너무나도 많다는 것을 잘 알고 있습니다. 일반적인 사람들에 비해 자신의 욕구를 충족하는 데 강한 에너지를 쏟아부으며 마치 세상을 놀이터와 같이 생각하는 사람입니다.

그러나 절대 이성적인 판단이나 지성이 낮은 편이 아니기 때문에 개념 없이 행동하거나 무조건 피해를 주는 일은 없습니다. 이 유형의 사람들은 호기심이 높아 학문을 탐구하거나 미지의 세계를 탐험하기도 하고 도박이나 예술에 관심을 가질 수도 있습니다. 예상치 못한 행동으로 다른 사람들을 놀라게 하는 것도 이 유형의 특징입니다.

틀에 박힌 업무보다는 자유롭게 창의적인 활동을 하는 업무가 잘 맞습니다. 이 유형은 그때그때의 기분이나 감정으로 행동하지 말고 일의 전후나 결과를 생각해야 합니다. 따라서 크게 호흡하고 생각할 여유를 가진 다음 행동하면 좋습니다.

숲속의 야생마 유형
No.120 BBBAC

솔직이(FC)가 강하고 끄덕이(AC)가 약한 이 유형은 완고하고 비판적이며 자기중심적이고 독단적입니다. 잡으려고 해도 잡히지 않고, 길들이려고 해도 길들여지지 않는 그야말로 야생마 같은 사람입니다. 이 유형은 사람들에게 폐는 끼치지 않되 간섭받는 것도 원치 않고 그저 자신이 가고 싶은 곳으로 자유롭게 뛰어가고 싶어 합니다.

한 가지 직업에 얽매여 평생직장으로 삼고 살아가기에는 어려움이 있습니다. 그렇다고 지성이나 이성이 다른 사람들에 비해 떨어지지는 않습니다. 남들 못지않은 상식과 사리분별력, 정확한 판단력을 갖추고 있으니까요. 다만 주위 눈치를 보느라 자신의 자유분방함이 방해받는 것을 원치 않고 한평생 원하는 길로만 가고 싶은 마음이 크기 때문에 평범한 직장인이 되기는 어렵습니다.

자유롭게 즐기면서 하고 싶은 일을 하며 살아갈 수 있다면 더없이 좋은 삶입니다. 그러나 이 유형의 사람은 스스로 조직에 적합한 사람인지를 먼저 생각해보아야 합니다.

착한아이 증후군 유형
No.121 BBBBA

끄덕이(AC)만 강한 이 유형은 주위 사람의 말이나 행동에 대해 과민 반응하고 자기 비하를 하는 사람입니다. 어떠한 경우라도 싫은 내색을 하지 못하는 성격이라 늘 주위를 의식하며 스트레스를 받습니다. 험담을 가볍게 흘려버리지 못하고 자신에게 정말 문제가 있는 것은 아닌가 심각하게 생각하며 오랜 시간 고민하는 것이 이 유형의 특징입니다.

이 유형은 타인에게 자신을 내보이지 못하기 때문에 늘 있는 듯 없는 듯 조용히 지냅니다. 그러다 보니 잠재되어 있는 능력이 있어도 발휘할 수 없겠지요. 숨어 있는 재능을 살린다면 분명 빛을 볼 수 있는 사람임에도, 평생 빛 한 번 보지 못하고 삶을 마감할 수도 있습니다.

이 유형의 사람이라면 다른 사람의 인식이나 의견 같은 것에 신경을 덜 쓰고 지내보는 것이 좋습니다. 스스로 용기를 가지고 세상에 나설 때 비로소 기회가 올 것입니다. 고민할 일과 고민하지 말아야 할 일이 무엇인지 현명하게 판단해야 합니다. 대범하게 지나칠 줄도 알고, 당당하게 수용할 줄 아는 태도가 이 유형을 성장케 할 것입니다.

조용하게 생활하는 유형
No.122 BBBBB

다섯 자아가 모두 보통 수준인 이 유형은 한마디로 무난함이라고 정의할 수 있습니다. 책임감이나 윤리 의식, 동정심, 합리성, 감정 표현, 마음 씀씀이나 타협심 모두 과부족이 없는 유형입니다. 특별히 뛰어나다고 할 만한 부분은 없지만, 모자란 것도 없는 평범한 유형이지요.

그러나 일상생활이 아닌 어떤 큰일을 도모하거나 해결해야 하는 상황이 닥친다면 난감해하며 그저 멍하니 바라만 보고 있을 가능성도 있습니다. 기회가 왔을 때 그것을 놓치지 않고 끝까지 해낼 만한 의지가 있는지, 또 결과로 만들어낼 만한 자신이 있는지 곰곰이 생각해봐야 합니다.

이 유형은 재능은 갖고 있으되 그 재능을 충분히 발휘하지 못하기 때문에 스스로를 제한합니다. 요즘 시대에 무난함은 도전, 열정, 창의성 미흡과 똑같이 인식됩니다. 자신의 효용가치를 높여줄 영향력 있는 강점을 계발해서 발휘할 수 있어야 합니다.

세상에 관심없는 평범한 유형
No.123 BBBBC

끄덕이(AC)만 약한 이 유형은 대체로 평범합니다. 자신이나 타인에게 적당히 엄격하며 책임감도 있고, 인정이나 배려심도 갖고 있습니다. 세상을 즐길 줄 아는 여유도 가졌으며 이성이나 지성이 부족하지도 않습니다. 다만 상대방의 입장을 헤아려주는 마음이 적고 독단적이라는 것이 단점입니다.

사람들은 세상을 살아갈 때, 때론 내 마음에 들지 않더라도 다른 사람들을 위해서 노력하거나 좋은 사람이라는 평판을 얻기 위해 적당히 비위도 맞추며 살아갑니다. 그것이 원만한 인간관계를 형성하며 부딪치지 않는 방법이기 때문이지요.

그러나 이 유형은 그런 것에는 신경을 쓰지 않으며 다른 사람들에게 괜히 잘 보이려 노력해봤자 스트레스만 받을 뿐 불필요하다고 생각합니다. 이런 생각이 스트레스를 줄이는 것에는 도움이 될 수 있으나 사회생활을 하는 데는 결코 장점으로 작용하지 않습니다. 때로는 다른 사람의 관점과 의견에도 귀를 기울여보는 것이 좋습니다. 또 자신이 원하는 삶을 개척하고 적극적으로 도전해봐야 합니다.

자기 자신을 억누르는 유형
No.124 BBBCA

끄덕이(AC)가 강하고 솔직이(FC)는 약한 이 유형은 사람들 눈에 잘 띄지 않는 사람입니다. 자신이 요구하는 바를 상대에게 관철하려는 마음이 없으며 속으로 자신을 가두기만 하며 열등감에 시달릴 수도 있습니다.

자기주장을 하지 못하고 지나치게 타인에게 호감을 사고 싶어 하는 마음이 강하기 때문에 늘 안절부절못하며 사람들의 눈치를 보고 있을 수도 있습니다. 사람은 누구나 하고 싶은 것이 있고 다른 사람과는 의견이 다른데, 이 유형은 그런 것을 겉으로 표현하려고 하지 않습니다. 억누르는 것이 습관이다 보니 타인의 눈에는 어둡고 우울해 보이며 소극적이라는 인상을 줄 수 있습니다.

이 유형의 사람은 매사에 적극적인 자세를 취하도록 노력하고, 무엇보다 자신감을 갖는 것이 중요합니다. 스스로 비하하기보다 하고 싶은 대로 자유분방하게 행동해보세요. 타인의 마음에 들고 싶다면 그들에게 맞춰주는 동시에 강점도 보여줄 수 있어야 합니다.

소극적이나 성실한 유형
No.125 BBBCB

솔직이(FC)가 약한 이 유형은 큰 욕심을 부리지 않고 주어진 상황에서 성실함을 무기로 하루하루 살아가는 사람입니다. 작은 집에 살아도 불평 없이 만족하며 어떤 상황에서도 큰소리로 화를 내지 않고, 그저 조용히 일과 가정에만 충실하게 살아갑니다.
이런 사람들만 있다면 세상엔 유혈이 난무하는 전쟁이나 경쟁 따위는 없을 것입니다. 평화주의자라고 할 수도 있겠지요. 사람들과 언쟁하며 큰 이상을 추구하지도 않고 가벼운 쾌락으로 일생을 낭비하지 않으며 소박한 생활에 만족하고 사회적 법규를 어기는 일도 없습니다. 스스로도 평화로운 세상을 만들기 위한 모범과 같은 사람이라고 생각합니다.
한평생 큰 사건 없이 평화롭게 살아갈 수는 있으나 급변하는 현대의 삶에 비춰본다면 이런 사람이 한편으로는 불쌍하게 느껴질 수도 있습니다. 이 유형의 사람은 현대사회의 시대적 흐름부터 면밀히 살펴보는 것이 좋겠습니다. 장점인 성실함을 무엇과 함께, 어떻게 풀어가야 할지를 생각해보세요.

눈에 잘 띄지 않는 유형
No.126 BBBCC

솔직이(FC), 끄덕이(AC)가 약한 이 유형은 자기 나름의 신념이 강하고 고집이 셉니다. 감정 표현을 잘 못하고 폐쇄적이라 무엇을 해도 눈에 띄지 않는 유형입니다. 마치 학교생활을 할 때 맨 앞자리에 앉아 있으면서도 다른 친구들은 우리 반에 그런 아이가 있는지 없는지조차 잘 모르는 경우라고 할 수 있겠죠.
반면에 자신이 가고자 하는 길만 가고, 가고 싶지 않은 길로는 절대 들어서지 않는 사람입니다. 아무리 다른 사람들이 한쪽 길에 모여 소란스럽게 움직이더라도 줏대 없이 혹해 편승하지 않는 뚝심도 갖고 있습니다. 인간의 기본적인 욕구 외에 다른 쾌락을 좇지는 않으므로 자신을 망치거나 주위 사람들에게 민폐를 끼치는 일도 없습니다. 이 유형이 너무 어른스럽다는 것은 때론 재미없는 무미건조한 인생을 살아간다는 것입니다.
조금은 자유로운 아이처럼 천진난만함을 길러보는 것도 좋겠습니다. 그다음으로 자신의 맑은 성향을 다른 사람과 함께 나누는 강점으로 개발해보십시오.

매직 라이프를 꿈꾸는 유형
No.127 BBCAA

솔직이(FC)와 끄덕이(AC)가 강하고 침착이(A)가 약한 이 유형은 어릴 적 보았던 만화 속에서 헤어 나오지 못하고 있는 것은 아닌지 진지하게 생각해보아야 할 사람입니다. 자신이 '원하는 것, 갖고 싶은 것, 하고 싶은 것 등이 마치 만화처럼 한순간에 이루어질 수는 없을까'라는 말도 안 되는 고민을 하고 있지는 않은지요?

무한경쟁 시대인 요즘, 노력 없이 이루어지는 것은 아무것도 없습니다. 따라서 상황에 따라 정확한 판단력과 사리분별력을 길러야 합니다. 이 유형의 사람은 내적으로 두 가지의 마음이 항상 싸우고 있습니다. 걷잡을 수 없는 호기심과 왕성한 열정으로 들판을 마구 뛰어다니고 싶어 하는 마음, 반대로 주위의 평판에 신경 쓰며 자신을 억제하려고 하는 마음이 한 치의 물러섬도 없이 앞서거니 뒤서거니 하고 있다는 것이지요.

이 유형은 내면에서 유아적 사고와 미흡한 사리분별력을 조율하지 못하면 성공의 기회를 쉽게 잡을 수 없습니다. 타인에 대한 배려심과 판단력, 사리분별력을 기를 수 있다면 이상적인 인생을 살아갈 수 있습니다.

변덕이 심한 유형
No.128 BBCAB

솔직이(FC)가 강하고 침착이(A)가 약한 이 유형은 왕성한 호기심과 풍성한 감성으로 꽤 귀여운 인상을 주는 사람입니다. 매사에 직관적으로 판단하고 때론 그 판단이 매우 잘 맞아떨어지는 일도 있습니다. 그러나 직관에 의지하다 보면 이성적 판단이나 사리분별력이 떨어지므로 판단 착오로 인해 실수가 많을 수 있습니다.

이 유형은 감정 변화가 심해서 극과 극으로 행동하거나 불안한 감정 상태를 보일 수 있습니다. 이성적인 능력이 부족하기 때문에 이런 일이 생기면 스스로 제어하지 못하고 비슷한 실수를 반복하곤 합니다.

이 유형은 사물을 바라볼 때 사실에 근거해 정확하게 보는 눈을 키워야 합니다. 행동하기 전에 한 번 더 신중하게 생각하며 득이 되는 것과 손해가 되는 것이 무엇인지 계산하기 바랍니다. 지금 당장 대단한 사업을 하고 싶을 수 있으나 세상은 그리 만만하지 않습니다. 이런 경솔함을 보완한다면 90퍼센트 이상의 문제가 해결될 수 있습니다.

호기심 가득한 자유인 유형
No.129 BBCAC

솔직이(FC)가 강하고 침착이(A)와 끄덕이(AC)는 약한 이 유형은 문득문득 파고드는 자유를 향한 갈망, 새로운 것이나 필요한 것을 얻고자 하는 욕망 때문에 평범하던 생활이 갑자기 파란만장해질 수 있는 사람입니다.
다른 사람들과 비교했을 때 사회적 상식이나 인간관계에서의 의리, 인정 등은 부족하지 않습니다. 그렇기 때문에 평상시의 생활에서는 아무런 문제가 없는 사람이지요. 그러나 예상하지 못한 상황이 발생하면 갑자기 돌변해서 천방지축으로 마구 날뛰는 망아지 같은 모습을 보입니다. 그런 쪽으로 한번 눈이 돌아가면 그때부터는 주위를 의식하지 못하고 자신이 하고 싶은 대로 충족할 때까지 멈추지 않습니다.
이 유형의 사람에게 꼭 필요한 것은 바로 이성적인 판단력입니다. 이성을 갖춰야 자제해야 할 때와 즐길 때를 알며 자신이 스스로 페이스를 조절할 수 있기 때문입니다. 이 유형의 큰 호기심이 좋은 기회를 만들어줄 수 있습니다.

인생의 멘토가 필요한 유형
No.130 BBCBA

끄덕이(AC)가 강하고 침착이(A)는 약한 이 유형은 물가에 내놓은 어린아이 같은 사람입니다. 그래서 주변 사람들에게 항상 보호와 관심의 대상이 됩니다. 자신에 대한 자긍심이나 주체성이 결여되어 있어 독립적으로 무언가를 해내기 어려워합니다.
가장 미흡한 부분은 현상에 대한 분별력과 이성적인 논리성입니다. 다행히 주변에 좋은 사람들이 있다면 인생을 살아가는 데 불안함이 덜하겠으나 기본적으로 소극적이고 의존성이 강한 성향 탓에 늘 타인의 눈치를 보며 힘들어합니다. 무엇이든 잘 해내고 인정받고 싶은 욕구는 강하나 해답을 스스로 찾아내는 능력이 부족합니다.
이 유형에게는 자신감을 심어주고 스스로 무언가를 결정할 수 있도록 방향을 잡아주는 것이 가장 필요합니다. 성공적인 사회생활을 유지하기 위해서는 우선 자신을 믿고 현실감각을 키우는 것이 필요합니다.

상황 판단이 어려운 유형
No.131 BBCBB

침착이(A)만 약한 이 유형은 평범한 인생을 살기 위한 모든 것을 갖추었으나 가장 중요한 현실감이 미흡합니다. 계획성이 없고 체계적이지 못하며 그때그때 생각나는 대로 즉흥적으로 행동합니다. 일상생활에서는 이런 점이 크게 드러나지 않으나 조금만 다른 문화나 사람들과 만나게 되면 어쩔 줄 몰라 합니다.

현재의 삶에 변화가 생기는 것이 이 유형의 사람에게는 최악의 상황입니다. 타인의 눈에는 별것 아닌 사람으로 보일 수도 있으나 자신이 속한 세상에서만큼은 더할 나위 없이 행복해하는 사람입니다. 1분 1초가 다르게 변화하는 요즘 세상에 이 유형의 부족한 사리분별력은 모든 문제의 원인입니다.

무엇보다 먼저 현실에 근거해 정확하게 상황을 판단하도록 하며 모든 가능성과 대안을 유연하게 생각할 수 있어야 합니다. 더 크게는 인생 목표를 세우고 계획에 따라 실행하고 그 성과를 스스로 만들어보기 바랍니다.

오만으로 기회를 놓치는 유형
No.132 BBCBC

침착이(A)와 끄덕이(AC)가 약한 이 유형은 인간관계에서 갈등의 소지가 많고 고집이 세고 비현실적입니다. 삶에 대한 태도가 조금만 더 신중하다면 충분히 다른 삶을 살아갈 수 있습니다. 특별하게 모난 구석도 없고 어두운 사람도 아니지만 독단 때문에 좋은 기회들을 놓쳐버립니다.

현실감각이 부족한데 자기중심적인 생각이 강해 혼자만의 판단으로 일을 어이없게 만들어버립니다. 호미로 막을 일을 가래로도 못 막는 상태를 만들 수 있습니다. 주변에 사람들이 없는 것은 아니지만 이러한 상황이 반복되다 보면 결국 그들은 이 사람을 떠나게 될 것입니다. 혼자서 이뤄낼 수 있는 것은 그리 많지 않습니다.

이 유형은 어떤 판단이 상황에 도움이 되는지 끊임없이 고민해야 합니다. 사회생활은 매 순간이 선택입니다. 현명한 판단력이 없는 사람에게 기회는 가지 않습니다. 마음 한 구석에 자리 잡은 오만함과 불성실함을 버리는 것도 중요합니다.

우울한 순종파 유형
No.133 BBCCA

끄덕이(AC)가 강하고 침착이(A)와 솔직이(FC)가 약한 이 유형은 감정적인 교류가 원활하지 못해서 인간관계에서 고립되어 있습니다. 또 의존적이어서 자기 스스로 인생을 개척하면서 살아가기에는 너무도 힘든 사람이지요. 주변의 말을 있는 그대로 믿고 따르는 사람입니다.
위축되고 억압된 성향으로 자신감이 부족해 타인의 지시에 따라 움직이면서 불안감과 초조함 속에서 살아갑니다. 이성적인 성향이 미흡해 현실감도 결여되어 있습니다. 어떤 사람을 만나느냐에 따라 이 사람의 행복과 불행이 결정됩니다. 타인과 건강한 관계를 형성하는 방법을 몰라 타인에게 의지하며 자신의 삶을 소비해버립니다.
성공과 행복을 원한다면 지금이라도 자신의 목소리를 내어보기 바랍니다. 상대가 비판하거나 무시하더라도 두려워하지 마십시오. 이 유형은 당당하게 세상에 맞설 수 있는 용기와 자신감을 키우는 것이 우선 과제입니다. 생활 습관을 전반적으로 개선해 크고 작은 일에 소신껏 도전해보기 바랍니다.

존재감이 미약한 유형
No.134 BBCCB

침착이(A)와 솔직이(FC)가 약한 이 유형은 태어났으니 사는 사람입니다. 세상에 대한 부정적인 생각을 갖고 있는 것도 아니고 그저 순응하며 살아가는 것에 만족하는 편입니다. 주어진 삶에서 뭔가 이루려는 목적의식도, 많이 얻으려는 욕심도 없습니다.
보편적인 책임감과 배려심 정도는 지니고 있습니다. 현실적인 부분이 미약하고 인생에 대한 즐거움을 찾고자 노력하는 스타일도 아니라 주변에서 보기에는 왜 사는지 의문이 들 정도입니다만, 스스로는 크게 개의치 않습니다.
이 유형에게 어떤 일을 하느냐는 크게 상관없습니다. 인생에서 일로 얻고자 하는 것은 의식주뿐입니다. 일을 시작하기는 쉬우나 지속할 수 있는지는 지켜봐야 합니다. 이 유형이 현재에 안주한다면 스스로의 삶을 불행하게 만듭니다. 주어진 삶에 책임감을 갖고 타인과의 교류에서 미치는 영향력을 생각한다면 좀 더 적극적으로 삶을 대해야 합니다.

삶의 존중감이 상실된 유형
No.135 BBCCC

침착이(A), 솔직이(FC), 끄덕이(AC)가 약한 이 유형은 표면적으로는 보통 수준의 사람입니다. 하지만 이 사람과 조금만 가까워진다면 놀랄 일이 한두 가지가 아닙니다. 이 유형은 기대 이하로 비이성적이며 전혀 합리적이지 못합니다.

융통성이 부족하고 소심하나 고집이 센 편이라 자기중심적으로 행동합니다. 보이는 모습과는 전혀 다른 면 때문에 어떻게 관계를 이어나가야 할지 당혹스럽습니다. 미약하지만 상식적인 부분도 있어 기본적인 사회생활에 대한 필요성은 나름대로 지니고 있습니다. 하지만 일하는 것도, 살아가는 것도 특별한 의미도 없이 안 하면 안 되니까 하는 사람입니다. 이런 모습에 주변에서 애정 어린 충고를 해도 별 반응이 없습니다.

이 유형은 내면에 있는 자기중심적인 생각과 어둡고 무기력한 에너지를 제거하지 않는다면 사회생활을 하는 것 자체가 어렵습니다. 자신의 목적을 이루기 위해 타인과 진정으로 교류하며 줄 수 있는 영향력을 신중하게 따져봐야 합니다.

영악한 어린아이 유형
No.136 BCAAA

침착이(A), 솔직이(FC), 끄덕이(AC)가 강하고 포용이(NP)가 약한 이 유형은 겉으로는 괜찮은 사람 같아 보이나 본능을 조절하는 감정 스위치가 고장 난 사람입니다. 타인에 대한 배려심이 극히 미흡해 주변에는 전혀 관심이 없습니다.

괜찮다가도 문제가 발생하면 불안한 분위기를 조성하며 냉정하고 못된 모습으로 '에잇 나도 몰라!' '내가 짜증 나는데 무슨 상관이야!'라는 식으로 제멋대로 행동해버립니다. 이성적인 침착이(A)가 높게 자리하고 있으나 순간의 감정을 조절하는 데는 역부족입니다. 유아적 성향이 강하기 때문에 자유분방하게 행동하고도 금방 후회합니다. 그저 철없음으로 치부하고 인내하며 지켜보게 됩니다.

이 유형의 좋은 에너지들이 긍정적인 영향력을 미칠 수 있도록 마음속에 잠자고 있는 포용력 있는 어머니의 마음을 찾아낸 후 도전하십시오. 따뜻한 배려심만 갖춘다면 어디서나 환영받는 사람이 될 수 있습니다.

이기적이고 전략적인 유형
No.137 BCAAB

침착이(A)와 솔직이(FC)가 강하고 포용이(NP)가 약한 이 유형은 상당히 냉정하고 자유분방한 사람이지만 현실에 맞게 처신하는 능력이 뛰어납니다. 타인이 어떻게 되든 크게 개의치 않는 사람으로 인간미가 결여되었으나 전략적으로 이를 감추는 것에도 능숙합니다.

이 유형은 호기심이 많아 새로운 일을 경험하고자 하는 욕심이 큽니다. 이상을 추구하는 면이 있으나 권력에 대한 집착이나 과도하게 인정받고 싶은 욕구는 없어 주변의 반응에 크게 영향을 받지 않습니다. 그보다는 자기만의 즐거움을 찾는 것에 집중하는 사람입니다.

이 유형은 너그러운 마음에 대한 가치를 찾을 수만 있다면 더 넓은 세상에서 다양한 경험의 기회를 얻고 인생을 유쾌하고 풍요롭게 만들어갈 수 있습니다. 상대를 배려하는 마음을 넓힌다면 어떤 기회든 얻을 수 있습니다. 획기적인 아이디어를 현실화하는 능력도 뛰어납니다. 창의적인 활동으로 성과를 창출하는 일에 도전하면 좋습니다.

자기 중심적인 자유 영혼 유형
No.138 BCAAC

침착이(A)와 솔직이(FC)가 강하고 포용이(NP)와 끄덕이(AC)가 약한 이 유형은 자유로움을 추구하는 현실주의자로 얕은 관계에서는 꽤 매력적일 수 있으나 이면에는 냉정하고 독선적이며 거친 에너지를 잔뜩 지니고 있습니다.

자기 잘난 맛에 사는 사람으로 타인을 위해 자신을 희생하는 일은 결코 없습니다. 늘 모든 것을 자기 중심적으로 생각하고 행동하며 삶에 대한 쾌락적 행복 추구가 인생의 목표입니다. 한 가지에 빠지면 집중하는 성향이 있어 좋아 보일 수도 있으나 모든 것의 초점은 자기 자신입니다. 주변 사람은 모두 자신의 욕구 충족을 위한 도구일 뿐입니다.

사람들과 올바른 관계를 맺기 위해서는 이해타산적인 부분을 내려놓은 상태에서 진심어린 관심과 애정이 담긴 배려심, 융통성을 함양하는 것이 필요합니다. 현실을 보는 탁월함과 뛰어난 상상력이 빛을 발할 수 있도록 인성적으로 덕을 쌓도록 노력을 아끼지 말아야 합니다.

눈치 빠른 현실주의자 유형
No.139 BCABA

침착이(A)와 끄덕이(AC)가 강하고 포용이(NP)가 약한 이 유형은 어디에 줄을 서야 편안한 인생을 살아갈 수 있을지에 따라 명민하게 움직이는 사람입니다. 주체성을 갖고 삶을 온전히 살아가는 것을 힘들어하는 사람으로 자신을 이끌어줄 사람을 찾아 좋은 모습을 보이기 위해 애를 씁니다.

인간관계를 유연하게 하는 배려심이나 친밀한 모습은 거의 없는 냉정한 사람이지만 타인에게 잘 보이고자 하는 인정 욕구와 어떻게 해서든 기대에 부응하려고 하는 순종적인 성향으로 좋은 사람 증후군에 빠져 있습니다.

이 유형은 왜곡된 모습으로 세상을 살아가는 데 에너지를 낭비하지 말고 조금 두렵고 시간이 걸리더라도 자신만의 삶을 스스로 개척해야 합니다. 자기 자신에 대한 올바른 믿음과 뛰어난 현실감각을 활용해 적극적으로 도전해보기 바랍니다. 더불어 사람을 대할 때 따뜻한 언행을 사용한다면 생각보다 빨리 노력의 결과를 얻을 수 있습니다.

계산적이고 무미건조한 유형
No.140 BCABB

침착이(A)가 강하고 포용이(NP)가 약한 이 유형은 상당히 무미건조합니다. 타인에 대한 배려심이 약해 쌀쌀맞고 주위에 관심이 적지만 현실감각 하나만큼은 탁월해 세상을 살아가는 데 필요한 만큼의 처세는 가능합니다.

친밀함을 표현하거나 정을 주고받는 인간관계에는 관심이 없습니다. 당신은 당신, 나는 나, 일은 일이라는 성향이 강합니다. 과도한 성취욕으로 자기만의 방법을 고집하거나 독주하는 삶을 살기 위해 타인을 배척하는 사람은 아닙니다.

이 유형은 매우 합리적인 사고방식의 소유자로 나쁘다고는 할 수 없으나 건강하고 풍요로운 인간관계를 유지하지는 못합니다. 누군가를 돌봐주고 맞춰주고 호응해주는 등 타인과 감정을 주고받는 모든 인간관계가 이 유형에게는 곧 불편함입니다. 좀 더 가치 있는 삶을 살아보기 위해서는 주변의 숨 쉬는 모든 것에 관심을 기울여보는 것이 좋습니다.

혼자일 때 행복한 유형
No.141 BCABC

침착이(A)가 강하고 포용이(NP)와 끄덕이(AC)가 약한 이 유형의 사람에게 타인에 대한 배려심, 관심, 공감 등의 단어는 존재하지 않습니다. 적당히 인생을 즐길 줄도 알고 현실적 감각이 뛰어나 세상에 섞여 살고는 있으나 좀 더 깊게 들어가보면 '주변에 아무도 없었으면 좋겠다'라는 생각으로 가득 차 있습니다. 자기중심적이고 독선적인 면이 강해 기본적으로 사람과의 융화가 쉽지 않은 유형입니다.
다행인지 스스로는 이런 상황에 대해 전혀 위기의식을 느끼지 않습니다. 이러한 유형의 사람을 맞다, 틀리다로 정의할 수는 없으나 삶의 태도로서는 틀림없이 옳지 않습니다.
이 유형의 기대와는 다르게 항상 주변에는 함께하는 사람들이 생겨납니다. 합리적인 사리분별력이 있으니 그들과 무엇을 나누는 것이 스스로에게 이익이 되는지 잘 알고 있습니다. 마음의 문을 조금 열어두는 것부터 시작해보기 바랍니다.

주인을 기다리는 컴퓨터 유형
No.142 BCACA

침착이(A)와 끄덕이(AC)가 강하고 포용이(NP)와 솔직이(FC)가 약한 이 유형은 에너지가 약하고 주체성이 부족합니다. 누군가가 전원 스위치를 눌러주지 않으면 스스로 해낼 수 있는 것이 거의 없는 사람입니다. 일단 다른 사람이 전원을 켜주어야만 움직일 수 있습니다.
인생을 어떻게 살아야 행복한가에 대한 주체적 생각이 미약해 늘 타인과의 종속적인 관계를 유지하며 안정감을 느낍니다. 그런데 타인에 대한 긍정적 관심이나 배려, 교류에 대해서는 매우 냉정합니다. 현실적 분별력은 뛰어나 자신이 어떻게 해야 살아갈 수 있는지 알고 그렇게 되기 위해서 관계를 활용하는 사람입니다.
이 유형은 혼자서는 살아낼 의지가 미약해 어떤 의도로든 주변인과 협조하는 상황을 만들려고 합니다. 그러기 위해서는 타인과의 관계에 따뜻한 인간미와 진심을 담아보기 바랍니다. 무엇보다 타인에 대한 진정한 신뢰와 자신감을 쌓는 것이 중요합니다. 실패와 거절에 대한 걱정보다는 일단 부딪혀 경험을 쌓아야 합니다.

우울한 우등생 유형
No.143 BCACB

침착이(A)가 강하고 포용이(NP)와 솔직이(FC)가 약한 이 유형은 현실적으로 지금 당장 무엇을 해야 할지를 잘 알고 있는 사람입니다. 무엇을 위해서가 아니라 대부분의 평범한 사람이 하고 있는 일을 그냥 하는 겁니다.

이런 상황을 잘못되었다고 인식하지도 않습니다. 현실을 판단하는 분별력이 뛰어나 일을 그르치는 경우는 없습니다. 하지만 주변인과의 교류는 상당히 부족합니다. 인생의 희로애락 중 그 어떤 것도 제대로 느끼지 못합니다.

스스로 필요성을 느끼지 못하더라도 의도적으로 '살기 위해 해야 할 일'을 적은 '필요 리스트'를 만들어 따뜻하게 말해보기, 먼저 웃어주기, 함께 있어주기 등과 같은 일들을 적어두고 '그냥' 실행해보기 바랍니다. 예기치 못한 기분 좋은 변화를 경험하게 될 것입니다. 기회만 얻을 수 있다면 어떤 일이든 잘 해내겠지만 사람에 대한 관심과 자신에 대한 애정, 인생에 대한 열정을 갖는 것이 우선입니다.

사리분별 하나로 살아가는 유형
No.144 BCACC

침착이(A)가 강하고 포용이(NP), 솔직이(FC), 끄덕이(AC)가 약한 이 유형은 적어도 사람 때문에 고민하는 일은 없습니다. 완전히 자기 갈 길로 가는 유형이기 때문입니다. 'Yes' or 'No'가 명확해 인간관계가 매우 간결합니다. 좋은 듯 보이나 문제는 본인 위주의 생각에서 나오는 결과이며 기본적으로 타인과의 관계에 대한 애착은 없습니다.

이 유형은 감정과 관련된 에너지를 잘 드러내지 않는 사람입니다. 언뜻 보면 모든 것을 달관한 사람처럼 보이나 실은 아주 냉담하며 무미건조합니다. 현실을 직시하는 뛰어난 감각으로 특별히 타인으로부터 지탄받거나 관심에 오르내릴 만한 행동은 하지 않지만, 건강한 삶을 살아간다고 볼 수는 없습니다.

스스로는 부족함을 느끼지 않고 오히려 이런 삶에 상당한 만족감을 느끼고 있습니다. 하지만 누구든 무인도에서 혼자만의 왕국을 세우고 살아가는 것이 아니니만큼 이 유형이 잃어버린 대인관계 영향력을 고민해봐야 합니다.

자기만 생각하는 아이 유형
No.145 BCBAA

솔직이(FC)와 끄덕이(AC)가 강하고 포용이(NP)가 약한 이 유형은 다른 사람과의 관계에서 배려하지 못하고 자신의 감정만을 소중하게 생각하는 사람입니다. 무엇이든지 흥미 위주로 생활하며 다른 사람의 말에 귀 기울이지 못해 낭패를 볼 수 있습니다. 일을 진행할 때 감정이 앞서고 나쁜 결과가 있을 때는 책임지고 싶어 하지 않으며 회피할 때가 많습니다.

또한 잘못된 결과 앞에서 다른 사람보다 더 위축되기도 합니다. 이런 유형은 자신의 감정에 치우쳐 다른 사람을 이해하거나 배려하지 못해 상황을 악화시켜 빈축을 사기도 합니다.

먼저 다른 사람을 존중하고 이해하는 법부터 배우고 배려하는 모습을 보여주어야 합니다. 평소 정이 없고 다른 사람을 배려하지 않는 모습이 습관으로 남아 있을 수 있습니다. 미래에는 지금보다 더 다른 사람과 시너지를 낼 수 있는 능력이 요구될 것입니다. 지금부터는 다른 사람을 배려하고 함께 문제를 해결해가는 것을 연습하기 바랍니다.

호기심 많은 사냥꾼 유형
No.146 BCBAB

솔직이(FC)가 강하고 포용이(NP)가 약한 이 유형은 언제나 자유분방함을 느끼게 해주는 유쾌한 사람입니다. 평소에는 욕심이 없어 보이지만 일단 자신의 욕망을 채울 호기심거리가 생기면 무섭게 달려드는 사냥꾼입니다. 이렇게 해서 자기 손에 들어온 것은 절대 놓치지 않습니다.

다른 사람에게 베푸는 법이 없고 배려하지 않기 때문에 옆에 있으면 사람을 지치게 합니다. 흥미 위주로 삶을 사는 이 유형은 평소에는 다른 사람에게 즐거운 감정을 표현하지만 스트레스 상황에서는 냉정하게 굴고 자신을 이해해달라고 떼를 쓰기도 합니다.

이 유형은 좀 더 사람을 이해하고 수용하는 태도를 가지는 것이 중요합니다. 때로는 멋있고 자유로워 보이지만 계속해서 사람들에게 냉정하게 대한다면 주변에 아무도 남지 않을 것입니다. 자신의 감정을 조절하는 연습과 함께 상대방을 배려하고 협력하는 방법을 익힌다면 승부욕이 있고 열정도 있는 만큼 사회생활도 잘할 수 있습니다.

고집불통 어린아이 유형
No.147 BCBAC

솔직이(FC)가 강하고 포용이(NP)와 끄덕이(AC)가 약한 이 유형은 자신의 감정대로 상대가 움직여주기를 바라는 고집불통인 사람입니다. 이 유형은 다른 사람의 실수나 약점을 발견하면 끝까지 물고 늘어집니다. 그러고는 그것을 이용해 사람을 못살게 굴기도 합니다.

엄청난 에너지로 호기심을 채우고 독단적으로 행동하기 때문에 이런 유형의 사람을 상대하려면 많은 에너지가 필요합니다. 마치 미운 일곱 살처럼 상대를 힘들게 해 미워하게 만드는 재주도 뛰어납니다. 자신은 상처받지 않고 다른 사람에게는 상처를 줄 수 있는 이 유형은 다른 사람을 배려하는 것이 필요합니다.

이 유형의 사람은 주변에 사람들이 모두 떠나가기 전에 다른 사람의 입장을 이해하고 배려해야 합니다. 자신의 성격이 다른 사람에게 상처를 줄 수 있다는 것에 관심이 없다면 자신은 편하지만 다른 사람들과 어울리기 어렵습니다. 성공적인 사회생활을 위해 다른 사람의 감정에 반응하는 노력이 필요합니다.

피해의식에 갇혀버린 유형
No.148 BCBBA

끄덕이(AC)가 강하고 포용이(NP)가 약한 이 유형은 소극적인 성격으로 자신의 감정을 잘 표현하지 못합니다. 게다가 다른 사람에게 피해의식을 가지고 있습니다. 스스로 만든 세상에서 가족을 포함한 모두를 향해 자신을 알아주지 않는다고 삐뚤어진 행동을 보입니다. 의존적인 성격으로 모든 상대에게 지나친 열등감을 가지고 있습니다.

그런 모습을 들키지 않으려고 하지만 들켜버리면 상대가 그렇게 행동했기 때문이라며 책임을 전가합니다. 그러나 막상 상대가 조목조목 따지면 대꾸하지 못하고 혼자 투덜거립니다. 다른 사람을 배려하지 못하고 자신의 감정도 잘 표현하지 못하기 때문에 혼자 외롭게 살아갈 수 있습니다.

이 유형은 다른 사람에게 마음을 열고 다가가는 노력이 필요합니다. 지금부터 자신을 분석해 나의 장단점과 타인의 눈에 비친 나를 파악하십시오. 자신의 장점을 잘 키워나가 자존감을 세우고, 단점을 제대로 이해하고 보완해가기 바랍니다.

평범하지만 냉정한 유형
No.149 BCBBB

포용이(NP)만 약하고 다른 자아는 모두 중간 정도인 이 유형은 시대를 대표할 만큼 평범해 보입니다. 그러나 언제나 냉정한 마음을 유지하기 때문에 다른 사람을 위해 시간과 돈, 정성을 들이지는 않습니다. 오랜 시간 알고 지내도 정이 들거나 함께 무엇인가를 하고 싶은 사람은 아닙니다.

다른 사람과의 관계에서도 마음을 잘 움직이지 않습니다. 직장생활도 무리 없이 잘하지만 인간관계는 건조합니다. 하지만 다른 사람에게 관심을 가지고 배려한다면 누구보다도 편안한 직장생활과 가정생활을 유지할 수 있습니다.

이 유형은 합리적인 판단으로 감정 조절도 적당히 하는 사람입니다. 그러나 그 기반에 냉정함이 있어 사회생활에는 충분하지 않습니다. 자영업 등 혼자 하는 일을 할 예정이 아니라면 다른 사람에게 관심을 갖길 바랍니다. 직장인으로서 동료에 대한 배려는 무엇보다 큰 능력입니다.

관계에 인색한 유형
No.150 BCBBC

포용이(NP)와 끄덕이(AC)가 약한 이 유형은 누군가에게도 손가락질받지 않을 만큼만 교류하는 사람입니다. 어떠한 기대를 원하지도 않고 하지도 않습니다. 자신이 신경 써야 할 일을 만들지 않는 이 유형은 사회적인 성공은 크게 기대하기 어렵습니다. 그러나 본인도 그 사실을 인지하고 있으며 그 이상을 원하지도 않습니다.

적당한 거리를 두고 사회생활을 하는 이 유형들은 사리분별이 분명해 누구도 함부로 하지 못할 뿐만 아니라 친해지고 싶어 하지도 않습니다. 따라서 자신의 손익을 따지지 않고 사람을 만나려는 노력이 필요합니다.

이 유형은 앞으로 인간관계에서 조금 더 적극적인 태도를 보이는 것이 좋습니다. 혼자서 하는 직업을 선택할 것이 아니라면 스스로 다른 사람에게 손을 내밀고 손해를 보더라도 사람들과 어울리는 방법을 배우는 것이 중요합니다.

고독을 즐기는 유형
No.151 BCBCA

끄덕이(AC)가 강하고 포용이(NP)와 솔직이(FC)가 약한 이 유형은 사람들과 교류하며 지내는 것보다는 무엇이든 혼자서 조용히 하는 것을 좋아하는 사람입니다. 다른 사람에게 도움받는 것을 불필요하게 느끼며 혼자서도 무엇이든 잘할 수 있습니다.

이 유형은 친구 관계에서도 마찬가지로 얕고 폭넓은 다수의 우정보다는 소수와 깊은 우정을 맺고 있을 확률이 높습니다. 일생에 진정한 친구 한 명만 있어도 성공한 인생이라는 말이 있습니다만, 때로는 많은 사람과 활발하고 조화롭게 지내보는 것도 큰 즐거움이라는 생각을 갖고 에너지 넘치는 생활을 해보기 바랍니다.

이 유형은 업무는 그럭저럭 잘 해내지만 대인관계에서 어려움을 느낄 수 있습니다. 많은 사람과 교류하며 회사생활을 하게 되면 그로 인한 스트레스를 받을 수도 있으므로 혼자서 몰두하며 할 수 있는 활동을 찾아 도전해보는 것은 어떨까요?

삶의 즐거움을 상실한 유형
No.152 BCBCB

포용이(NP)와 솔직이(FC)가 약한 이 유형은 부정적인 마음이 강해 인생의 즐거움을 아직 찾지 못하고 사는 사람입니다. 이상과 목적을 이루기 위해 뚜렷한 목표 의식을 갖고 있지는 않으나 어렵고 힘든 상황에서도 낙담하지 않고 헤쳐나가는 잠재력이 있는 유형입니다.

하지만 일상에서 도전보다는 쉽게 체념하고, 해결보다는 피하고자 하는 성향이 높아 안일한 생활을 하고 있을 가능성이 큽니다. 가정에서나 사회생활에서 크게 성장하려는 마음보다 지금 상황에 만족하고 매일 똑같이 반복되는 삶을 살지도 모릅니다. 자신을 사랑하는 마음과 타인을 배려하는 마음을 좀 더 가질 수 있도록 노력하며 무언가 하고자 하는 의욕을 갖고 생활한다면 많은 즐거움을 발견할 수 있을 것입니다.

이 유형은 생각보다 할 수 있는 것이 많고, 무엇이든 잘할 수 있는 사람입니다. 시도해보기 전부터 미리 '어차피 안 돼'라는 생각을 갖지 말고 도전하십시오. 자신에게 자유로움을 허락하고 즐거움을 줄 수 있는 활동을 찾아보기 바랍니다.

차가운 반항아 유형
No.153 BCBCC

포용이(NP), 솔직이(FC), 끄덕이(AC)가 약한 이 유형은 동정심이나 감정의 변화가 적은 사람입니다. 냉정한 마음의 소유자라 할 수 있습니다. 게다가 차가운 마음속에 반항아 기질까지 숨어 있습니다. 대인관계에서 어느 정도 자신의 마음을 열어주고 논리적이나 합리적인 생각을 할 줄 아는 사람이므로 첫인상에 대한 평은 나쁘지 않은 편입니다. 그러나 좀 더 깊이 관계를 맺다 보면 사람들은 이 유형을 감당하기 어려운 사람이라고 생각해버립니다. 이 유형은 사람들과의 의리나 배려, 인정을 중요하게 여길 필요가 있습니다. 세상은 혼자서는 살아갈 수 없으므로 서로 돕고 도움을 받으며 융화되어 살아가야 합니다. 따뜻한 마음과 애정을 표현하는 연습을 해보기 바랍니다.

사회는 밝고 긍정적이며 타인을 배려하고 예의 있는 사람을 선호합니다. 자칫 반항아적인 기질을 보여 성공하지 못하는 것은 아닌지 생각해보아야 합니다. 의리와 인정을 소홀히 하지 않고 주위 사람들 향한 세심한 배려를 잊지 않도록 주의하기 바랍니다.

외로운 야생마 유형
No.154 BCCAA

솔직이(FC)와 끄덕이(AC)가 강하고 포용이(NP)와 침착이(A)가 약한 이 유형은 세상의 중심 바깥에 서 있는 사람입니다. 자신이 하고자 하는 일, 좋아하는 일, 잘하는 일 이외에는 관심이 없습니다. 뉴스에서 연일 정치나 경제 및 사회적 이슈 등이 흘러나와도 자신과 관계없는 일에 대해서는 전혀 관심을 갖지 않고 냉담합니다.

이 유형은 자신은 타인에게 무관심하지만, 타인은 자신에게 관심을 갖고 칭송해주길 바라는 마음이 강합니다. 냉담하고 야생마 같은 기질이 있으면서도 어떻게든 주위의 기대에 어긋나지 않도록 노력하고 칭찬받기 위해서 애를 씁니다.

이런 유형은 예술가에게서 많이 볼 수 있습니다. 이들은 세상 사람들에게 보여주기 위해 개인의 작품을 뛰어나게 만들 수 있는 기질을 갖고 있습니다. 그러나 타인에 대한 관심과 배려, 사리분별 능력을 좀 더 키우지 않는다면 외로운 천재 예술가처럼 살아갈 수 있으니 그런 점을 고치도록 노력하는 것이 좋습니다.

전형적인 어린아이 유형
No.155 BCCAB

솔직이(FC)가 강하고 포용이(NP)와 침착이(A)가 약한 이 유형은 주변 사람들에게 특별한 정을 갖지 않고 여러 곳을 돌아다니며 많은 일을 하는 천방지축 어린아이 같은 사람입니다. 자신의 즐거움을 과하게 추구하므로 술이나 도박, 이성 등에 잘못 빠져들면 걷잡을 수 없는 상태가 될 수 있으니 주의해야 합니다.

주위 사람들은 그런 모습을 보고 철이 없다거나 조심해야 할 인물이라고 생각합니다. 한 직장에 오랫동안 얽매이는 것을 싫어하는 성격으로 여기저기 옮겨 다니기 때문에 경력을 쌓기가 힘듭니다. 언제까지나 어린 시절에 머물러 있을 수는 없으므로 스스로 깨닫고 변화하지 않으면 안정된 삶을 유지하기 어렵습니다.

이 유형의 장점은 밝은 성향과 열정적인 모습입니다. 그러니 타인을 배려하는 마음과 이성적인 판단력을 키우고, 개인의 욕구를 조금만 자제한다면 이상적인 사회생활을 할 수 있습니다.

질주하는 카레이서 유형
No.156 BCCAC

솔직이(FC)만 강하고 포용이(NP), 침착이(A), 끄덕이(AC)가 약한 이 유형은 천진난만 장난꾸러기 아이와 같은 사람입니다. 어린 시절의 습성 그대로 어른이 된 것 같은 모습입니다. 말 그대로 아이처럼 타인에 대한 배려심이나 사리분별력이 부족하며 하고 싶은 대로 행동합니다.

욕구를 충족하기 위해서라면 열정을 발휘하는 유형으로 잘못된 재미를 추구하지 않도록 노력해야 합니다. 술이나 도박, 이성에 빠질 확률이 높고 한번 빠지면 헤어 나오지 못할 가능성이 높습니다. 마치 벼랑으로 떨어질 것을 알면서도 멈추지 못하는 고장 난 자동차와 같습니다.

뜻대로 욕구가 충족되지 않으면 잘못된 선택을 할 여지도 있으므로 항상 조심해야 합니다. 이러한 성향을 고치지 않는다면 성숙한 삶을 살아가기 어려울 수 있으므로 사리분별력을 강하게 키우고, 타인과의 의리나 인정을 이해해야 합니다. 또한 주위를 배려하는 마음도 반드시 필요합니다.

도움을 받기만 하려는 유형
No.157 BCCBA

끄덕이(AC)가 강하고 포용이(NP)와 침착이(A)가 약한 이 유형은 대인관계에서 다른 사람에게 인정을 베풀거나 돌봐주는 것은 생각하지 않는 사람입니다. 반대로 상대방은 자신을 배려해주기 원하고, 다른 사람에게 좋은 사람으로 인식되길 바랍니다.
일반적인 사람들보다는 차가운 마음을 갖고 있으므로 주위 사람들의 고민이나 괴로움에 관심이 없습니다. 그러면서도 자신은 다른 사람에게 도움을 받고 싶어 하고 무언가를 얻을 수 있으리란 기대를 가지며 겉으로만 배려하는 척하는 경우가 많습니다. 상대에게 환심을 사서 쉽게 살아보고자 하는 마음이 강한 사람입니다.
이 유형은 이성적으로 판단하고 논리적으로 사고하는 것에 어려움을 느끼므로 그러한 부족한 점을 채우기 위해 노력해야 합니다. 따뜻한 마음을 가지고 사람들과 깊은 유대관계를 맺는 것이 인생에서 중요한 전환점이 될 수 있습니다.

우유부단하고 무심한 유형
No.158 BCCBB

포용이(NP)와 침착이(A)가 약한 이 유형은 다른 사람들에 비해 마음이 냉정하고 판단력이 조금 부족한 사람입니다. 대인관계에서 반드시 의리와 인정이 필요하며 사회생활을 잘하기 위해서는 민첩한 대응 능력과 정확한 일 처리 능력이 필요합니다. 이 유형은 기본적인 소양은 갖췄으나 자칫하면 능력이 없는 사람으로 비칠 수도 있습니다.
평범하고 조용하게 살아가는 것이 목적이라면 이대로도 괜찮지만, 사회에서의 입지를 높이고 성공한 삶을 살고자 한다면 부족한 부분을 보완하는 노력이 필요합니다. 의리, 인정, 이성, 지성 등을 조금 더 높일 수 있다면 완전히 다른 모습이 될 수 있는 사람입니다.
이 유형은 사회생활을 하는 데 보통은 큰 무리가 없으나 능력을 인정받기에는 조금 어려울 수 있습니다. 보다 논리적이고 이성적인 모습, 동시에 상대방을 배려하고 책임감이 강한 모습을 보여주는 것도 필요합니다.

문제 존재조차 모르는 유형
No.159 BCCBC

포용이(NP), 침착이(A), 끄덕이(AC)가 약한 이 유형은 무언가 큰 문제를 일으킬 만큼 에너지를 발산하지는 않는 사람입니다. 그러나 본인이 생각지도 못한 작은 일이 큰 문제로 번지는 경우가 있습니다.
이 유형은 기본적으로 마음이 얼음처럼 차갑고 반항하고자 하는 태도가 있으며 독선적이고 사리분별력이 매우 낮습니다. 다른 사람들에게는 아무것도 아닌 작은 문제가 이 유형에게는 너무나도 크게 다가와 수습할 수 없는 상태에 이르기도 합니다. 그러다 보면 일이나 대인관계 등 모든 방면에서 어려움을 겪을 수 있습니다.
인생을 좀 더 풍요롭고 조화롭게 살기 위해서는 상대방을 배려하는 마음과 논리적으로 판단하고 구별할 수 있는 능력, 더 따뜻한 마음을 가져야 할 필요가 있습니다. 먼저 다정함, 배려심, 사리분별력, 이 세 가지를 키우는 일이 시급합니다.

항상 눈치를 보며 버티는 유형
No.160 BCCCA

끄덕이(AC)가 강하고 포용이(NP), 침착이(A), 솔직이(FC)가 약한 이 유형은 성격도 어둡고 차가운 데다 소심하기까지 해서 어떻게 살아야 할지 감을 잡을 수 없는 사람입니다. 이 유형은 밝은 세상 속에서 사람들과 어울려 즐겁게 살아가고자 하지만, 이성과 지성이 매우 낮아 그 방법을 찾지 못하고 갈팡질팡합니다. 방법을 모르니 무조건 주위 사람들의 눈치를 보고 비위를 맞추며 자기주장 없이 복종하는 상태로 지내는 길을 선택합니다.
이 유형은 누군가에게 도움을 줄 수 있을 만한 능력은 없습니다. 배려를 어떻게 하는지도 잘 모르고 논리적인 판단력도 없으며 무언가 하고자 하는 욕망도 없으니 문제입니다. 하지만 이 유형이 사리분별력과 감정 표현력을 키울 수만 있다면, 남들 못지않게 풍요로운 인생을 살아갈 수 있습니다. 회사에서는 에너지 넘치고 활력 있는 인재를 원합니다. 좀 더 밝은 모습으로 열정적으로 무엇이든 해낼 수 있다는 자신감을 표현할 필요가 있습니다.

에너지 번아웃 유형
No.161 BCCCB

포용이(NP), 침착이(A), 솔직이(FC)가 약한 이 유형은 온몸의 에너지가 거의 다 빠져나가 손가락 하나 움직이기 힘든 상태입니다. 어떻게 살고 있는지 의아할 정도입니다. 사람에 대한 감정도 없고, 이성적으로 판단하고자 하는 생각도 없으며 삶을 즐겁게 살아보고자 하는 욕구도 없는 상태입니다.

그러나 마음속으로는 '사람들이 나를 이상하게 보면 어쩌지?'라든가 '이렇게 살면 안 되는데……' 하는 생각을 갖고 있습니다. 그러나 마음뿐이니 문제입니다. 세상 속으로 뛰어 들어와 함께 살아가려면 굉장한 인내가 필요합니다. 조건 없이 마음으로 누군가를 도와줄 사람은 아무도 없습니다. 스스로 다시 일어서도록 부단히 노력해야 합니다.

이 유형은 자유롭고 편안한 직종이 어울립니다. 일에 대한 열정이나 무엇이든 하고자 하는 욕구가 없어 조금만 힘들거나 어려우면 도망치려고 하는 성향이 있습니다. 이런 단점들을 수정하는 것이 우선입니다. 죽었다 생각하고 모든 면에서 노력해야 합니다.

차가운 돌부처 유형
No.162 BCCCC

포용이(NP), 침착이(A), 솔직이(FC), 끄덕이(AC)가 약한 이 유형은 도무지 어떻게 하루하루를 살고 있는지 의문입니다. 이 유형은 얼음처럼 차가운 마음과 돌부처 같은 표정으로 감정을 표현할 줄도 모르고 위축되어 있습니다. 게다가 이기적이고 배려가 부족한 사람입니다.

이 유형은 스스로 변화하고자 하는 의지가 없으므로 도와줄 수도 없습니다. 누구든 의지를 갖고 사람답게 살아보고자 하는 마음을 가져야만 도움을 줄 수가 있습니다. 그러나 다행히 자신도 스스로의 문제를 어렴풋이 알고는 있습니다. 조금이나마 돌파구를 만들어줄 여지가 있다는 뜻입니다.

이 유형은 무엇보다 변하고 싶다는 마음을 가질 수 있도록 노력해야 합니다. 이 유형이 활동하고자 하는 마음을 갖고 있다면 천만다행입니다. 그런 의지가 있다면 조금 더 노력해서 준비해보십시오. 열정적으로 생활할 수 있도록 감정을 표현하고 생기 있는 모습을 보여주는 것이 좋습니다.

출구 없는 활주로 유형
No.163 CAAAA

포용이(NP), 침착이(A), 솔직이(FC), 끄덕이(AC)가 강하고 화끈이(CP)가 약한 이 유형은 사람들과 어울려 조화롭게 잘 살아가는 사람입니다. 대인관계에서 어떻게 행동해야 하는지도 잘 알고 있고, 타인을 배려하는 마음이나 지적 능력도 뛰어납니다. 또한 자신이 하고자 하는 욕구에 대해서도 솔직한 편입니다.

이 유형은 재능이 많아 어떤 일이든 잘해나갈 수 있습니다. 그러나 목적 지향적인 의지가 다소 부족합니다. 조금만 더 열심히 하면 뛰어난 성과를 이룰 수 있음에도 저항에 부딪히면 멈춰버리는 경향이 있습니다.

남들보다 뛰어난 것이 많은 유형이므로 이러한 장점을 잘 살려보는 것이 좋습니다. 사회적으로 좀 더 높은 위치에 도달하고자 하는 마음을 가지고 노력해보기 바랍니다. 또한 타인과의 약속이나 의리를 중요시하고 강한 책임감을 기르는 것이 필요합니다. 이러한 부분들만 강화할 수 있다면 인생에서 크게 성공할 수 있을 것입니다.

능력 좋은 베짱이 유형
No.164 CAAAB

포용이(NP), 침착이(A), 솔직이(FC)가 강하고 화끈이(CP)가 약한 이 유형은 책임감이 없고 의지가 약하다는 소리를 듣습니다. 그런데 실은 성격적으로 아무런 문제가 없고 오히려 다른 사람들보다 능력이 뛰어나면 뛰어났지 모자랄 것이 없습니다. 그저 괜시리 일을 하고 싶어 하지 않습니다.

워낙 자신의 능력과 욕구가 높다 보니 하고 싶은 것도 너무 많고 즐기고 싶은 것도 너무 많은 탓입니다. 항상 그런 것이 머릿속에 가득해서 제대로 업무에 몰두하거나 목표를 세워놓고 노력하는 것이 쉽지 않습니다. 뛰어난 능력을 갖고 있음에도 이런 단점들을 고치지 않는다면 주위 사람들로부터 무책임하고 나약하다고 평가받을 수도 있습니다.

이 유형이 아직 취직하지 못하고 있다면 은연중에 일을 별로 하고 싶지 않다는 생각이 바탕에 깔려 있을 수 있습니다. 이 유형이 높은 이상과 책임감을 갖고 전진한다면 충분히 성공할 수 있습니다.

'인생은 즐거워' 유형
No.165 CAAAC

포용이(NP), 침착이(A), 솔직이(FC)가 강하고 화끈이(CP)와 끄덕이(AC)가 약한 이 유형은 천진난만한 아이 같은 순수함이 있습니다. 인정도 많고, 그저 즐기는 것처럼 보이지만 머릿속으로는 정확한 분별과 계산을 할 줄 아는 이성도 갖추고 있습니다. 기본적인 욕구가 높은 성격으로 재미있고 즐겁게 살고자 하는 마음이 강합니다.

그러다 보니 사회적 책임감이나 목표 의식 등은 낮은 편입니다. 되도록 얽매이고 싶어하지 않으며 무리하게 목표를 잡거나 자기실현을 위해서 힘을 쓰지도 않습니다. 그렇지만 뛰어난 이성을 지녔기 때문에 감정적인 욕구를 제어하고 적어도 사회에서 원하는 인물로 살아가고자 하는 마음만은 잃지 않는 사람입니다.

이 유형은 타인의 눈치를 잘 보지 않고 본인이 하고 싶은 대로 행동하는 경향이 있습니다. 주위에서는 자칫 제멋대로 행동하는 무책임하고 꿈이 없는 사람으로 비칠 수 있으니 이러한 단점만 보완한다면 최상의 조건을 갖춘 유형입니다.

남 좋은 일만 시키는 유형
No.166 CAABA

포용이(NP), 침착이(A), 끄덕이(AC)가 강하고 화끈이(CP)가 약한 이 유형은 거절도 싫다는 표현도 못 하는 여린 사람입니다. 누군가가 귀찮게 해도 싫은 내색을 보이지 않고 하기 싫은 것도 상대의 눈치를 보느라 어떻게든 해보려고 하는 사람입니다. 사람들과 안 좋은 관계가 되는 것을 두려워하고, 다른 사람이 자신을 좋은 사람으로 인정해주기를 바라는 탓에 부딪혀서 싸워야 하는 상황에서도 저자세로 피하는 경우가 많습니다.

세상에는 이런 유형을 이용해 자신의 잇속만 차리려는 사람이 많기 때문에 인정에 끌리지 않고 명확하게 판단하는 눈을 키워야 합니다. 게다가 다소 책임감이 부족하고, 목적의식이 약할 가능성이 높은 유형으로 자신이나 타인에게 너무 관대한 나머지 안일한 마음을 가지기가 쉬울 것입니다.

이 유형은 인생의 목표를 확실하게 하고 책임감을 갖고 매진한다면 성공할 수 있습니다. 적당히 삶을 즐길 줄 알고, 논리적으로 사물을 판단하며 어디에서나 쉽게 조화를 이루며 업무를 잘해나갈 수 있습니다.

'좋은 게 좋은 거지' 유형
No.167 CAABB

포용이(NP)와 침착이(A)가 강하고 화끈이(CP)가 약한 이 유형은 주변에서 누구든 좋아하는 사람입니다. 이런 유형의 사람은 다른 사람이 어떤 잘못을 하든 모두 덮어주고 심지어는 대신 처리해주는 등 좋은 평판을 듣기에 딱 좋은 성격입니다.

자녀나 부하직원 등 훈육해야 하는 상대에게도 이 유형은 부드럽기만 한 존재입니다. 하지만 그러한 점이 자칫 그들을 망칠 수도 있다는 것을 생각하십시오. 언제까지나 모든 것을 다 해주고, 좋은 말만 하며 넘어가줄 수는 없습니다.

이 유형은 주위에서 보기엔 자신을 위한 계산 따위는 하지 않는 물렁한 사람이라고 볼 수도 있으나 이성적이고 판단력도 뛰어난 사람입니다. 남들에게는 보이지 않는 이런 부분을 강화해야만 인생에서 중요한 위치를 얻을 수 있습니다. '아무 데나'가 아닌 '꼭 하고자 하는 일'을 찾아 도전해보도록 하십시오. 좀 더 목적 지향적인 자세로 인생에 임하는 것이 중요합니다.

봉사를 낙으로 삼는 유형
No.168 CAABC

포용이(NP)와 침착이(A)가 강하고 화끈이(CP)와 끄덕이(AC)가 약한 이 유형은 봉사하는 사람입니다. 일반적인 사람들은 이익 없이 남을 돕거나 희생하는 일을 좋아하지 않습니다. 은연중에 다른 사람들을 돕는 데 시간을 쓰느니 자신을 위해 시간을 쓰는 것이 당연하다고 생각하기 때문입니다. 또한 봉사활동은 자신의 경제 상황이 넉넉하고 여유로운 사람들이나 하는 것이라는 판단도 있습니다.

그런데 이 유형은 봉사활동 자체가 즐거운 사람입니다. 다른 사람을 돕는 데 보람을 느끼고 이것으로 자기실현을 합니다. 그러나 정작 타인을 돕는 것에만 몰두하다 보면 자기 자신은 돌보지 못할 가능성이 높습니다.

이 유형의 문제는 스스로에게 단호하지 못하고, 인생에 대한 책임감이 부족한 것입니다. 자칫하면 주위에서 안일한 사람이라는 평을 들을 수도 있습니다. 자신에 대한 목적의식을 가지고 좀 더 높은 곳을 향해 노력해보기 바랍니다.

전통사회 어머니 유형
No.169 CAACA

포용이(NP), 침착이(A), 끄덕이(AC)가 강하고 화끈이(CP)와 솔직이(FC)가 약한 이 유형은 늘 묵묵히 맡은 자리를 지키며, 화가 나도 참고 용서하는 어머니 같은 유형입니다. 자신의 욕구는 땅속에 묻어두고 다른 사람만 지나치게 배려하는 사람입니다.
타인을 비난하는 경우는 거의 없으며 문제가 생기면 자신을 내던져서라도 도와주고 싶어 합니다. 어느 조직에든 이런 사람은 반드시 있어야 하는 존재입니다. 그러나 몸담고 있는 조직이 어떤 조직이냐에 따라 이 유형의 평판은 크게 달라질 수 있습니다.
이런 유형이 영업부 같은 곳에 있다면 몸에 맞지 않는 옷을 입고 있는 것과 같습니다. 때로는 사람이 밝지 못하고 늘 어둡다는 악평을 들을 수도 있고, 있으나 마나 한 존재로 여겨질 가능성도 있습니다. 이 유형은 자신이 있어야 할 곳을 잘 찾는 것과 자신의 장점을 잘 파악하는 것이 무엇보다 중요합니다.

봉사하기 위해 태어난 유형
No.170 CAACB

포용이(NP)와 침착이(A)가 강하고 화끈이(CP)와 솔직이(FC)가 약한 이 유형은 마치 세상에 인정을 전파하고자 태어난 사람 같습니다. 모든 일을 판단할 때 어떻게 하면 다른 사람에게 도움이 될까, 어떻게 하면 내가 돌봐줄 수 있을까를 염두에 두고 결정하는 일이 많습니다.
그러나 개인적인 사명감이나 책임감이 다소 부족하고 타인을 위해 비판해야 하는 상황에서도 좋은 말로만 일관하려 하기 때문에 문제가 될 소지가 있습니다. 늘 다른 사람의 일만 돌봐주다가 정작 하고 싶은 일도 사라지고 즐기는 것에 서툴게 됩니다.
다행인 것은 이성과 지성이 매우 높은 편으로 아무리 다른 사람을 돕는 것이 미덕이라고 생각해도 그로 인해 자신의 일을 크게 그르치는 법은 없습니다. 그러니 조금 더 자신의 인생을 즐겨보기 바랍니다. 언제까지나 다른 사람을 위해서만 살 수는 없습니다. 계속해서 그런 생활만 하게 된다면 지칠 수 있으므로 자신의 삶을 풍요롭게 꾸며볼 것을 권합니다.

봉사활동이 자기실현인 유형
No.171 CAACC

포용이(NP)와 침착이(A)가 강하고 화끈이(CP), 솔직이(FC), 끄덕이(AC)가 약한 이 유형은 자신이 믿고 있는 것이 무조건 옳고 좋은 것이라는 생각을 갖고 있습니다. 예를 들어, 종교단체의 활동가 같은 스타일로서 자신은 손톱만큼의 악의도 없고, 이것이 당연한 것이기 때문에 선한 의도로 다른 사람들에게 권하고 끌어들인다는 것입니다.

이 유형은 판단력이 부족해 눈에 보이는 대로 믿어버리기 때문에 타인의 숨겨진 의도나 계획을 파악하지 못하는 것이 단점입니다. 사실 확인 없이 무조건 믿어버리고 그것이 진실이라고 한 치도 의심하지 않기 때문에 주위 사람들에게 과하게 권하는 행동을 보이는 것입니다.

이 유형은 다정다감한 마음씨를 갖고 있으면서도 배려가 부족하고, 완고한 성격 탓에 사리분별을 잘 못하는 경우가 생깁니다. 이성과 지성이 높으면서도 복잡한 관계는 잘 이해하지 못하는 편입니다. 조금은 폭넓게 여러 가지 경우를 고려하는 시선이 필요합니다.

둥글둥글 원형 같은 유형
No.172 CABAA

포용이(NP), 솔직이(FC), 끄덕이(AC)가 강하고 화끈이(CP)가 약한 이 유형은 인격적으로 '좋은 사람'이라는 평판을 듣는 사람입니다. 기본적인 성향이 밝고 타인에 대한 배려심이나 인정이 넘치는 사람으로서 누구에게나 호감을 삽니다. 악착같이 무엇인가를 이뤄내려는 마음이 부족하고, 경쟁 구도에서 밀려도 크게 신경 쓰지 않으며 목적 지향적이지 않기 때문입니다.

대인관계에서는 이러한 성격이 좋을 수 있으나 사회적 성공을 위해서는 조금 변화해야 할 필요가 있습니다. 어느 회사나 '좋은 사람'보다는 '능력 있는 사람'을 원하기 때문에 업무 처리는 효율적으로 해결할 수 있어야 합니다. 자기관리를 조금 더 철저하게 하고, 목표 달성을 위해서 노력하면 부족할 것 없는 사람이 될 수 있습니다.

자신감 있고 유능해 보이는 이미지를 구축해보는 것이 좋습니다. 밝은 모습은 플러스 요인이 될 수 있으나 자신감 없어 보이는 모습은 업무 처리 능력에서 의구심을 들게 하므로 그런 부분만 수정한다면 아무 문제 없이 잘될 것입니다.

즐거움과 자유를 찾는 유형
No.173 CABAB

포용이(NP)와 솔직이(FC)가 강하고 화끈이(CP)가 약한 이 유형은 말 그대로 어디로든 날아갈 수 있는 새와 같은 사람입니다. 자신을 옭아매고 있는 것이라면 어떤 것이든 괴로워하기 때문에 체제 안에 갇혀 있는 것을 싫어합니다. 그래서 권위, 도덕, 책임감 등에 대해서도 신경 쓰지 않으며 오히려 무시하는 태도를 보이기 쉽습니다.

이 유형은 대인관계에서 의리나 인정을 중요시하고 즐겁게 인생을 살아가고자 합니다. 감정 표현에 거침이 없으며 기본적인 욕구도 높은 편입니다. 그렇다 보니 자신의 즐거움을 사회 체제보다도 우선시하는 것이지요.

주위에서는 이 유형을 보면 무책임하고 제멋대로이며 꿈이 없는 사람으로 생각할 수 있습니다. 그것은 스스로가 목적 지향적이지 않아 도전하지 않기 때문입니다. 이런 오명을 벗기 위해서는 꾸준한 노력이 필요합니다. 이 유형은 온통 자유로움으로 가득 차 있지만 그래도 너무 치우치지 않도록 어느 정도는 조율할 수 있는 사람입니다.

'그때그때 달라요' 유형
No.174 CABAC

포용이(NP)와 솔직이(FC)가 강하고 화끈이(CP)와 끄덕이(AC)가 약한 이 유형은 항상 기분대로 움직이는 성향이 강합니다. 기분에 따라 이 길 저 길 자유롭게 바꿔가며 인생을 즐기며 살아가는 사람입니다. 한 가지 일에 몰입하기보다는 힘들거나 책임감이 필요한 길은 되도록 피해 가려고 하고 즐거운 길, 편안한 길을 추구합니다.

이 유형은 자신이 가고 싶은 길이 비록 사회에서 비난하는 길이거나 타인에게 피해가 가는 길이라고 하더라도 개의치 않습니다. 주위에서는 제멋대로인 사람이라며 손가락질할 수도 있습니다. 사회적 위치에 대한 욕심이 별로 없고 목적의식이 뚜렷하지 않아 오히려 갈등이 생기는 것입니다.

이 유형은 사람들이 상당히 매력을 느낄 수 있는 성향을 갖고 있습니다. 다만 지나치게 자유분방하고 다른 사람을 의식하지 않는 탓에 스스로 이미지를 실추시킵니다. 그러나 자신에게는 관대한 마음을 갖고 있으니 목적의식과 책임감을 가질 수 있다면 사회에서 인정받는 인물이 될 수 있습니다.

헌신이 삶의 보람인 유형
No.175 CABBA

포용이(NP)와 끄덕이(AC)가 강하고 화끈이(CP)가 약한 이 유형은 마치 세상에 헌신하기 위해서 살아가는 듯합니다. 자신보다 항상 다른 사람을 신경 쓰고 비위를 맞추는 것에 기쁨을 느끼고 있습니다. 그러나 세상에는 이런 유형을 이용하려고 하는 사람이 너무 많습니다. 이 유형은 타인을 비판하는 능력이 부족하고 그저 착하고 순종적이기 때문에 스스로 나쁜 사람을 분별할 수 있는 재간이 없습니다.

이 유형은 타인을 위해 애를 쓰거나 비위를 맞추는 일에 삶의 보람을 느끼는 유형입니다. 하지만 그 행동 패턴에는 아무런 대의명분도 없다는 점이 문제입니다. 우유부단하고 소심해 모든 일에 쉽게 결단을 내리지 못하고 우물쭈물할 가능성이 높습니다.

이 유형은 주위 사람들의 동향에 좌우되어 결단을 내리지 못한 채 눈치만 살피는 태도를 고쳐야 합니다. 한평생 다른 사람에게 휘둘려서 자신의 의지와 상관없는 삶을 살지 않으려면 스스로 개선해야 합니다. 첫째는 책임감, 둘째는 목적의식, 마지막으로 선악에 대한 비판력을 기르기 위해 노력하기 바랍니다.

평화주의자 유형
No.176 CABBB

포용이(NP)가 강하고 화끈이(CP)가 약한 이 유형은 평화로운 세상이 삶의 목적인 사람입니다. 누구와도 적이 되고 싶지 않고 항상 조화롭게 살아가고 싶어 합니다. 그렇다 보니 정작 자신의 목표를 위해서 강하게 일을 추진하거나 도전하는 것에는 관심이 없습니다.

이 유형이 삶의 가치를 이렇게 설정한 데에는 여러 가지 이유가 있는데, 첫째로 정이 깊다는 것입니다. 항상 다른 사람을 위해 무언가를 해주고 싶어 하고 나보다는 타인을 먼저 생각하는 성향입니다. 누군가 부탁하면 거절하지 못하고 자신에게 손해가 될 것을 뻔히 알면서도 도와주고야 마는 성격입니다. 둘째로 다른 사람에게 싫은 소리를 하지 못하고 지나치게 관대하며 당연한 것도 당당하게 주장하지 못하는 성격 때문입니다.

이런 성격들은 타인에게는 좋을지 모르나 자기 자신에게는 결코 좋지만은 않으니 개선해야 합니다. 이 유형은 따뜻한 마음과 헌신하는 생활방식 덕분에 어느 조직에 들어가든 좋은 평판을 들으며 평화롭게 생활할 수 있습니다.

자상함이 지나친 유형
No.177 CABBC

포용이(NP)가 강하고 화끈이(CP)와 끄덕이(AC)가 약한 이 유형은 자상함 하나로 똘똘 뭉친 사람입니다. 인정이 넘치고 다른 사람에게 싫은 소리도 잘 못하는 착한 성격입니다. 이런 유형이 세상에 많다면 나머지 사람들에게는 매우 기쁜 소식이겠지요. 경쟁할 필요 없이 편안하게 자신의 위치를 지킬 수 있으니까요.

이 유형은 타인에게는 좋은 사람일지 모르나 정작 자기 자신에게는 득이 되지 않는 성격입니다. 세상에는 착한 사람만 존재하지 않습니다. 언제든 상대방을 이용해서 자신의 안위만을 도모하려는 사람도 많다는 것을 명심해야 합니다. 안일한 생각을 버리고 세상을 정확한 눈으로 꿰뚫는 능력을 키워야 할 것입니다.

평생을 다른 사람에게 당하며 살지 않으려면 자신에게 좀 더 엄격하게 대할 필요가 있습니다. 이 유형은 업무 지향적이기보다는 사람 지향적이기 때문에 딱딱하고 무거운 분위기에서 일하는 것이 어렵게 느껴질 수 있습니다. 조금은 자유롭게 할 수 있는 일을 찾아보는 것이 좋습니다.

나는 없고 너만 있는 유형
No.178 CABCA

포용이(NP)와 끄덕이(AC)가 강하고 화끈이(CP)와 솔직이(FC)가 약한 이 유형은 인정도 많고 배려도 깊고 의리도 있는 사람입니다. 이런 성격을 갖고 있는 사람은 마치 다른 사람을 위해 살아가는 듯한 인상을 줍니다. 자신이 손해 볼 것을 뻔히 알면서도 거절도 못하고 당연한 권리조차도 주장 못하는 순하디 순한 사람입니다.

상대방이 상처받을까 봐 잘못도 질책하지 않는 경향이 너무나도 강합니다. 어찌 보면 상대방을 배려하려는 마음뿐만 아니라 본인이 상대방의 눈 밖에 날까 봐 두려운 것일 수도 있습니다. 그래서 뚜렷한 자기주장도 별로 없고 매사에 자신감이 없어 보입니다.

매사에 이렇게 생활하다 보면 스트레스를 심하게 받아 정신적으로 피폐해질 수도 있습니다. 자신을 위해서 감정도 분출하고 어느 정도 자유로운 삶을 허락하는 것이 좋습니다. 이 유형에게는 자신감 결여가 가장 문제입니다. 어느 조직이건 좋은 사람을 원하지만 동시에 자신감 있는 유능한 직원을 필요로 하기 때문입니다.

가부장 시대 착한 여성 유형
No.179 CABCB

포용이(NP)가 강하고 화끈이(CP)와 솔직이(FC)가 약한 이 유형은 한마디로 가부장적 시대를 살아온 어머니 같은 사람입니다. 가족을 위해 헌신하고 자신의 즐거움이나 본능은 깊숙이 숨겨둔 채 그저 조신하게 하루하루를 살아가는 성격이지요. 누구보다도 자상한 마음씨를 지녔고 누구든 내 손으로 돌봐주어야만 한다는 생각을 갖고 있습니다.

이 유형은 다른 사람들에게는 좋겠지만, 자기 자신에게는 좋을 게 없다는 것이 문제입니다. 이런 생활방식을 고수하다 보니 점점 안일해지고 스스로 결단하거나 강하게 추진하는 능력을 잃을 수밖에 없습니다. 자신과 타인을 너무 관대하게 대하고 있는 것은 아닌지 생각해봐야 합니다.

가정에서 그저 평화를 지키며 살아가기엔 더없이 좋은 유형이지만 각박한 세상에서 살아남아야 하는 요즘 시대에는 뒤처지기 쉬운 유형입니다. 때론 자신에게도 즐거움이라는 선물을 주는 것은 어떨까요? 이 유형은 주도적으로 무언가를 해야 하는 직종보다는 누군가를 뒤에서 지원해주는 파트너로 활동하면 좋습니다.

흘러가는 대로 사는 유형
No.180 CABCC

포용이(NP)가 강하고 화끈이(CP), 솔직이(FC), 끄덕이(AC)가 약한 이 유형은 무엇인가를 시작하기 전에 정확한 목표도 설정하지 않고 꼭 해야겠다는 책임 의식도 부족한 사람입니다. 목표 설정이 되지 않았으니 시작을 해도 무엇부터 해야 좋을지 알 리가 없습니다. 그저 흐르는 대로 두는 수밖에 없습니다.

이 유형은 자상하고 따뜻한 마음은 갖고 있지만, 때로는 제멋대로이기도 한 성향이 공존합니다. 이 유형이 성공한 인생을 살기 위해서는 첫째로 책임감을 키워야 하고, 둘째로 분별력을 길러야 하며, 셋째로는 열정을 가져야 합니다.

우선 확실한 목표 설정이 중요합니다. 인생이라는 여행의 끝에 얻고자 하는 확고한 목적을 가지고 새롭게 출발해보십시오. 여행을 떠나기 전 숱한 역경을 이겨낼 수 있는 마음가짐을 가지고 사물을 정확히 판단하는 통찰력을 키워야 합니다. 이 유형은 자상함과 배려가 최고의 무기이므로 사회봉사와 관련된 일을 해보는 것도 좋습니다.

부표 없이 유랑하는 유형
No.181 CACAA

포용이(NP), 솔직이(FC), 끄덕이(AC)가 강하고 화끈이(CP)와 침착이(A)가 약한 이 유형은 따뜻한 마음을 갖고 있는 아이 같은 사람입니다. 다른 사람을 향한 자상함과 관대함이 있으며 타인의 잘못도 질책하지 않고 넘어가는 편입니다. 하지만 자칫하면 책임을 다하지 않는 모습일 수 있습니다.

그저 항상 자상하기만 하고 모든 것을 받아주기만 하는 자세는 상대에게도 이로울 것이 없습니다. 게다가 이 유형은 세상 물정에 다소 어두운 편이므로 자칫하면 타인에게 이용당할 수 있으니 조심해야 합니다.

철모르는 아이처럼 깜찍하고 귀여운 면모도 있으나 엄한 부모 아래서 주눅 들어 눈치보며 사는 안쓰러운 아이의 모습도 공존하는 것이 이 유형의 특징입니다. 인생의 마지막 장을 성공으로 마무리하고 싶다면 강한 목적의식과 책임감을 기르고 세상의 이치를 바로 볼 줄 아는 분별력도 키워야 합니다.

착한 사람의 표본인 유형
No.182 CACAB

포용이(NP)와 솔직이(FC)가 강하고 화끈이(CP)와 침착이(A)가 약한 이 유형은 자신보다는 타인을 먼저 생각하는 마음씨 고운 사람입니다. 온 세상이 이런 사람들로 가득하다면 싸움도 경쟁도 없는 평화로운 세상이 될 것입니다. 그러면서도 때로는 아이처럼 본능이나 쾌락을 추구하기도 하는 복합적인 성품을 갖고 있습니다.

이런 유형의 약점은 바로 지나치게 착하다는 것입니다. 착한 게 나쁘다는 것이 아니라, 너무 착하기만 하다 보니 각박한 세상에서 살아남기가 쉽지 않으니 약점이 되는 것입니다. 세상 물정에 어두워 사기를 당할 가능성도 높고 어떻게 해야 자신에게 이득이 되는지 간파하지 못해 쉽게 당하는 모양새가 되는 것이지요.

그러면서도 자신을 그렇게 만든 상대를 미워하고 증오하지도 못할 만큼 순합니다. 성품 자체가 누군가를 이겨야 하는 경쟁 구도와는 어울리지 않습니다. 다른 사람들과 협력하며 함께할 수 있는 활동을 찾아보는 것이 좋습니다.

천진난만 대책 없는 유형
No.183 CACAC

포용이(NP)와 솔직이(FC)가 강하고 화끈이(CP), 침착이(A), 끄덕이(AC)가 약한 이 유형은 여러 가지 특성을 지니고 있습니다. 장점을 꼽자면 아이처럼 천진난만하고 귀여운 면이 있으며 배려심과 인정이 많다는 것입니다. 또한 하고 싶은 것도 많고 늘 사물을 호기심 어린 눈으로 바라보며 감정 표현이 풍부하고 열정적입니다.

반대로 단점은 종종 이기적이고 자기주장이 강하며 무책임한 면이 있다는 것입니다. 상대에 따라서 좋은 시각으로 보면 장점이지만, 다른 시각으로 보면 단점이 되기 마련입니다. 장점을 보고 대하는 사람은 당신과 한편이 되어 끈끈하게 의리를 맺을 수 있으나 단점을 보고 대하는 사람은 대책 없이 방자한 사람으로 평가할 수도 있습니다.

이렇듯 각각의 성향이 너무 극과 극이므로 그 차이를 줄이려는 노력을 해야 합니다. 너무 높은 것을 조금만 낮추고 너무 낮은 것을 조금만 높인다면 좋은 성격이 될 수 있습니다.

튀어 오르지 못하는 유형
No.184 CACBA

포용이(NP)와 끄덕이(AC)가 강하고 화끈이(CP)와 침착이(A)가 약한 이 유형은 매사에 결단력이 없고 안절부절못하며 다른 사람들의 눈치만 보는 사람입니다. 이 유형의 대표적인 특징이 자신의 생각은 감춰두고 무조건 다른 사람을 따라 행동하는 것입니다. 자신의 결정에 늘 확신이 없고 혹시라도 잘못될까 전전긍긍하는 모양새입니다.

좋게 보면 따뜻하고 온화하며 배려심이 깊다고 볼 수도 있겠지만, 그런 것들이 항상 장점으로 작용하는 것만은 아닌 게 세상사입니다. 이런 부분들이 과하면 자칫 책임감 없고 무능하며 안일하다는 평을 듣습니다.

이 유형은 자신감이 없고 위축되어 보일 가능성이 높습니다. 사람들이 자신을 싫어할까 봐 작은 비판도 쉽게 하지 못하며 낮은 자세로만 임하다 보면 어느샌가 열등감에 휩싸인 인생이 될 수 있으니 주의해야 합니다. 남을 의식하지 않고 자신이 이 분야에서는 최고라는 생각으로 살아보는 건 어떨까요? 그래야만 빛을 볼 수 있습니다. 요즘에 강조하는 도전정신과 창의력, 그리고 분별력을 키워보는 것이 좋겠습니다.

아름다운 모습만 보는 유형
No.185 CACBB

포용이(NP)가 강하고 화끈이(CP)와 침착이(A)가 약한 이 유형은 인격적으로는 참 좋은 사람입니다. 다만 이 시대를 살아가기엔 조금 어려움이 있습니다. 자신의 앞가림을 하기보다는 그저 다른 사람을 도와주고 싶어 하며 이해타산에 약해서 계산적인 사람들에게 이용당할 가능성이 높습니다. 세상이 험악하지 않고 아름답기만 하다면 더없이 좋을 성품이지요.

이 유형은 자신과 타인에게 조금은 엄격할 필요가 있습니다. 이 유형에게는 무엇보다 책임감이 필요합니다. 둘째로 사물을 정확히 판단하고 합리적으로 이해하는 능력을 키워야 합니다. 마지막으로 타인보다 자신이 더 중요하다는 생각을 가져야 합니다.

성품 자체가 누군가를 이겨야 하는 경쟁 구도와는 어울리지 않습니다. 이런 사람이 오히려 사회 부적응자처럼 느껴지는 이 사회가 안타까울 뿐입니다. 사람들과 협력하며 할 수 있는 일을 찾아보는 것이 좋습니다.

작은 무리의 우두머리 유형
No.186 CACBC

포용이(NP)가 강하고 화끈이(CP), 침착이(A), 끄덕이(AC)가 약한 이 유형은 자신이 속해 있는 집단의 특성에 따라 우두머리가 될 수도 있고 존재 가치가 없는 사람이 될 수도 있습니다. 이 유형의 사람들은 독특한 생활방식을 갖고 있기 때문입니다. 장점은 다른 사람들을 잘 챙겨주고 자상하며 인정이 많다는 것입니다.

반대로 단점은 일반적인 사회질서를 다소 가볍게 여기고, 책임감이 부족하며 다른 사람을 무시하는 듯한 태도도 보인다는 것입니다. 하지만 단점보다 장점이 더 크게 작용해 주변에 사람이 많고 인기도 있을 것입니다. 우물 안 개구리가 되지 않기 위해서는 스스로 단점을 개선하고 사회의 이상적인 인물로 거듭나도록 노력해야 합니다.

어느 회사든 대인관계에 신경 쓰지 않고 분란을 일으킬 만한 소지가 있는 직원은 원치 않습니다. 이 유형은 타인의 시선을 의식하지 않고 독선적이 될 가능성이 충분하므로 그런 모습이 표출되지 않도록 조심해야 합니다.

희생적인 어머니 유형
No.187 CACCA

포용이(NP)와 끄덕이(AC)가 강하고 화끈이(CP), 침착이(A), 솔직이(FC)가 약한 이 유형은 자녀와 배우자를 위해서 뼈를 깎는 고통도 참아내고 인내하며 자신을 희생하는 깊은 사랑의 어머니 같은 사람입니다. 이런 성격을 갖고 있는 사람은 마치 다른 사람을 위해 살아가는 듯한 인상을 줄 수 있습니다. 타인을 비판하지 않으며 항상 다른 사람을 돌보기 위해 전력을 다하며 살고 있습니다.

그러나 사실은 누군가를 배려하는 마음뿐만 아니라 본인이 상대방의 눈 밖에 날까 봐 자신을 억압하며 상대의 비위를 맞추려는 것일 수도 있습니다. 그래서 높은 이상을 가지고 치열하게 노력하며 인생을 살아가는 사람들 눈에는 한심한 사람으로 비칩니다.

매사에 이렇게 생활하다 보면 스스로 스트레스를 받아 정신적으로 피폐해질 수 있으니 자신을 위해서 감정도 표출하고 어느 정도 자유로운 삶을 허락하는 것이 좋습니다. 스스로 판단하는 능력을 키우고 자신을 소중하게 생각해야만 이 유형을 이용하려는 사람들에게서 안전할 수 있습니다.

사리분별이 약하고 그늘진 유형
No.188 CACCB

포용이(NP)가 강하고 화끈이(CP), 침착이(A), 솔직이(FC)가 약한 이 유형은 한마디로 자상함 그 자체입니다. 자상함을 무기로 생각할 수도 있지만 반드시 장점이라고 볼 수만은 없습니다. 인정 넘치고 타인을 비판할 줄 모르는 착한 성격이나 그것이 오히려 우유부단함으로 이어져 남들에게 이용당할 가능성이 높습니다.

세상에는 남을 이용해서 자신의 이익만 추구하려는 사람이 너무나도 많습니다. 그런 사람들 사이에서 살아남으려면 안일한 생각을 버리고 세상을 정확한 눈으로 바라보는 능력을 키워야 합니다. 자신을 엄격하게 관리하면서도 때로는 감정에도 충실하게 대응하며 생활하면 어두운 성격도 한결 나아질 수 있을 것입니다.

자상함 하나만으로는 어떤 일도 해내기가 어렵습니다. 우선 남들처럼 현실적으로 살아가는 방법을 생각해보고 이성과 지성을 겸비한 후 자신감 있는 모습으로 세상과 부딪혀보기 바랍니다.

아이러니한 삶을 사는 유형
No.189 CACCC

포용이(NP)만 강하고 화끈이(CP), 침착이(A), 솔직이(FC), 끄덕이(AC)가 모두 약한 이 유형은 세상에 이런 사람이 있을까 싶을 정도로 존재할 가능성이 희박합니다. 이 유형은 사회에서 살아가는 데 필요한 질서, 체제, 도덕, 논리, 책임감, 분별력 등 어느 것 하나도 갖추고 있지 않습니다.

직장을 얻기도 힘든 스타일일 뿐만 아니라 얻는다고 하더라도 그 안에서 잘 적응하며 살아갈 수 있을지도 걱정입니다. 이 유형은 자신의 형편이 가장 어렵더라도 다른 사람을 챙겨주고 참견하려고 하며 그들에게 자신의 생각을 관철시키려는 모습을 보입니다. 아이러니한 일이 아닐 수 없습니다.

게다가 이성적인 판단력이 부족해 하는 일마다 체계 없이 엉성해질 수 있으므로 당장 자신을 바꾸는 것이 시급합니다. 무언가를 하고자 하는 욕구가 있는지부터 점검해보기 바랍니다. 조금 더 감정에 충실하고, 뚜렷한 목표를 설정해 한 걸음씩 발을 내디뎌야 할 것입니다.

자유업에만 적합한 유형
No.190 CBAAA

침착이(A), 솔직이(FC), 끄덕이(AC)가 강하고 화끈이(CP)가 약한 이 유형은 자유분방한 생활방식을 즐기면서도 사회적 모범생이 되고 싶어 하는 사람입니다. 이런 두 가지 태도는 상당히 모순적이기 때문에 때로는 심한 갈등에 괴로워하는 일도 생깁니다.

이 유형은 업무에 대해서는 느슨한 사고방식을 취하며 무엇을 하든 일이 잘 풀리면 뜻밖의 횡재로 생각합니다. 자유업에 종사한다면 성공이나 실패 모두 자신의 득실로 그치기 때문에 사회로부터 비난받는 일도 드물겠지요. 하지만 조직에 속해 있을 경우 그런 가벼운 마음으로 일에 임했다가는 주위 사람이 가만히 있지 않을 것입니다.

이런 점에서 생각해봐도 이 유형은 자유업에 적합하고 조직에서 싹을 틔우기는 어렵습니다. 사리분별력이 뛰어나고 상당히 명석하기 때문에 이런 강점을 살릴 수 있는 직업을 알아보는 것이 좋습니다. 하지만 자신의 기분대로 행동하고 상대를 배려해주는 마음이 부족한 것은 약점으로 작용하니 개선하려고 노력해야 합니다.

인생은 즐기는 것이라는 유형
No.191 CBAAB

침착이(A)와 솔직이(FC)가 강하고 화끈이(CP)가 약한 이 유형이 삶의 보람을 느낄 때는 긴장을 풀고 빈둥거리고 있을 때와 실컷 제멋대로 행동하고 있을 때입니다. 이 유형은 그럴 때야말로 '태어나길 잘했다'라고 생각하고 감동합니다. 이 유형에게는 입신출세나 권력도 아무런 매력이 없습니다. 한 번뿐인 인생을 마음껏 즐겨야 하는 귀중한 시간을 그런 시시한 일에 빼앗기고 싶지 않아 합니다.

일은 인생을 즐기기 위해 금전을 얻는 수단에 지나지 않는다고 느끼며 어떤 일을 하더라도 그다지 열정을 쏟지 않습니다. 단, 재미 삼아 가끔 손을 댔던 취미 생활에 생각지도 못했던 재능이 있을 경우에는 일과 취미가 뒤섞여 무아지경으로 몰두하는 일이 생깁니다. 그럴 때가 이 유형이 출세할 수 있는 두 번 다시없는 기회입니다.

이 유형은 혼자 자유롭게 다니면서 에너지를 쏟을 수 있는 직업을 알아보는 것이 적성에 맞을 수 있습니다. 자영업, 프리랜서 등이 그에 해당합니다.

새로운 유토피아를 찾는 유형
No.192 CBAAC

침착이(A)와 솔직이(FC)가 강하고 화끈이(CP)와 끄덕이(AC)가 약한 이 유형은 인간을 속박하고 있는 체제나 겉모습은 전부 던져버리고 순수한 욕망을 얼마만큼 만족시키는지가 중요하다는 생각으로 세상을 살아가고 있는 사람입니다. 기존의 사회질서에서 겉치레하는 형식적인 일 따위는 하찮은 것이라 생각합니다.

또 권위주의나 도덕주의에서 비롯되는 인내나 타협, 배려와 같은 산물도 무용지물이라 여겨 전혀 개의치 않습니다. 인생관이나 가치관에 따라 어떻게 행동하는 것이 자신에게 가장 유리할지 판단하는 사리분별력은 매우 뛰어난 편입니다. 하지만 무엇이든 이런 진보적 생각은 현실 사회에서는 거의 통용되지 않기 때문에 외롭게 살아갈 수밖에 없습니다.

물론 이 유형에게 재능이 넘친다면 발군의 업적을 올릴 수 있을지 모릅니다. 혼자 자유롭게 다니면서 에너지를 발산하는 직업이 적성에 맞습니다.

무사안일한 삶을 찾는 유형
No.193 CBABA

침착이(A)와 끄덕이(AC)가 강하고 화끈이(CP)가 약한 이 유형은 거대한 이상이나 정의감, 영속적인 사명감 등은 명분이 없다고 생각하는 사람입니다. 손해가 되는 것은 무엇이든지 자신에게 미치지 않도록 주의하는 것이 이 유형의 관심사입니다. 무언가를 하기보다는 침해받지 않는 데만 절치부심하고 있습니다. 세간의 동향에 매우 민감하고 사람들의 태도나 안색을 파악하는 능력은 이 유형의 천부적인 재능인지도 모릅니다.

이 유형의 단점은 책임감이 약하다는 것입니다. 인간으로서 지향해야 하는 자기실현이라는 덕목에 관심이 없고 자기보전, 무사안일주의에 중점을 두어 살아가고 있습니다. 그 결과 삶의 의미도 찾지 못하고 타협과 추종을 주특기로 하는 한심한 생활방식을 취할 수밖에 없습니다.

그러나 이 유형이 무사안일주의에서 벗어날 수만 있다면 세상의 평가 역시 변할 것입니다. 이 유형은 머리가 명석하고 상황을 정확하게 판단합니다. 이 강점을 발휘할 수 있는 일을 한다면 많은 성과를 낼 것입니다.

기능이 부실한 컴퓨터 유형
No.194 CBABB

침착이(A)가 강하고 화끈이(CP)가 약한 이 유형은 궤도를 계산하는 데 조금의 실수도 없지만 그것을 실행할 의욕이나 책임감이 매우 부족하기 때문에 결국 아무 생각 없이 빈둥대는 사람입니다.

의지가 부족해 느슨하고 무책임하다는 점만 제외하면 달리 결점이 없습니다. 특히 이성이나 지성 면에서 눈에 띄게 뛰어난 유형이라는 사실에 다소 아쉬운 생각마저 듭니다. 하지만 이 아쉬움의 원인인 '의지 부족'은 수정이 불가능합니다. 안일함과 느슨한 부분을 버리는 것이 이 유형이 가장 우선해야 할 과제입니다.

이 유형은 강한 사리분별력과 이성적 판단 능력을 보유하고 있습니다. 이 강점을 발휘할 수 있는 일을 한다면 많은 성과를 낼 것입니다. 하지만 먼저 자유의지로 이상을 추구하고 책임감을 발휘하려는 노력이 필요합니다.

화재 감시원 유형
No.195 CBABC

침착이(A)가 강하고 화끈이(CP)와 끄덕이(AC)가 약한 이 유형은 상황판단이 정확하고 정보처리에서도 급소를 정확히 파악하고 있습니다. 인정이 적당히 넘치고 감정도 안정되어 있습니다. 평소에 배려가 부족하다는 점을 제외하면 문제가 없는 유형입니다. 하지만 일단 장애물에 부딪히면 보통 사람이 무난하게 극복할 만한 문제에도 쉽게 좌절하고 아무 도움이 되지 않습니다.

감시용 망루에 올라 재빨리 화재를 발견하고 이것저것 지시를 내리는 일에는 뛰어나지만 불을 끄기 위해 맞서는 일은 전혀 못하는 유형입니다. 책임감과 인내심, 배려심을 높이지 않는다면 삶에서 문제가 생겼을 때 길이 가로막히게 됩니다.

폭넓은 사회생활을 위해서는 타인의 일에 관여하거나 관심을 갖는 것이 부족하지는 않는지, 또한 자신만을 위한 생각으로 행동하지는 않는지 되돌아보고 사회나 주위 사람들과도 원만하게 교류할 수 있도록 노력하세요. 또한 한 가지 일에 집중하고 열의를 가지려는 자세도 갖추어야 합니다.

개미처럼 일에 열심인 유형
No.196 CBACA

침착이(A)와 끄덕이(AC)가 강하고 화끈이(CP)와 솔직이(FC)가 약한 이 유형은 자신의 욕구나 본능, 쾌락에 대해서는 거의 관심이 없으며, 사회적으로도 대단한 명예욕이나 권력을 추구하는 마음도 매우 희박합니다. 오로지 자신이 속한 조직에서 충실하게 일하며 전력을 다해 질주하는 것에 만족을 느끼고 삶의 의미를 찾는 유형입니다.

어느 회사나 단체든 쌍수 들고 환영할 만한 바람직한 인재입니다. 다만 우려되는 것은 업무에 너무 집중한 나머지 가정생활에 소홀할 수 있으며 자칫 건강을 돌보지 못할 수도 있다는 점입니다.

이 유형은 사회의 기대에 부응하기 위해 지나치게 노력하는 것을 줄이고, 비판하는 능력도 키워야 합니다. 인생에서 자신의 즐거움도 배제할 수는 없는 것이므로 자신을 위한 시간을 좀 더 가져보는 것도 좋습니다. 이 유형의 성실함과 일에 대한 열정이 전체적으로 균형을 이룰 수 있도록 취미 생활을 하는 것도 추천합니다.

인생을 반듯하게 살아가는 유형
No.197 CBACB

침착이(A)가 강하고 화끈이(CP)와 솔직이(FC)가 약한 이 유형은 타인을 비판하는 일이 거의 없고, 참견이나 간섭도 잘 하지 않으며 '좋은 게 좋은 것'이라는 생각을 갖고 합리적으로 살아가는 사람입니다. 워낙 성향이 반듯하므로 대인관계에서 문제가 될 소지가 없으며 누구와도 무난하게 지낼 수 있는 유형입니다.
인생 최대의 목표는 모나지 않은 성격으로 평탄한 인생을 사는 것입니다. 특별한 열정이나 목표 없이도 이대로 만족하며 살아간다면 그것으로 성공한 것이라는 생각이 있을 것입니다.
사람에 따라서는 이러한 삶이 바람직한지 아닌지에 대해서 의견이 다를 수 있겠지만, 자신은 그것으로 충분하다고 결론 내리고 있습니다. 인생관이 그렇기 때문에 조용히 자신의 길을 달리며 이탈하지 않고 목적지까지 안전하게 갈 수 있는 직업이 어울립니다.

머리는 좋으나 무기력한 유형
No.198 CBACC

침착이(A)가 강하고 화끈이(CP), 솔직이(FC), 끄덕이(AC)가 약한 이 유형은 말수가 적고 감정 표현이 거의 없으며 뚜렷한 목표 의식이나 의지도 없는 사람입니다. 세상사에 별로 관심을 갖지 않는 사람이라고 볼 수도 있습니다. 그러나 일반적인 사람보다 사리 분별력은 뛰어나고 많은 것을 생각하고 있는 사람입니다.
두뇌는 뛰어나지만 스스로 무언가를 하고자 하는 에너지가 부족해 안타까운 유형입니다. 사회생활을 하려면 적당히 밝은 성격과 무엇이든 도전하는 열정, 타인이 나에게 갖는 기대에 부응하기 위한 노력이 필요합니다. 내면에 있는 에너지를 좀 더 충전할 수 있는 방안을 모색해보길 바랍니다.
이 유형은 타인의 눈에는 어둡고 무기력한 사람으로 보일 확률이 높습니다. 아무리 뛰어난 판단력과 논리력, 재능을 갖고 있다고 하더라도 이것만으로는 충분하지 않습니다. 밝고 쾌활한 태도와 열정적인 모습을 보이도록 노력하기 바랍니다.

안일함을 버려야 사는 유형
No.199 CBBAA

솔직이(FC)와 끄덕이(AC)가 강하고 화끈이(CP)가 약한 이 유형은 사리분별도, 타인에 대한 배려와 인정도 적당히 잘하는 사람입니다. 그러나 다른 사람들에 비해 안일한 마음이 강한 편입니다. 약속 시간을 잘 지키지 않아 신뢰를 잃는다거나 책임감이 부족해 문제가 되는 경우가 있습니다.

이 유형은 편안함만을 추구하고 사회적인 의무나 해야 할 것을 귀찮아하는 마음을 갖고 있습니다. 때로는 아이처럼 충동적이거나 하고 싶은 것에 과하게 집착하는 경향이 있어 문제가 됩니다. 다른 사람들과 부딪히거나 감정이 상하는 것에 익숙하지 않아 문제가 생기면 그저 피하고 싶어 합니다. 또한 자신을 드러내지 못하고 눈치를 보며 유리한 쪽으로 쉽게 편승하려고 하는 경우가 많습니다.

이 유형은 안일함을 버리고 무슨 일이든 노력해보십시오. 어느 회사든 책임감 있고 도전정신이 있으며, 자기통제가 가능한 인재를 원하는 것은 당연합니다.

즐거움 속으로 빠져버리는 유형
No.200 CBBAB

솔직이(FC)가 강하고 화끈이(CP)가 약한 이 유형은 인생을 즐겁게 사는 사람입니다. 호기심이 왕성하고, 자유로운 영혼을 갖고 있는 유형으로 재미있는 일이라면 무엇이든 찾아서 해보려고 합니다. 그러나 한번 그 일에 빠지면 스스로 쉽게 통제가 안 될 가능성이 큽니다.

이 유형은 가정이나 직장에서 자신이 하고 싶은 것을 못하게 하거나 비난하면 모든 것을 내던져버릴 수도 있을 정도로 책임감은 부족한 편입니다. 그러나 강한 호기심 덕분에 창조력, 창의력이 매우 높습니다. 이러한 장점은 살리되 조금 더 자기통제에 노력을 기울이고 인생을 적당히 즐기며 산다면 이상적인 삶이 될 수 있습니다.

이 유형은 선천적으로 밝고 천진난만한 사람이므로 대인관계에서는 문제가 될 만한 소지가 없습니다. 다만 한 직장에 얽매여 있는 것을 싫어할 수 있으므로 철저한 자기관리가 더욱 필요합니다.

자유로움을 추구하는 유형
No.201 CBBAC

솔직이(FC)가 강하고 화끈이(CP)와 끄덕이(AC)가 약한 이 유형은 타인의 일이나 문제에 관여하거나 간섭하지 않으려 하며, 타인 또한 자신에게 필요 이상으로 관심을 보이거나 관여하지 않기를 바라는 사람입니다. 즉, '사람은 각자 살아가는 것이다'라고 생각하며 자유로움을 추구하는 유형입니다.

창의적이고 활동적이며 일상의 모든 것에 관심이 많아 무엇이든지 그냥 지나치지 못하고 꼭 봐야 직성이 풀립니다. 이런 부분이 긍정적으로 작용해 사회적으로 인정받을 수도 있겠지만 때론 충동적이고 기분에 따라 행동하거나 자기중심적인 면도 있어 타인과의 마찰이 생기기도 합니다. 좀 더 자신을 관리하고 타인과 협력해야 합니다.

이런 유형은 정적이고 시스템적인 근무 환경에는 적응하기 힘들어합니다. 주어진 업무에 수동적으로 임하기보다는 동적이면서 자유롭게 의견을 개진할 수 있고 자유를 인정해주는 환경에서 일하는 것이 이 유형에게는 편안하게 더 나은 결과를 만드는 길입니다.

뒤에서 묵묵히 기다리는 유형
No.202 CBBBA

끄덕이(AC)가 강하고 화끈이(CP)가 약한 이 유형은 될 수 있으면 눈에 띄지 않는 것이 상책이라고 생각하는 사람입니다. 앞에서 리드하며 주목받는 것보다 집단에 소속되어 눈에 띄지 않게 적응하는 것이 가장 편한 삶이라고 생각합니다. 이 유형은 신체적, 정신적 안정감이 가장 중요하다고 생각하며 자기 관리를 잘하는 사람입니다.

또한 타인에게 상처를 주거나 힘들게 하지 않고 상대가 싫어하는 것은 무리하게 요구하지도 않습니다. 자신의 욕구는 억누르면서 상대방이 원하는 방향에 잘 맞춰주는 편입니다. 이로 인해 타인과의 의견 대립이나 신경전은 거의 발생하지 않습니다.

하지만 이러한 면이 성공적인 미래에 걸림돌이 될 수 있음을 명심하시기 바랍니다. 이 유형은 변화에 대한 의지가 부족하고 현실에 안주해버리는 특성이 있습니다. 매사 어떤 일을 추진하거나 중요한 결정을 해야 하는 경우 항상 신중히 생각하고 행동할 수 있도록 반드시 노력해야 합니다.

낮은 곳에 머물러 있는 유형
No.203 CBBBB

화끈이(CP)가 약한 이 유형은 일상의 소소한 것에 만족감을 느끼며 '이 정도면 충분해'라는 생각으로 상대에게 큰 기대나 요구를 하지 않고 현재의 것에 가치를 두고자 하는 사람입니다. 또한 타인의 잘못에 비판적으로 반응하지 않고 크게 신경을 쓰지도 않습니다.
이 유형은 무엇을 이루겠다는 욕심이 없는 편이고 책임감으로 인한 부담감 역시 원치 않는 면도 있습니다. 어떤 임무를 완수하거나 좋은 결과를 도출하면 부와 명예가 주어진다고 해도 불편하고 힘든 것을 감내하면서까지 이루려고 하지는 않습니다.
이 유형은 자신의 미래를 위해 이상과 책임감을 키우는 자세와 때로는 의사를 능동적으로 관철하려는 노력이 필요합니다. 미래에 무엇을 하고 싶은지 고민하는 것이 우선입니다. 인생에 욕심이 없다는 것은 현실에 안주하고 발전하지 못하고 있다는 것입니다. 자신의 미래에 대해 신중하게 고민해보기 바랍니다.

우물 안 개구리 유형
No.204 CBBBC

화끈이(CP)와 끄덕이(AC)가 약한 이 유형은 때때로 주변 상황을 고려하지 않고 자기중심적으로 행동하지만 내심 너무 과하지 않고 적당히 즐거운 일만 하면서 살아가길 원합니다. 의견 대립이나 충돌하는 상황을 피하고 싶어 하고 큰 부와 높은 명예에 대한 기대나 관심을 두지 않는 편이며, 어느 정도 선에서 만족해버리는 생활방식을 가지고 있습니다.
스스로 한계를 만들어 높은 곳을 향하려는 의지를 막고 이 정도면 됐다고 자기만족하는 모습이 아쉽습니다. 문제는 인생의 중요한 기로에 있다거나 결정의 순간이 왔을 때 먼저 부정적인 생각을 하며 의기소침해하고 포기할 수 있다는 것입니다.
할 수 있다는 자신감을 갖고 도전하려는 용기가 있어야 합니다. 또한 현실에 안주할 수 있기에 변화하고자 노력해야 합니다. 능력보다 목표가 낮을 수 있으니 항상 목표를 높게 잡고, '나는 할 수 있다'라는 자신감을 키우는 게 무엇보다 중요합니다.

자신의 욕구를 감추는 유형
No.205 CBBCA

끄덕이(AC)가 강하고 화끈이(CP)와 솔직이(FC)가 약한 이 유형은 타인의 의사를 수용해주고, 상대가 원하는 것을 잘 들어주는 사람입니다. 다만 '난 어려울 거야' '난 부족한 사람이야'라고 스스로 한계를 짓게 만드는 열등감이 있습니다. 또한 필요 이상으로 자신의 기분이나 마음을 억제하며 타인의 기분을 맞추려는 경향이 높습니다.
이 유형은 본능적 욕구나 욕망은 뒤로 하고 타인에게 맞추고 의지하면서 편안하게 살아가려 합니다. 하지만 상대의 기분이나 주위 상황에 따라 움직이다 보니 당연한 의무나 약속도 포기하는 경우가 있어 상대는 무책임하고 느슨한 사람이라고 생각할 수 있습니다.
자신의 마음을 먼저 헤아리고 멋진 미래를 위해 강한 의지와 소신이 있어야 하며 무엇을 하고 싶은지, 무엇이 되고 싶은지 인생의 계획을 세우려는 노력이 필요합니다. 가장 급선무는 억제된 자신을 먼저 끌어올려야 합니다. 자신에 대한 부정적인 생각을 버리고 열정적인 자세를 갖도록 하십시오.

작은 이익으로 만족하는 유형
No.206 CBBCB

화끈이(CP)와 솔직이(FC)가 약한 이 유형은 상대가 원하는 것을 잘 들어주고, 대부분 요구하는 대로 잘 따라주는 사람입니다. 주도적으로 무언가 하는 것을 원하지 않으며, 조용히 수면 아래에서 주목받지 않기를 바랍니다. 주위 사람들에게 비판적이지 않고 책임을 강요하지도 않습니다. 그렇다고 본인이 잘못한 일에 대해 책임감을 갖고 적극적으로 꼼꼼하게 처리하지 못할 가능성도 큽니다.
타고난 성향이 밝지 않고 삶에 대한 의지나 의욕이 강하지 않아 많은 사람과 어울리기보다는 혼자만의 공간에서 시간을 보내는 것이 편안할 수 있습니다. 하지만 시간이 흐를수록 세상과 멀어질 수 있으므로 스스로 밝은 에너지를 만들기 위해 노력해야 합니다. 또한 다양한 활동으로 많은 사람과 좋은 관계를 맺고 인생의 재미와 흥미를 찾으려고 시도한다면 미래가 달라질 수 있겠지요.
책임감은 조직에서 원하는 중요한 역량입니다. 또한 사람들과의 좋은 관계도 필요한 부분입니다. 매사에 강한 책임감을 갖고 사람들과 관계성을 높이기 위해 노력해야 합니다.

잔잔한 생활방식 유형
No.207 CBBCC

화끈이(CP), 솔직이(FC), 끄덕이(AC)가 약한 이 유형은 활기 있고 무언가 기분을 내기 위한 활동이 어려울 가능성이 큽니다. 자신을 향한 시선이나 관심을 원치 않으며 주위 사람들이 자신에 대한 존재감을 느끼지 않는 것이 이 유형에게는 편안할 수 있습니다.
그렇기에 혹여 자신을 향한 관심이나 주목이 집중되면 안절부절못해 어떻게 처신해야 할지 힘들어합니다. 감당하기 힘들다고 느끼면 주위 사람들이 이해하지 못하는 의외의 행동을 할 수도 있습니다. 오히려 세상과는 담을 쌓고 자기만의 세상을 만드는 게 이 유형에게 맞을 수도 있겠지요.
이 유형은 열정과 적극성도 부족하고 때로는 고집도 있기에 자신의 단점을 개선하려는 의지가 약할 수 있습니다. 혼자만의 환경에서 일하거나 조용히 살아가는 것이 편안하겠으나 세상과 잘 어울려서 행복하게 살기 위해서는 매사 적극적으로 사람들과 함께하려는 노력이 필요합니다.

내면이 순수한 아이 유형
No.208 CBCAA

솔직이(FC)와 끄덕이(AC)가 강하고 화끈이(CP)와 침착이(A)가 약한 이 유형은 아이의 천진함이나 순수함으로 살아가는 사람입니다. 사람들은 보통 나이가 들어감에 따라 본인의 이익이나 실속을 위해 상황을 자신에게 유리한 방향으로 틀려고 하거나 자기 편의를 위해 경계심을 갖기 마련이나 이 유형에게는 이런 면을 찾을 수가 없습니다.
이 유형은 순수한 자아를 가지고 있으나 현실과 맞지 않는 행동을 할 때가 있습니다. 이성과 지성이 있는 성숙한 사고와 행동이 부족하거나 사회인으로서 평범한 교류가 힘들 수 있습니다.
사회적인 환경에서 이를 수용하지 않아 어려움을 겪고 상처를 받을 수 있으므로 항상 자신의 사고와 행동이 상황에 부합하는지 신중히 판단하려는 자세가 필요합니다. 이 유형은 일반 사무직보다는 예능 계열이나 아이들과 함께하는 직업이 맞을 수 있습니다.

방향을 종잡기 힘든 유형
No.209 CBCAB

솔직이(FC)가 강하고 화끈이(CP)와 침착이(A)가 약한 이 유형은 자신이 하고 싶은 건 해야지 직성이 풀리고 기분대로 행동하고자 하는 욕구가 강합니다. 때론 자신의 욕구를 조절하지 못하고 과한 행동을 하는 경우도 있습니다. 상황에 어긋난 행동을 해도 자신은 누구나 이럴 수 있다고 생각하지만, 주위 사람들에게는 이해받지 못할 것입니다.
또한 삶의 방향이 뚜렷하지 않고, 무엇이 자신에게 유리하고 이득이 되는지 분별해내는 사고가 부족하기 때문에 어떤 일을 해도 속은 비고 껍데기만 남는 경우가 많습니다. 이 유형은 자유분방하고 천방지축으로 행동하는 경향이 있으며 주위 사람들은 문제가 생겨도 어찌할 바를 모르고 멀리서 지켜보기만 할 뿐입니다.
자신의 행동을 돌아보고 상대방 입장도 배려하려는 자세와 함께 항상 다각도로 사고하려는 노력이 필요합니다. 어느 조직에서든 어느 정도의 절제력과 서로 융화될 수 있는 사람을 필요로 하니 타인의 관점에서 행동하려고 시도해보십시오.

과다 노출로 관심을 끄는 유형
No.210 CBCAC

솔직이(FC)가 강하고 화끈이(CP), 침착이(A), 끄덕이(AC)가 약한 이 유형은 모든 것에 가치를 두어 상대가 어떻게 판단할지 생각하지 못하고 모든 걸 보여주고자 하는 사람입니다. 가지고 있는 능력보다 스스로 더 큰 가치를 부여하고 많은 사람으로부터 주목받고 싶어 합니다. 이에 자신을 과장하거나 포장하는 일이 점차 많아질 수 있습니다.
이 유형은 자신의 수준이나 실속은 뒤로 하고 필요 이상으로 보여주고자 하는 욕구가 가득하고 자신을 향한 반응에 대해서는 크게 신경 쓰지 않는 편입니다. 일을 좋아하지 않아 한 가지 일을 차분하게 계속하지 못합니다. 스스로 인생을 평탄하지 않게 만들 수 있으므로 자신을 잘 관리해야 합니다.
또한 겸손한 자세와 자기절제가 필요합니다. 끈기가 부족하고 일에 대한 흥미가 없다는 것이 이 유형의 가장 큰 약점입니다. 먼저 자신이 좋아하고 능력을 보여줄 수 있는 일을 찾아 관심을 가져보십시오.

바람 부는 대로 흘러가는 유형
No.211 CBCBA

끄덕이(AC)가 강하고 화끈이(CP)와 침착이(A)가 약한 이 유형은 가는 방향이 어디인지 모르고 한없이 가고 있는 사람입니다. 인생에 대한 계획이나 준비 없이 순간마다 주어진 환경이나 결과에 적당히 맞춰 살아가는 생활방식이 이 유형에게는 편안할 수 있습니다. 주위 사람들의 기분이나 필요를 잘 살피지만 삶의 가치와 목표 의식에는 신경 쓰지 않는 편입니다.

이 유형은 판단력이 얕고 매사를 안일하게 생각하며 적극적으로 해결하려는 노력도 부족합니다. 어떤 문제가 발생하면 자신에게 문제가 있다고는 생각하지 않고 주위 환경이나 사람들 때문에 상황이 좋지 않았다고 자기위로를 하면서 모면하려고 합니다. 따라서 매사 책임감 있는 자세가 요구됩니다.

또한 인생의 목표나 계획을 가지고 명확한 길을 향해 가려는 노력이 중요합니다. 먼저 조용한 곳에서 차분하게 자신의 인생 로드맵을 그려보길 바랍니다. 가고자 하는 방향이 뚜렷하지 못하면 좋은 환경이 주어져도 성공하기 힘들 수 있습니다.

뒤에서 따라가기만 하는 유형
No.212 CBCBB

화끈이(CP)와 침착이(A)가 약한 이 유형은 스스로 내세울 만한 것이 없다고 생각하고 위축되는 경우가 있으나 주위 사람들로부터 문제가 있다고 평가받거나 미움을 받는 일은 없을 것입니다. 이 유형의 가장 큰 문제는 앞서가는 것보다 뒤에서 과욕을 부리지 않고 적당한 선만 지키면 문제없다는 식의 생활방식을 갖고 있다는 것입니다.

이 유형은 상대와 발을 맞추며 걸어가지 못하고 상황에 따라 자신이 주도적으로 이끌어가야 하는 경우에도 최대한 뒤에서 따라가려고만 합니다. 책임감도 부족하고 때로는 타인을 불편하게 하는 경우도 있습니다. 다행히 그 행동이 별다른 목적이나 의미가 있는 것이 아니라는 것을 알기에 거부하거나 멀리하지도 못하게 만듭니다.

자신의 미래를 위해 책임감을 높이고 소신을 갖고 매사 이성적으로 행동하려는 노력이 필요합니다. 항상 맡은 일은 깔끔하게 마무리하겠다는 의지를 굳건히 하기 바랍니다.

부드러우나 아둔한 유형
No.213 CBCBC

화끈이(CP), 침착이(A), 끄덕이(AC)가 약한 이 유형은 정(情)이 있어 상대를 헤아려주는 마음이 있고 자신도 어느 정도는 즐길 줄 아는 사람입니다. 하지만 신중하게 행동하지 못하고 실수가 많은 편이며, 타인을 배려하다가도 자신의 주관을 굽히지 않고 청개구리같이 행동할 수도 있습니다. 이는 평탄한 인생을 두고 힘든 길로 가게 하는 큰 결점이 될 수 있습니다.

이 유형의 또 다른 특징은 의지가 약하고 현명하게 판단하거나 행동하는 면이 부족하다는 것입니다. 이로 인해 매사 뜻대로 되지 않아 스스로 힘들 수 있습니다. 세상에 완전한 사람은 없습니다. 하지만 세상과 융화하기 위해서 자신의 부족한 점을 개선하려는 노력은 필요합니다.

배려심이나 이해심은 강점으로 어필하면 좋겠습니다. 반드시 이루겠다는 의지가 약해 중도에 포기해버리지 않도록 의지를 굳건하게 하세요.

너무 쉽게 포기하는 유형
No.214 CBCCA

끄덕이(AC)가 강하고 화끈이(CP), 침착이(A), 솔직이(FC)가 약한 이 유형은 타인에게 무조건 맞추려는 경향이 높습니다. 하지만 타인은 적절한 시간, 장소, 대상인지 구분하지 못하고 필요 이상으로 상대에게 굽히고 맞춘다고 생각할 수 있습니다. 자신이 좋아하는 것이나 즐거운 것에는 그다지 관심이 없고 상대의 기분만을 살피며 아무 문제 없이 평탄하기만을 바라는 유형입니다.

이 유형은 주도적으로 의사를 피력하거나 상대가 원하지 않는 일은 하지 않으려고 합니다. 또한 추구하고자 하는 이상이 없고 일을 완수하겠다는 책임감도 부족합니다. 적절한 판단을 내려야 하는 상황이 있다면 크게 욕심내지 않고 스스로 낮은 한계선을 정하고 만족해하며 깊게 생각하지 않는 경향도 있습니다.

이 유형의 강점은 상대의 기분을 잘 파악하고 맞춰준다는 것입니다. 하지만 상대는 자칫 줏대 없다고 느낄 수 있으니 적절한 선을 조절해야 합니다.

현재에 안주하는 유형
No.215 CBCCB

화끈이(CP), 침착이(A), 솔직이(FC)가 약한 이 유형은 일상의 소소한 것들만 있어도 만족해하는 소박한 사람입니다. 인생에 큰 욕심이 없고 더 좋은 위치로 올라서기 위한 강한 포부와 열정이 희박합니다. 이 유형은 지금 이 순간 심신이 편안하다고 느끼면 자신을 둘러싸고 있는 현실과 다가오는 미래에 대해서는 그다지 관심이 없고 신경 쓰지도 않습니다.

정말 신중하게 처신해야 하는 중대한 문제일지라도 그게 오늘의 일이 아니고 시간의 여유가 있으면 당장 심각성을 인지하지 못할 때가 많아 때때로 뒤돌아보고 후회하는 경우가 있습니다. 인생은 항상 거친 파도가 치는 바다와 같습니다. 잔잔한 파도만 즐길 수 없고 거센 파도에 대비하는 준비가 필요하듯이 매사 멀리 보려고 노력하고 힘든 일에도 도전한다면 또 다른 미래가 펼쳐질 것입니다.

이 유형은 가장 먼저 현실에 안주하려는 마음을 조심해야 합니다. 조직에서는 이런 사람을 환영하지 않습니다. 열정과 열의를 갖고 인생의 목표를 세우는 것이 우선입니다.

세상으로 들어가기 힘든 유형
No.216 CBCCC

화끈이(CP), 침착이(A), 솔직이(FC), 끄덕이(AC)가 약한 이 유형은 세상과 잘 융화되기 위해서 많이 노력해야 하는 사람입니다. 의지력이 약해 스스로 결단을 잘 내리지 못합니다. 이성적이고 현실적인 사고가 부족해 효율적인 방법이나 결과가 나오지 못하는 경우가 많습니다. 인간적인 따뜻한 마음은 어느 정도 있지만 마음의 문을 열지 못하고 이중 삼중으로 닫아걸고 있을 가능성이 높습니다.

또한 자신 또는 타인의 감정을 잘 느끼거나 표현하지 못해 정서가 다소 불안정할 수 있습니다. 이로 인해 대인관계가 순조롭지 않을 수도 있습니다. 이런 단점을 개선하기 위해 노력하지 않는다면 원만한 대인관계를 맺지 못하고 스스로 세상과 멀어지게 됩니다.

사회생활을 잘하기 위해서는 먼저 사회성을 길러야 합니다. 상황에 따라 다른 사람들은 어떻게 생각하고 행동하는지 배우려고 노력해야 합니다. 또한 상대의 기분을 맞추면서 가깝게 지내도록 하고 자신을 즐길 줄도 알아야 합니다.

자기 중심으로 세상을 보는 유형
No.217 CCAAA

침착이(A), 솔직이(FC), 끄덕이(AC)가 강하고 화끈이(CP)와 포용이(NP)가 약한 이 유형은 마치 어린아이와 같이 호기심도 많고 자유분방하지만 이치를 명확히 파악하고자 하는 사고력을 갖추고 있습니다. 또한 밝고 활동적이며 애정표현도 잘하는 편입니다.

하지만 상대를 너그럽게 이해하거나 배려하는 마음이 많이 부족하고 때로는 자기중심적인 경우도 있습니다. 타인의 잘못이나 문제점을 지나칠 정도로 너무 잘 발견하고 이를 그냥 넘기지 못하고 있는 그대로 표현합니다. 문제는 신중함이 부족하고 단순한 사안도 가볍게 넘기지 못하는 경우가 많다는 것입니다. 그래서 주위 사람들이 기분 나빠하며 불편한 심기를 드러내는 경우도 있습니다.

사리분별력이 뛰어나고 상당히 명석하기 때문에 이런 강점을 살릴 수 있는 직업을 알아보는 것이 좋습니다. 하지만 자신의 기분대로 행동하고 상대를 배려해주는 관대한 마음이 부족한 것은 약점이므로 개선하려고 노력해야 합니다.

자기 방식만 생각하는 유형
No.218 CCAAB

침착이(A)와 솔직이(FC)가 강하고 화끈이(CP)와 포용이(NP)가 약한 이 유형은 고요한 정적을 불편해하며 활동적인 환경에 편안함을 느끼는 사람입니다. 하지만 사회적 관계를 잘 맺으려는 마음이 크지 않고 관심을 기울이지도 않습니다. 타인이 자신을 존중하지 않는다고 판단하면 다소 민감하게 반응하기도 합니다. 또한 환경을 고려하지 않고 너무 심각하게 생각하는 경향도 있습니다.

세상이 일반적인 상식선을 넘어 문제가 되더라도 자신과는 무관하다고 생각하며 주변 상황이나 사람들과의 관계를 중요하게 생각하는 마음도 없는 편입니다. 따라서 상대에게 선뜻 배려한다거나 마음으로 도움을 주려는 행동을 잘 하지 않습니다.

상대가 의식하지 못할 정도로 잘 모면하는 능력이 있어 주위 사람들이 이 유형의 단점을 파악하지 못할 수도 있지만, 앞으로의 일은 모릅니다. 미래의 자신을 위해서라도 세상에 관심을 갖고 다가서려는 자세가 필요합니다.

자신만의 세상에서 사는 유형
No.219 CCAAC

침착이(A)와 솔직이(FC)가 강하고 화끈이(CP), 포용이(NP), 끄덕이(AC)가 약한 이 유형은 일의 이치를 정확하게 파악하고자 하며 현실적이고, 논리적인 면이 강합니다. 하지만 극히 주관적이고 직관적입니다. 이 유형은 자신을 둘러싼 주변 환경이나 사람들에게 관심을 갖거나 어울리고자 하는 의지가 없는 편입니다.

이 유형은 자신에게 이득이 되거나 유리한 것이 무엇인지는 관심이 많으나 상대의 입장이나 상황을 고려하는 능력은 많이 부족합니다. 때로는 냉담하고 독선적이기까지 합니다. 책임감이 부족해 자신의 문제임에도 마무리하려는 의지가 약합니다.

세상을 외면해서는 살아가기 힘들므로 자신으로 향하는 마음을 조금만 내려놓고 상대로 향하는 이타적인 마음을 넓히도록 노력해야 합니다. 정확성과 논리성은 어떤 분야에서나 필요한 역량이므로 업무에서 강점으로 작용할 수 있습니다.

지켜보거나 도망가려는 유형
No.220 CCABA

침착이(A)와 끄덕이(AC)가 강하고 화끈이(CP)와 포용이(NP)가 약한 이 유형은 대부분의 일을 타인에게 위임하려는 사람입니다. 상황에 따라 사고 판단 능력이 높지만 이를 적절하게 활용하지 못하고 주위 사람들이 모든 걸 해주기만을 기대하며 믿고 의지하려는 경향이 강합니다.

이는 최선을 다해 노력하는 마음과 책임감이 약하기 때문일 수 있습니다. 어떤 경우에도 상황을 모면할 만큼 머리가 좋은 편이지만 소신을 갖고 최선을 다해 해쳐나가려는 마음과 이치에 맞게 행동하려는 자세는 부족한 편입니다. 옳고 정당한 결과라 하더라도 이를 인정하고 수용하려는 마음이 넓지 못하다는 것 또한 안타깝습니다.

이 유형은 세상으로부터 외면받을 수 있고 때로는 인생이 힘들 수 있으니 인생에 책임감을 갖고 단점을 보완하려는 노력이 필요합니다. 명석하고 정확한 판단 능력은 강점이므로 이 점을 발휘할 수 있는 일을 한다면 많은 성과를 낼 수 있습니다.

원하는 대로만 살아가는 유형
No.221 CCABB

침착이(A)가 강하고 화끈이(CP)와 포용이(NP)가 약한 이 유형은 굉장히 이성적이고 사리분별력이 강하지만 세상의 이치에 관심이 없고 상식적인 선을 벗어난 사고를 합니다. 사회가 요구하는 의무나 규칙에 신경을 쓰지 않고 주위 사람들을 위한 마음이나 다른 생각을 수용하는 자세가 부족합니다. 반면 자신이 하고 싶은 대로 살아가고자 하는 욕구가 강하고 어떻게든 편안하게 살아가기만을 바랍니다.

또한 무슨 일이든 성취하고자 하는 의지와 욕심이 부족한 편이어서 끝맺음이 매끄럽지 못한 경우도 있습니다. 자신의 의무와 책임을 다하지 못하고 자신의 욕구만을 생각하면 주위 사람들이 어느 순간 등을 돌리고 외면해 외로움을 느낄 수 있습니다.

이 유형은 남을 위한 사고와 행동에 항상 주의를 기울이고, 사회가 요구하는 것에 맞추어 살아가려는 노력이 필요합니다. 강한 사리분별력과 이성적 판단 능력이 있으므로 이 강점을 발휘할 만한 일을 한다면 좋은 결과를 만들어낼 수 있을 것입니다.

사회와 멀어지고 홀로 살 유형
No.222 CCABC

침착이(A)가 강하고 화끈이(CP), 포용이(NP), 끄덕이(AC)가 약한 이 유형은 사리분별력이 충분하지만 상황을 고려하지 않고 자신의 길만 생각하고 가고자 하는 사람입니다. 무엇을 이루고자 하는 목표가 있어서 그러는 거라면 좋겠지만 복잡하고 힘든 환경을 가까이하고 싶지 않거나 때로는 자신을 보호하기 위해서 그런 행동을 할 가능성이 높습니다. 따라서 무슨 일이든 열의와 열정이 부족하고 열심히 임하지 못하는 편이며 다소 나태할 수도 있습니다. 그래서 한곳에 집중하지 못하고 자주 이동하므로 사회생활이 다소 불안정할 수 있습니다.

이 유형에게는 규격화된 조직이 아니라 자유로운 환경에서 근무하는 것이 잘 맞습니다. 폭넓은 사회생활을 위해서는 타인의 일에 관여하거나 관심을 갖는 것이 부족하지는 않은지 점검하고 주위 사람과 원활하게 교류하도록 노력해야 합니다. 또한 우선순위를 정해 더 중요한 일에 집중하고 달성하려는 적극적 자세가 필요합니다.

세상 밖에 불안하게 서 있는 유형
No.223 CCACA

침착이(A)와 끄덕이(AC)가 강하고 화끈이(CP), 포용이(NP), 솔직이(FC)가 약한 이 유형은 현실적인 사고로 판단하고 자신의 기분을 즐기는 것이 힘든 사람입니다. 안정적으로 살아갈 수 있는 삶의 방향을 현실과는 멀리 떨어진 곳에서 찾으려고 합니다. 명석하고 세심한 면이 있지만 이를 자유로이 표출하지 못하고 이상이나 책임감이 부족해 매사 안일한 자세로 임하며 아무런 탈 없이 무사하게 지내는 것에만 관심이 많습니다.
또한 누구와 어울리면서 즐기는 것도 힘들어하고 상대에 대한 배려심이나 이해심이 많지 않아 인간관계가 원활하지 않습니다. 삶의 의미를 현실이 아닌 다른 세상에서 찾고 있어 평범하게 살아가는 것이 매우 힘든 유형입니다.
이 유형은 자신이 속한 세상에 관심을 갖고 소신과 책임감으로 세상과 융화되기 위한 노력이 필요합니다. 사회인으로서 책임감은 매우 중요합니다. 먼저 책임감 있는 자세를 갖추도록 노력하기 바랍니다.

어둠 속으로 스스로 들어가는 유형
No.224 CCACB

침착이(A)가 강하고 화끈이(CP), 포용이(NP), 솔직이(FC)가 약한 이 유형은 주의 깊게 사고하고 명석하게 판단하는 능력이 높은 편이지만 이를 행동으로 옮기는 실행력이 부족한 사람입니다. 인생을 즐기는 것도 힘들어하고 즐기고자 하는 의지도 약합니다. 또한 모든 면에서 소극적이고 생동감과 에너지가 부족한 편입니다. 주위 사람들에게 성격이 다소 어두우며 자신감이 없다는 느낌으로 비칠 수 있습니다.
만약 이 유형의 이런 면이 지속된다면 세상의 관심 밖으로 점차 밀려나고 그로 인해 상처받는 경우가 있을 수 있겠지요. 문제는 이렇게 상처를 받으면 높은 사고 판단력으로 심각하게 받아들이기 때문에 더욱 실망해 자신을 포기할 수 있다는 것입니다.
이 유형은 매사에 적극적으로 임하고 밝은 성격을 갖추도록 노력한다면 또 다른 세상을 만나게 될 것입니다. 뛰어난 실력이 있고 보여줄 재능이 많이 있다 하더라도 자신감이 없고 의욕이 보이지 않는 사람은 사회에서 원하지 않습니다. 먼저 자신감을 갖고 긍정적인 사고와 의욕적인 삶의 자세를 갖추도록 노력해야 합니다.

생각은 가득하나 멈춰 있는 유형
No.225 CCACC

침착이(A)가 강하고 화끈이(CP), 포용이(NP), 솔직이(FC), 끄덕이(AC)가 모두 약한 이 유형의 강점은 논리적이고 합리적으로 사고한다는 것입니다. 전체를 관망해 움직임의 변화를 명확히 파악하고 어떻게 하는 것이 더 나은지 그 방향성도 지각하고 있습니다. 하지만 이런 부분을 행동으로 옮기지 못하고 그대로 묻는 것은 아쉬운 점입니다.

또한 하고자 하는 의지와 욕심도 그리 높지 않아 좋은 결실을 맺지 못하는 편입니다. 이는 남에게 싫은 말을 하지 않고 책임감이 부족해 매사 적극적이지 못하는 수동적인 성격 때문에 사회적으로 융화되지 못해 무엇을 해도 불안정하기 때문일 것입니다.

이 유형은 논리력과 명석한 두뇌라는 강점이 있습니다. 이런 자신의 강점을 살린다면 분명 멋진 결실을 맺을 수 있습니다. 매사 생각으로 가득한 것을 행동으로 옮기려는 실행력과 책임감을 갖고 적극적으로 행동하고자 하는 노력이 필요합니다.

유아적인 자아가 강한 유형
No.226 CCBAA

솔직이(FC)와 끄덕이(AC)가 강하고 화끈이(CP)와 포용이(NP)가 약한 이 유형은 무엇이든 스스로 하기보다는 누군가에게 의지하려는 경향이 강한 사람입니다. 자신을 이끌어주고 의지할 사람이 없으면 흘러가는 대로 자신을 내버려둘 수 있는 유형입니다.

이 유형은 가치판단과 세상을 바라보는 관점이 다소 어른스럽지 못하고 유아적일 가능성이 있습니다. 그로 인해 사람들로부터 버림받는 것을 두려워해 항상 상대의 기분을 맞추려 합니다. 때로는 필요 이상으로 맞추려는 경우도 있습니다. 확고한 소신과 씩씩한 기상이 부족해 누군가에게 외면당해도 자신의 문제나 책임이라고 생각하지 않고 이런저런 이유로 포장하기도 합니다.

또한 인생에 대한 목표나 이상이 없는 편이며 사명감이나 책임감도 희박하고 주위 사람들을 향한 인정과 정의감도 부족하다는 것이 안타깝습니다. 강한 의지와 소신, 책임감 있는 자세로 자신을 이끌어가려는 노력이 필요합니다.

자신의 즐거움만을 찾는 유형
No.227 CCBAB

솔직이(FC)가 강하고 화끈이(CP)와 포용이(NP)가 약한 이 유형은 인생은 즐거워야 한다는 생각이 크며 일하는 것을 그리 좋아하지 않는 사람입니다. 자신의 기분이 우선이며 즐기는 것에만 집중하는 유형입니다. 주변의 상황이나 여건이 어떻든 크게 개의치 않는 편이고 기본적인 의리와 인정 어린 마음은 미약하고 또한 그러한 부분에 그다지 관심이 없을 가능성이 높습니다.

자신의 즐거움만을 생각하고 사회정의나 책임감도 부족해 주위 사람들에게 자칫 자신밖에 모르는 사람으로 인식될 수 있습니다. 단점을 극복하려는 노력이 없다면 사회와 세상으로부터 외면받을 수 있으며, 주변에 힘이 되어주는 사람과 점차 멀어져 결국에는 쓸쓸함과 외로움을 느낄 수 있습니다.

자신을 변화시키는 것이 쉽지 않겠지만 안일함을 버리고 사회의 이치를 따르려 하며 주위를 둘러보고 타인과 함께한다면 더 멋진 미래를 만들 수 있습니다.

쉽고 즐겁게 살고자 하는 유형
No.228 CCBAC

솔직이(FC)가 강하고 화끈이(CP), 포용이(NP), 끄덕이(AC)가 약한 이 유형은 자유분방하고 기분대로 행동하는 면이 있어 상황에 크게 구애받지 않고 자신이 하고 싶은 건 뭐든지 하는 사람입니다. 또한 의지와 끈기가 부족하고 노력보다 더 큰 대가를 바랍니다. 다소 안일한 자세로 힘든 일을 하는 것을 좋아하지 않으며 어떻게 하면 마음껏 쓸 수 있는 돈을 최대한 쉽고 편하게 벌 수 없을까 하는 생각만 합니다.

문제는 현실에서 그렇게 쉽고 편한 일을 구하기 힘들다고 판단해 불로소득으로 일확천금을 노리는 비정상적인 일에 현혹당하기 쉽다는 것입니다. 세상은 내가 바라는 대로 쉽게 돌아가지 않습니다. 열심히 노력하고 발로 뛰는 만큼 내가 바라는 세상과 가까워질 뿐입니다.

또한 즐기는 것은 좋으나 주변도 돌아보고 배려하는 자세도 필요합니다. 자신에게 지나치게 관여하지 않고 타인에게 크게 신경 쓰지 않아도 되는 자유로운 환경이 이 유형에게는 맞을 수 있습니다.

남에게 의존하며 살아가는 유형
No.229 CCBBA

끄덕이(AC)가 강하고 화끈이(CP)와 포용이(NP)가 약한 이 유형은 타인을 배려하고 상대의 입장에서 생각하려는 마음이 부족합니다. 또한 이상(理想)을 향한 열정이 상당히 낮은 편입니다. 이 유형은 자립하려는 의지가 약하고 타인에게 지나치게 의존하려는 경향이 높다는 것이 큰 특징입니다. 미래를 스스로 개척하고 책임감 있게 처신하는 자세는 이 유형에게 매우 어렵고 힘든 일입니다.

이로 인해 주변에 힘이 있는 사람을 지나치게 믿고 의지하며 어떠한 일도 스스로 찾아서 하지 않으려는 경향이 있습니다. 이 유형은 올바른 행동이나 사회인으로서 자립하는 방법이 무엇인지에 대해서는 관심이 없고 어떻게 하면 쉽고 편하게 살 수 있을지에만 신경을 씁니다.

자립심을 키우기 위해 노력하는 한편 미래를 위한 생각으로 현명하게 판단하기 바랍니다. 누군가를 이끌고 주도하는 일은 이 유형에게는 힘들 수 있습니다. 무엇이 되고 싶은지 무엇을 잘할 수 있을지 생각해보고 이루고자 하는 간절한 의지를 굳건히 하세요.

오직 자기 길로만 가는 유형
No.230 CCBBB

화끈이(CP)와 포용이(NP)가 약한 이 유형은 상대에게 피해를 주거나 심한 행동을 하지는 않지만 사회인으로서 기본적인 도덕이나 규칙을 잘 지키려 하지 않고 다소 거칠고 자기 위주의 행동으로 살아갈 수 있는 사람입니다. 하지만 욕망을 강하게 드러내거나 나쁜 상황에 쉽게 빠져들지는 않고 잘못된 생각은 결코 하지 않습니다.

이 유형은 사회적으로 맺을 수 있는 사람들과의 관계에 그다지 관심이 없으며 의리와 인정에 신경을 쓰지 않으려 하고 자신이 하고 싶은 대로 살면 그것으로 만족해하는 편입니다. 그러나 사회질서나 상식을 벗어날 수 있기 때문에 스스로 관리하지 않는다면 훗날 땅을 치고 후회하는 일이 생길 수도 있습니다.

사회질서를 지키려 노력하고 상대방 중심으로 행동하려는 자세가 필요합니다. 타인과 융화하려는 태도와 타인에게 관심을 가지려는 노력을 기울여보세요. 자유로운 환경에서 근무하는 것이 편안할 수 있으나 조직의 룰을 지키려는 자세도 중요합니다.

마음이 꼬여 있는 자기 위주 유형
No.231 CCBBC

화끈이(CP), 포용이(NP), 끄덕이(AC)가 약한 이 유형은 시야가 넓지 못하고 눈앞만 보는 경향이 있습니다. 사회인으로서 갖추어야 할 기본 도리는 뒤로 하고 '어떻게 되겠지'라는 안일한 생각으로 살아갈 수 있는 유형입니다. 자신의 뜻대로 하고자 하는 마음이 강해 타인이 민감한 반응을 보이면 누구도 감당하기 어려울 정도로 기분대로 행동하는 경향이 있습니다.

이 유형의 사람들은 세상을 무서워하지 않습니다. 일반적인 사람과는 다르게 사람들로부터 많은 상처와 아픔을 겪어 더 이상 무서울 것이 없습니다. 안 좋은 방향으로는 인생을 쉽게 포기할 수 있으므로 상황을 감당하기 힘들고 조절이 어렵다면 주변의 도움을 받아보십시오.

이 유형은 대부분 자의든 타의든 너무 앞만 보고 달리기만 하고 때로는 인생의 의미도 상실할 정도로 지쳐버려 행복의 가치도 모르고 살아갑니다. 따라서 지나치게 한쪽으로 기울어지는 생활방식을 버리는 것이 삶을 무난하게 사는 방법일 수 있습니다.

남이 이끌어주기 바라는 유형
No.232 CCBCA

끄덕이(AC)가 강하고 화끈이(CP), 포용이(NP), 솔직이(FC)가 약한 이 유형은 타인의 의향대로 움직이는 것이 편안한 사람입니다. 본능적 욕망은 억누르고 즐길 줄도 모릅니다. 다소 소극적이며 밝지 못하고 어두운 성격일 가능성이 큽니다.

이 유형은 모든 것을 타인의 의사에 따라 진행하고자 하며 자신의 의지를 반영하는 경우는 거의 없습니다. 이는 두려움으로 인한 것일 수 있습니다. 자신이 나서서 의사를 표현하지 않는다는 것입니다. 이렇게 함으로써 자신의 책임이 아니라는 생각에 안심할 수 있기 때문입니다.

이 유형은 타인에게 지나치게 의존하는 경향이 있습니다. 문제는 자칫 수동적인 사람, 쉽게 볼 수 있는 사람으로 비칠 수 있다는 것입니다. 사리분별력을 높이려는 노력은 밝은 미래를 위해 선행되어야 합니다. 밝고 긍정적인 자세로 자립심과 적극성, 자신감을 가지려고 노력해야 합니다.

웅크리고 미동도 하지 않는 유형
No.233 CCBCB

화끈이(CP), 포용이(NP), 솔직이(FC)가 약한 이 유형은 무언가 하고 싶고, 되고 싶다는 의지도 없고, 욕구나 욕망도 찾아보기 힘듭니다. 마치 검은 먹구름 속에서 나오지 못하고 갇혀 있기만 하는 유형으로 주위 사람에게 어두운 사람으로 보일 수 있습니다. 사회인으로서의 의무와 책임감, 의리와 인정도 상당히 부족할 수 있습니다.

이 유형은 어느 정도 상대방을 배려하는 마음과 이성적인 사고 능력으로 적당한 선에서 상황을 모면하면서 살아갑니다. 인생이라는 무대에 모습을 드러내는 것을 원하지 않으며 최대한 보이지 않는 곳에서 무의미하게 시간을 보내고 있을 가능성이 큽니다.

이렇게 하다가는 인생의 저편으로 떨어져나가 다시는 올라오기 힘들 수 있습니다. 삶의 열의와 열정을 갖고 멋진 미래를 개척하려는 노력이 중요합니다. 일에 대한 의욕이 없이는 성공하기 힘듭니다. 어떤 일이든 열의와 열정을 갖고 책임감 있게 대하는 자세가 중요합니다.

정상적인 사회생활이 힘든 유형
No.234 CCBCC

화끈이(CP), 포용이(NP), 솔직이(FC), 끄덕이(AC)가 약한 이 유형은 어느 정도 사리분별력은 있지만 사회생활을 하기 위해서는 많은 부분에서 개선이 필요합니다. 의지가 상당히 약하고 상대를 생각하거나 배려하는 마음도 많이 부족합니다. 때로는 굉장히 차갑고 냉담하게 상대를 대하기도 합니다.

사람들과 가까이 지내는 것을 불편해하며 종종 적개심을 보이고, 돌발적으로 반항적인 태도를 보일 때도 있습니다. 자신의 감정을 자유로이 표현하지 못하고, 정신적으로도 심한 늪에 빠져 밖으로 나오지 못하고 있는 유형입니다. 스스로 이를 극복하기에는 힘들 수 있습니다. 혼자서 벗어나기 힘들다면 누군가의 도움을 받아보는 것도 좋은 방법입니다.

이 유형에게는 여러 부분에서 변화하려는 의지가 필요합니다. 먼저 일에 대한 의욕이 없이는 성공하기 힘듭니다. 어떤 일이든 열의와 열정을 갖고 책임감 있는 자세로 대하는 것이 매우 중요합니다. 또한 사람들과도 어느 정도 관계를 맺으려 의도적으로 노력해야 합니다.

앞뒤 구분 못하는 불나방 유형 1~3

No.235 CCCAA, No.236 CCCAB, No.237 CCCAC

이 세 가지 유형들은 첫 번째, 합리적인 사고 능력이 떨어져 상황 판단력이 낮을 수 있습니다. 두 번째, 사회인으로서 가져야 하는 사회적 규범이나 가치관에서 나오는 정의감, 사명감, 윤리의식이 결여되어 있을 확률이 높습니다. 그뿐만 아니라 사람을 배려하는 능력 또한 부족해 자기 방식대로만 살아가려고 합니다.

이 유형은 다른 사람에게 지나치게 의존하거나 반대로 고립되어 생활하면서 민폐를 끼치는 경우가 많습니다. 특히 자신의 감정에 충실하고 에너지가 넘쳐 쾌락이 삶의 목표이기 때문에 자신의 즐거움을 빼앗는 상황이나 사람에게 공격적일 수 있습니다.

이런 유형은 침착이(A)를 높여서 현실감각을 키워주고 자신의 감정을 자제하는 능력과 함께 화끈이(CP)와 포용이(NP)를 높여서 사회적 도덕성과 규범을 익혀가는 것이 급선무입니다.

자기 존재마저 찾기 힘든 유형 1~6

No.238 CCCBA, No.239 CCCBB, No.240 CCCBC
No.241 CCCCA, No.242 CCCCB, No.243 CCCCC

이 여섯 가지 유형들은 주체성 없이 눈치로 살아가기 때문에 사회생활이 힘든 사람들입니다. 다른 사람들과 섞여 있지만 투명인간처럼 존재가치를 무시당하고 인정받지 못하는 경우가 많습니다. 이 유형의 사람은 정신적으로도 육체적으로도 매우 낮은 수준의 에너지밖에는 사용하지 못합니다.

사회나 사람에 대한 관심도 없고 심지어는 자신에게조차도 관심이 없습니다. 현실의 세계와는 격리되어 자신만의 세계에 틀어박혀 있습니다. 자기 자신의 존재마저도 의식하지 못하는 안타까운 유형입니다.

이 유형들에게는 이성, 책임감, 배려, 합리성을 찾아보기 힘들며, 감정 표현 능력조차도 떨어져 의사소통에 어려움을 겪기도 합니다. 자아의 모든 에너지가 미약하기 때문에 어떤 일도 잘 풀리지 않습니다. 그렇기 때문에 침착이(A)를 높여서 자기를 성찰하고 삶의 의미를 찾는 것이 급선무입니다.

personality

"성향별 대표적인 인간유형"

• 신중형: 완벽주의 지향 유형(No. 31)

이 유형은 이상이 원대한 합리주의자로, 마음먹은 대로 행동하는 분명하고 깔끔한 사람입니다. 매사에 척척 해내겠다는 의지는 왕성하지만 주위를 지나치게 배려하는 마음 때문에 그런 의지에 브레이크를 걸 때가 있습니다.

• 주도형: 보스가 되고 싶은 유형(No. 38)

이 유형은 상대방의 행동에 대해서는 비판적이면서도 자기 자신을 적극 주장하려고 합니다. 남에게 맞추기보다는 자기중심적인 행동을 많이 합니다. 에너지가 높아서 어느 자리에서든지 눈에 띌 수밖에 없습니다. 그만큼 활발하며 밝은 성격을 지녔고 사람과의 관계를 중요시합니다.

• 이상형: 긍정 에너지 충만 유형(No. 83)

이 유형은 전체적으로 균형을 이루고 있는 최상의 긍정 에너지를 발산하는 사람입니다. 어느 한 부분에 한정된 역량을 지니고 있는 것이 아니라 다방면에서 긍정 에너지가 충만합니다. 타인을 향한 배려심, 균형미 있는 현실감각, 분위기를 활력 있게 만드는 유쾌함, 적절한 친화력에 믿음직한 리더의 역량까지 고루 갖췄습니다.

• 사교형: '우리 모두 즐겁게' 유형(No. 92)

이 유형은 관대하고 개방적이며 인간관계가 원만합니다. 자신과 주변 사람 모두가 즐겁기를 바라는 사람입니다. 형식적인 체면치레를 싫어하고 고집과 치기를 앞세우거나 허영을 부리는 경우도 없습니다. 자신의 감정에 솔직하고 다른 사람의 말에 귀 기울일 줄 아는 개방형 인간입니다.

• 안정형: 배려심 많은 착한 사람 유형(No. 94)

이 유형은 타인 중심적으로 생각하고 행동합니다. 배려심이 지나쳐 다른 사람의 눈치를 보고 행동하거나 상대에게 의지하려는 소극적인 성격입니다. 정이 많고 다른 사람을 먼저 배려하는 착한 사람 콤플렉스가 있습니다. 이 유형의 사람이 즐겁게 살고 성공하기 위해서는 부적절한 부탁을 거절하는 연습이 필요합니다.

personality

“ 혁신이 꼭 필요한 인간유형 ”

• 삶의 즐거움 상실 유형(No. 152)

이 유형은 부정적인 마음이 강해 인생의 즐거움을 찾지 못하고 사는 사람입니다. 이상과 목적을 이루기 위한 뚜렷한 목표 의식이 없고 도전보다는 쉽게 체념하고, 해결보다는 도피하는 성향이 높아 안일한 생활을 하고 있을 가능성이 큽니다. 좀 더 성장하려는 마음보다 지금 이대로의 상황에 갇혀 살아가는 유형입니다.

• 문제 존재조차 모르는 유형(No. 159)

이 유형은 무언가 큰 문제를 일으킬 만큼 에너지를 발산하지 않는 사람입니다. 본인이 생각지도 못한 작은 일이 큰 문제로 번지는 경우가 있습니다. 이 유형은 기본적으로 마음이 얼음처럼 차갑고, 반항하고자 하는 태도가 있으며 독선적이고 사리분별력이 낮습니다.

• 우물 안 개구리 유형(No. 204)

이 유형은 때때로 주변 상황을 고려하지 않고 자기중심적으로 적당히 즐거운 일만 하면서 살아가길 원합니다. 스스로 한계를 만들어서 높은 곳을 향하려는 의지를 막고 이 정도면 됐다고 자기만족하는 사람입니다. 문제는 인생의 중요한 기로에 있다거나 결정의 순간이 왔을 때 먼저 부정적인 생각을 하며 의기소침해하고 포기한다는 점입니다.

• 부드러우나 아둔한 유형(No. 213)

이 유형은 상대를 헤아려주는 마음이 있고 자신도 어느 정도는 즐길 줄 아는 사람입니다. 하지만 신중하게 행동하지 못하고 실수가 많은 편이며, 타인을 배려하다가도 자신의 주관을 굽히지 않고 청개구리같이 행동할 수도 있습니다. 이는 인생이 평탄한 길로 가지 못하고 힘든 길로 가게 만드는 큰 결점이 될 수 있습니다.

• 현재에 안주하는 유형(No. 215)

이 유형은 일상의 소소한 것들만 있어도 만족해하는 소박한 사람입니다. 인생에 큰 욕심이 없고 보다 좋은 위치로 올라서기 위한 포부와 열정이 희박합니다. 이 유형은 지금 이 순간 심신이 편안하다고 느끼면 만족하고 다가오는 미래가 어떻게 될지에 대해서는 관심도 없고 신경도 쓰지 않습니다.

에고그램 성격유형 조견표 1

AA

AAAAA......No.001
AAAAB......No.002
AAAAC......No.003
AAABA......No.004
AAABB......No.005
AAABC......No.006
AAACA......No.007
AAACB......No.008
AAACC......No.009
AABAA......No.010
AABAB......No.011
AABAC......No.012
AABBA......No.013
AABBB.......No.014
AABBC.......No.015
AABCA......No.016
AABCB.......No.017
AABCC.......No.018
AACAA......No.019
AACAB......No.020
AACAC......No.021
AACBA......No.022
AACBB.......No.023
AACBC......No.024
AACCA......No.025
AACCB.......No.026
AACCC.......No.027

AB

ABAAA......No.028
ABAAB......No.029
ABAAC......No.030
ABABA......No.031
ABABB.......No.032
ABABC.......No.033
ABACA......No.034
ABACB.......No.035
ABACC.......No.036
ABBAA......No.037
ABBAB.......No.038
ABBAC.......No.039
ABBBA.......No.040
ABBBB.......No.041
ABBBC.......No.042
ABBCA.......No.043
ABBCB.......No.044
ABBCC.......No.045
ABCAA......No.046
ABCAB.......No.047
ABCAC......No.048
ABCBA.......No.049
ABCBB.......No.050
ABCBC.......No.051
ABCCA......No.052
ABCCB.......No.053
ABCCC.......No.054

AC

ACAAA......No.055
ACAAB......No.056
ACAAC......No.057
ACABA......No.058
ACABB.......No.059
ACABC......No.060
ACACA......No.061
ACACB.......No.062
ACACC......No.063
ACBAA......No.064
ACBAB.......No.065
ACBAC.......No.066
ACBBA.......No.067
ACBBB.......No.068
ACBBC.......No.069
ACBCA......No.070
ACBCB.......No.071
ACBCC.......No.072
ACCAA......No.073
ACCAB.......No.074
ACCAC......No.075
ACCBA.......No.076
ACCBB.......No.077
ACCBC.......No.078
ACCCA......No.079
ACCCB.......No.080
ACCCC.......No.081

에고그램 성격유형 조견표 2

BA

BAAAA No.082
BAAAB No.083
BAAAC No.084
BAABA No.085
BAABB No.086
BAABC No.087
BAACA No.088
BAACB No.089
BAACC No.090
BABAA No.091
BABAB No.092
BABAC No.093
BABBA No.094
BABBB No.095
BABBC No.096
BABCA No.097
BABCB No.098
BABCC No.099
BACAA No.100
BACAB No.101
BACAC No.102
BACBA No.103
BACBB No.104
BACBC No.105
BACCA No.106
BACCB No.107
BACCC No.108

BB

BBAAA No.109
BBAAB No.110
BBAAC No.111
BBABA No.112
BBABB No.113
BBABC No.114
BBACA No.115
BBACB No.116
BBACC No.117
BBBAA No.118
BBBAB No.119
BBBAC No.120
BBBBA No.121
BBBBB No.122
BBBBC No.123
BBBCA No.124
BBBCB No.125
BBBCC No.126
BBCAA No.127
BBCAB No.128
BBCAC No.129
BBCBA No.130
BBCBB No.131
BBCBC No.132
BBCCA No.133
BBCCB No.134
BBCCC No.135

BC

BCAAA No.136
BCAAB No.137
BCAAC No.138
BCABA No.139
BCABB No.140
BCABC No.141
BCACA No.142
BCACB No.143
BCACC No.144
BCBAA No.145
BCBAB No.146
BCBAC No.147
BCBBA No.148
BCBBB No.149
BCBBC No.150
BCBCA No.151
BCBCB No.152
BCBCC No.153
BCCAA No.154
BCCAB No.155
BCCAC No.156
BCCBA No.157
BCCBB No.158
BCCBC No.159
BCCCA No.160
BCCCB No.161
BCCCC No.162

에고그램 성격유형 조견표 3

CA	CB	CC
CAAAA No.163	CBAAA No.190	CCAAA No.217
CAAAB No.164	CBAAB No.191	CCAAB No.218
CAAAC No.165	CBAAC No.192	CCAAC No.219
CAABA No.166	CBABA No.193	CCABA No.220
CAABB No.167	CBABB No.194	CCABB No.221
CAABC No.168	CBABC No.195	CCABC No.222
CAACA No.169	CBACA No.196	CCACA No.223
CAACB No.170	CBACB No.197	CCACB No.224
CAACC No.171	CBACC No.198	CCACC No.225
CABAA No.172	CBBAA No.199	CCBAA No.226
CABAB No.173	CBBAB No.200	CCBAB No.227
CABAC No.174	CBBAC No.201	CCBAC No.228
CABBA No.175	CBBBA No.202	CCBBA No.229
CABBB No.176	CBBBB No.203	CCBBB No.230
CABBC No.177	CBBBC No.204	CCBBC No.231
CABCA No.178	CBBCA No.205	CCBCA No.232
CABCB No.179	CBBCB No.206	CCBCB No.233
CABCC No.180	CBBCC No.207	CCBCC No.234
CACAA No.181	CBCAA No.208	CCCAA No.235
CACAB No.182	CBCAB No.209	CCCAB No.236
CACAC No.183	CBCAC No.210	CCCAC No.237
CACBA No.184	CBCBA No.211	CCCBA No.238
CACBB No.185	CBCBB No.212	CCCBB No.239
CACBC No.186	CBCBC No.213	CCCBC No.240
CACCA No.187	CBCCA No.214	CCCCA No.241
CACCB No.188	CBCCB No.215	CCCCB No.242
CACCC No.189	CBCCC No.216	CCCCC No.243

저자 소개

이명노 서울대학교 교육학과에서 교육심리, 단국대학교 대학원에서 인력개발을 전공했으며, 1998년 '자기주도학습에 의한 기업체교육 체제 탐색'으로 평생교육 박사학위를 취득했다. 삼성그룹 회장비서실 인사교육 담당, 삼성전자 연수팀장, 단국대학교 사범대학 교수, 사회발전연구원장 등을 역임했다. 1988년부터 현재까지 리더십교육프로그램을 통해 인재를 육성하고 사회발전에 기여하겠다는 이상을 품고 35년간 강사로 활동하고 있다. 2001년 대한민국 명강사(한국HRD협회), 2006년 대한민국 명강사(한국강사협회)로 선정되어 수상했다. 현재는 기업강사들의 공간 상임고문, ㈜The HRD 연수원 원장으로 재직하고 있다. 저서로는 『인간교류분석』『반품하고 싶은 직원, 리모델링하고 싶은 상사』『상황대응 애자일 리더십』『요즘 시대, 요즘 세대, 요즘 리더』 외 다수가 있다.

(010-3238-9078, edi212121@hanmail.net)

이명노 박사가 교류분석과 함께한 50년

1972년	교류분석을 만나다(I'm OK You're OK)
1975년	교류분석을 군 장병 인성교육에 첫 적용(해군 해병 정훈장교)
1978년	교류분석 교육훈련 프로그램 개발(삼성그룹 회장비서실 인사담당)
1984년	일본교류분석협회(JTAA) 교류분석 훈련 지도자 양성과정 수료(가노 마사노리) 삼성전자 임직원 교육에 교류분석 훈련 프로그램 적용(연수운영팀장)
1988년	사회발전연구원 한국교류분석연구소 설립 / 국제교류분석협회(ITAA) 회원 가입
1989년	에고그램 검사지 개발 / 교류분석 지도자 양성 과정 개설 운영(제1회 30명 수료)
1991년	현대그룹 인재개발원 교류분석 강사 양성 과정 실시
1992년	현대자동차 교류분석 강사 양성 과정 실시
1993년	교류분석 세일즈맨 훈련 프로그램 개발(Patric Collman)
1994년	경기도공무원교육원 교류분석 교관 양성 과정 실시
1995년	POSCO 교류분석을 활용한 대인관계 향상 과정 실시(총 25회)
1996년	중앙대학교 산업교육원 교류분석 지도자 양성 과정 실시
1997년	국제교류분석협회(ITAA) 공인 TA 101 과정 실시(PSTA Val Garfield) 국제교류분석협회 정회원 가입(CTA 자격 준비)
1998년	에고그램 검사지 수정 개발(B형) / 교류분석 교육훈련 프로그램 수정 개발 (1998년 누적 교류분석 강사 양성 과정 40회, 지도자 과정 100회 실시)
2000년	삼성테크윈 교류분석 강사 양성 과정 실시(창원)
2004년	에고그램 검사지 수정 개발(C형) / 에고그램 검사 PC 버전 진단도구 개발 에고그램 청소년 인성교육에 적용(GMSC 반포교육원)
2007년	OPE교육지기 주관 교류분석 강사 양성 과정 실시
2008년	아세아연합신학대학원 상담심리 전공자 대상 교류분석 지도자 과정 실시
2010년	에고그램 검사지 수정 개발 / 에고그램 해석 자료집 출간
2015년	The HRD 주관 교류분석 강사 양성 과정 실시
2018년	기업강사들의 공간 주관 교류분석 강사 양성 과정 실시
2021년	에고그램 검사 모바일 버전 진단도구 개발(위드플러스 공동개발)
2023년	한국교류분석강사협회 설립

임정민 서울여자대학교 언론영상학과를 졸업하고 숭실대학교 교육대학원에서 창의융합교육, 영재교육 등을 공부하며 미래 사회가 요구하는 창의융합형 수업 디자인과 인문사회, 언어 영재성에 대해 연구 중이다. 현재 임파워에듀케이션 대표이자 삼성그룹 특강 강사로 활발히 활동하고 있으며 한국경제TV 전문 패널, 한림대학교 겸임교수를 역임했고 다수의 방송에 출연했다. 교류분석 심리학을 토대로 제작한 온라인강좌는 삼성전자, 국가과학기술인력개발원, 한국전력공사, 국립중앙도서관 등 다수의 기업에서 인기를 얻고 있다. 국내 최초로 교류분석 심리학을 접목한 『어른의 대화법』이 화술 분야 1위 베스트셀러에 오르며 2022년 '올해의 책' 후보에 선정, 대만과 베트남에도 수출되었다. 두 번째 시리즈 『관계를 망치지 않는 대화법』은 '2023년 세종도서'로 선정되었다.

(02-6015-3412, empower365@daum.net, www.empoweredu.kr)

이영선 연세대학교 교육대학원 인적자원개발 석사학위를 취득했고 SK텔레콤 레인보우아카데미, 오피이교육지기 교육연구소장을 역임했다. 현재는 THE HRD 주식회사의 대표이사로 HRD 컨설팅, 교육과정 개발 및 강의를 통해 기업의 가치를 높이고 조직 구성원에게 성장의 밑거름을 제공하는 다양한 활동을 하고 있다. 2010년부터 2014년까지 연이어 한국보건복지인력개발원 우수강사, 2014년 한국표준협회 우수강사, 2014년 한국생산성본부 BEST 강사, 2022년 월간인재경영 명강사 30선에 선정되었다. 저서로는 『요즘 시대, 요즘 세대, 요즘 리더』가 있다.

(010-7126-2321, ksys2020@nate.com)

나현숙 의사코칭 및 병원교육 전문기관인 ㈜메디탑서비스연구소 대표이사로 활동하고 있다. 2014년 '의사코칭 모델 개발과 만족도 및 효과성 검증'으로 보건학 박사학위를 취득했다. 대한민국 환자경험 향상을 위해 의사코칭 모델을 창안하여 진료문화 및 의료현장의 실질적인 변화를 이루는 데 기여했다. 특히 의료계 전반에 환자중심의 병원문화 조성을 목표로 상급종합병원, 중소병원, 보건의료계열 등 수많은 보건의료분야 기관을 대상으로 컨설팅과 직원교육을 진행했다. 저서로는 『요즘 시대, 요즘 세대, 요즘 리더』가 있다.

(02-2695-7700, 홈페이지 www.meditop.kr)

오미현 한양대학교 대학원에서 인재개발교육 전공, 2010년 '리더십이 조직원의 셀프리더십에 미치는 영향'으로 교육학 석사를 취득했다. 보령제약 ㈜보령 교육 팀장, 강사로 활동했으며 현재는 코칭앤코 컨설팅 대표로 활동하고 있다. '교육은 강사, 기업, 학습자와 함께 만들어가는 것이다'라는 교육 철학을 가지고 17년째 리더십, 셀프리더십, 커뮤니케이션, 취업 등 다양한 분야에서 강사로 활동 중이다. 2021년 기업교육 명강사(인재경영)로 선정되었으며 저서로는 『소통이 힘든 당신에게』 『흥하는 자소서 망하는 자소서』 『요즘 시대, 요즘 세대, 요즘 리더』가 있다.

(010-8691-0297, 5samstory@naver.com)

배정진　　순천향대학교 법학과를 졸업하고 같은 대학 행정대학원에서 행정학 석사를 취득했다. 순천향대학교 사회과학연구소와 한국전력기술 인재개발원을 거쳐 교육컨설팅 회사에 근무하며 조직 전반의 문제를 현장에서 함께 고민하고 해결책을 연구했다. 현재는 THE PLUS 대표로서 한국표준협회 전문위원, 긍정심리강점 전문가, 상황대응리더십 코치로서 활발하게 활동 중이다. 경기도청소년수련원 재능기부 강사와 운영위원 등을 역임하며 사회 곳곳에 선한 영향력을 뻗치고자 노력하고 있다. 2023년 기업교육 명강사 30선(인재경영)에 선정되었다. 저서로는 『요즘 시대, 요즘 세대, 요즘 리더』가 있다.

(010-8758-2449, baejjceo@gmail.com)

김지숙　　김해대학교 AI의료융합과에서 외래교수로 의료생명윤리, 의료기기마케팅을 가르치고 있으며 한국서비스인증협회 운영위원장으로 교류분석(TA) 전문가 외 협회자격심사위원으로 있다. 구 가톨릭대학교에서 심리학(산업) 박사과정을 수료하고 조직심리 전문기관 루킴(Look I'm) 파트너스 대표로서 교류분석을 활용하여 부산관광공사, 부산산업과학혁신원 등 다양한 기업에 건전한 조직문화와 정서지원 교육프로그램을 운영하고 있으며 조직관리, 조직심리, 고객심리 분야에서 활동하고 있다.

(010-5656-8838, s9681007@nate.com)

정성실 연세대학교를 졸업, 국민대학교 경영대학원에서 리더십과 코칭 전공으로 석사학위를 취득하고 숭실대학교 일반대학원 프로젝트경영학과에서 코칭 심리로 박사 과정에 있다. 국제코치연맹(ICF)에서 인증한 전문코치(PCC)이며, (사)한국코치협회 전문코치(KPC), 국민대학교 리더십코치(KCLC) 자격을 보유한 비즈니스 코칭 및 기업교육 전문가이다. 구성원의 잠재력을 믿으며 내면의 변화와 성장을 돕는 코치로서 구성원과 기업을 이어주는 징검다리 역할을 하고 있다. 기업의 구성원에게 필요한 열 가지 역량(국가직무능력표준, NCS; National Competency Standards)을 바탕으로 직업인이 갖춰야 할 덕목을 리더십과 코칭으로 연결하여 주요 연구 및 강의를 하고 있다. 저서로는 『그러니까, 제 말은요』 『탁월한 소통 코칭커뮤니케이션』 『NCS 입문서 직업기초능력평가』 『개정판 NCS 직업기초능력평가』 『요즘 시대 요즘 세대 요즘 리더』가 있다.

(010-7130-9731, yhhhaaa@naver.com)

제1부 교류분석으로 보는 성격의 이해

1) Ian Steward · Vann Joins, 『현대의 교류분석』, 제석봉 · 최외선 · 김갑숙 · 윤대영 역, 학지사, 2010

2) 김정현, 『에릭 번의 감정수업』, 유노북스, 2022

3) 이명노, 『인간교류분석』, 도서출판 휴먼스킬, 1997

4) 에릭 번, 『심리 게임』, 조혜정 역, 교양인, 2009

5) 임정민, 『어른의 대화법』, 서사원, 2022

6) 교류분석에서는 ego를 '이고'로 발음하고 쓰나 이 책에서는 독자들에게 친숙한 '에고'로 표기함.

7) 이명노, 『인간교류분석』, 도서출판 휴먼스킬, 1997

8) 스기다 미네야스, 『교류분석』, 김현수 역, 민지사, 2000

9) Ian Steward · Vann Joins, 『현대의 교류분석』, 제석봉 · 최외선 · 김갑숙 · 윤대영 역, 학지사, 2010

제3부 성격을 알면 성과가 올라간다

10) 이명노, 『상황대응 애자일 리더십』, 학토재, 2020

11) 에릭 번, 『심리 게임』, 조혜정 역, 교양인, 2009

제4부 진짜 속마음은 따로 있다

12) 임정민, 『관계를 망치지 않는 대화법』, 경향BP, 2023

13) 스기다 미네야스 · 미즈노 조헤이, 『TAOK 진단 TEXT』, 김현수 역, 금강출판사, 1989

참고문헌

강석동, 『OK 리더십』, 아카데미아, 2012

김정현, 『나를 몰랐기 때문이다』, 유노북스, 2020

김정현, 『에릭 번의 감정수업』, 유노북스, 2022

김종호, 『내면부모와 내면아이』, 학지사, 2017

김종호, 『이고그램 성격검사 입문』, 한국이고그램연구소, 2010

노안영, 『인간 이해 및 성장을 위한 성격심리학』, 학지사, 2003

다마이 도쿠타로, 『나를 알고, 너를 알고』, 백재웅 역, 한국산업훈련연구소, 1995

문영주, 『교류분석상담의 인생각본 치료』, 아카데미아, 2015

뮤리엘 제임스·도로시 종그워드, 『아이는 성공하기 위해 태어난다』, 이원영 역, 샘터, 1994

박아청, 『성격은 변하지 않는 것인가?』, 교육과학사, 2000

박종삼, 『임상교류분석의 이론과 실제』, 한국교류분석연구소, 1999

방기연 · 이윤정, 『마인드 코칭』, 하늘눈, 2008

브라이언 리틀, 『성격이란 무엇인가』, 이창신 역, 김영사, 2015

송준석, 『OK 조직개발』, 아카데미아, 2012

스기다 미네야스, 『누가 이렇게 만들었나?』, 우재현 역, 교류분석협회, 1992

스기다 미네야스, 『교류분석』, 김현수 역, 민지사, 2000

스기다 미네야스·미즈노 조헤이, 『TAOK 진단 TEXT』, 김현수 역, 금강출판사, 1989

스즈키 히로시, 『부모의 말 한마디가 자녀의 미래를 결정한다』, 문현일 역, 푸른샘, 2003

에릭 번, 『각본 분석』, 우재현 역, 정암서원, 2004

에릭 번, 『심리 게임』, 조혜정 역, 교양인, 2009

오카다 타카시, 『나만 모르는 내 성격』, 유인경 역, 모멘토, 2006

우재현, 『심성 개발을 위한 교류분석(TA) 프로그램』, 정암서원, 1989

우재현, 『이고그램 243패턴』, 정암서원, 1995

우재현, 『교류분석(TA) 입문』, 정암서원, 1996

울리히 데너 · 레나테 데너, 『이기는 심리게임』, 안성철 역, 위즈덤하우스, 2009

유재현, 『교류분석(TA)에 의한 어린이 인성개발 프로그램』, 정암서원, 1994

이기춘, 『교류분석(TA)으로 본 한국인의 의식구조』, 감리교신학대학출판부, 1989

이께미 유지조, 『심신의 건강과 자기실현』, 이영재 역, 양진문화사, 1992

이도영 · 김남옥 · 추석호 · 이수연 · 김규식, 『교류분석』, 중앙적성출판사, 1999

이명노, 『Winning with People · Group Exercises in TA』, 한국교류분석연구소, 1992

이명노, 『인간교류분석』, 도서출판 휴먼스킬, 1997
이명노, 『교류분석 강사 양성 과정 TEXT』, 한국교류분석연구소, 2022
이시하라 무츠미, 『그 사람과 나는 왜 항상 꼬이는 걸까』, 이서연 역, 한문화, 2011
이영호 · 박미현, 『관계의 미학 TA』, 학지사, 2011
임정민, 『어른의 대화법』, 서사원, 2022
임정민, 『관계를 망치지 않는 대화법』, 경향BP, 2023
주디스 폴리 · 조세프 폴리 · 다이안 브래들리, 『즐거운 교실』, 오혜경 역, 마고북스, 2006
크리스텔 프티콜랭, 『나는 왜 네가 힘들까』, 이세진 역, 부키, 2016
토머스 해리스, 『마음의 해부학』, 조성숙 역, 21세기북스, 2008
함선희 외 공, 『반품하고 싶은 직원, 리모델링하고 싶은 상사』, 2012
Chris Davidson · Anita Mountain, 『교류분석』, 김미례 등역, 학지사, 2015
Christine Lister · Ford, 『TA 상담과 심리치료』, 박의순 · 이진선 역, 시그마프레스, 2008
Giles Barrow · Trudi Newton, 『교육현장에서의 교류분석의 적용』, 이영호 · 박미현 역, 학지사, 2012
Ian Stewart, 『교류분석(TA) 개인상담』, 우재현 역, 정암서원, 2000
Ian Stewart, 『에릭 번』, 박현주 역, 학지사, 2009
Ian Stewart, 『TA 상담의 실제』, 최외선 · 최웅용 · 김갑숙 · 제석봉 역, 학지사, 2013
Ian Steward · Vann Joins, 『현대의 교류분석』, 제석봉 · 최외선 · 김갑숙 역, 학지사, 2010
John Dusay, 『이고그램』, 우재현 역, 정암서원, 1993
Julie Hay, 『기업과 조직을 위한 교류분석 상담』, 이영호 · 박용민 · 김장회 · 박범석 역, 아카데미아, 2019
Ken Ernst, 『학생들의 심리게임』, 우재현 · 정덕규 · 정순영 역, 정암서원, 1997
Muriel James, 『부모교육』, 우재현 역, 한국교류분석협회, 1992
Muriel James, 『자유로의 돌파』, 우재현 역, 정암서원, 1993
Muriel James, 『OK 보스』, 우재현 역, 정암서원, 1995
Rosemary Napper · Trudi Newton, 『TA 개념과 학습전략』, 송희자 역, 아카데미아, 2014
Vann Joins · Ian Stewart, 『TA 이론에 의한 성격적응론』, 오수희 · 이영태 · 안범현 역, 학지사, 2012

| 부록 |

에고그램 진단 설문지 및 분석지

√ 에고그램 간단 활용법

① 에고그램 검사 질문지를 한 세트 복사합니다.

② 이상적으로 바라는 모습이 아닌 평소 자신의 모습을 떠올리며 각 문항의 오른쪽 흰색 칸에 점수를 기입합니다. (항상 그렇다 3점, 자주 그렇다 2점, 가끔 그렇다 1점, 거의 그렇지 않다 0점)

③ 모든 문항의 응답이 끝나면 세로줄 별로 점수를 합산합니다.

④ 다섯 개의 합계 점수를 에고그램 진단 분석지에 순서대로 점 찍은 다음 꺾은선그래프를 그립니다.

⑤ 작성된 에고그램의 유형 코드명을 확인합니다. 예를 들어 다섯 개 합계 점수가 12, 26, 14, 24, 8점이라면 유형 코드명은 BABAC입니다. (21점 이상 A, 10 ~ 20점 B, 9점 이하 C)

⑥ 해당 유형 자료를 제5부 애고그램 성격검사 해설집에서 찾아봅니다.

에고그램 진단 설문지(일반용)

1	상호 이해관계를 생각한 다음에 행동하는 편이다.					
2	자신을 자유롭게 행동하는 사람이라고 생각한다.					
3	상대방이 말을 하는 도중이라도 자신의 생각을 이야기하는 편이다.					
4	생각하고 있는 것이 있더라도 겉으로 말하지 못하는 경우가 있다.					
5	타인의 행동이나 실수에 대해 엄하게 비판하는 편이다.					
6	다른 사람의 처지를 헤아려주고자 하는 마음이 강하다.					
7	상대방의 장점을 잘 파악해 지지하는 편이다.					
8	대화 중에 감정적으로 흥분하는 일이 적다.					
9	매사에 강한 호기심을 느끼는 편이다.					
10	돈, 시간, 업무에 대한 약속을 어기는 것을 싫어한다.					
11	주위를 의식하고 체면을 차리는 편이다.					
12	다른 사람의 부탁을 잘 들어주는 편이다.					
13	나서는 것을 어려워하며 타인에게 양보할 때가 많다.					
14	준법정신이 강하며 예절을 지키는 것을 중요하게 생각한다.					
15	사실에 의거해 객관적으로 생각한 다음에 신중하게 결정한다.					
16	하기 싫은 일은 우물쭈물 지연시키며 미루는 경향이 있다.					
17	주변 사람을 돌봐주는 것을 기쁘게 생각한다.					
18	내 주장보다는 타인의 주장을 따르며 타협하는 일이 있다.					
19	마음으로 느끼기보다는 머리로 생각하는 편이다.					
20	규칙이나 예의범절을 따르는 것을 중요하게 생각한다.					
21	중립적인 자세로 양쪽 의견을 듣고 현실적으로 결정한다.					
22	좋아하는 오락, 음식에 지나치게 빠져들 때가 있다.					
23	무책임한 사람을 싫어하며 엄격하게 책임감을 요구하는 편이다.					
24	타인에 대해 긍정적이고 수용적이다.					
25	타인을 의식하고 말과 행동에 신경을 쓴다.					
26	내심 불만이 있더라도 주위를 생각해서 말하지 못하고 참을 때가 있다.					
27	지시하거나 명령하는 듯한 말을 한다(이렇게 해! 저런 건 하지 마).					
28	자신의 생각이나 감정을 자유롭게 이야기한다.					
29	사소한 실수도 그냥 지나치지 않고 지적하는 편이다.					
30	상대방의 마음에 들기 위해 신경을 많이 쓴다.					
31	상대를 생각해서 자신의 감정을 표현하지 못하고 자제할 때가 있다.					
32	갖고자 하는 것은 무조건 손에 넣어야 직성이 풀린다.					
33	어떤 일에서든 감정에 치우치지 않고 사물을 객관적으로 본다.					
34	감정 표현이 풍부하고 감탄사를 자주 쓴다(와우! 멋있다!).					
35	자신감이 부족해서 못할 것 같다는 생각을 할 때가 있다.					

36	모든 일에 치밀한 계획을 세워서 행동에 옮긴다.					
37	유머러스하고 농담을 잘하는 편이다.					
38	충동적으로 화를 내는 일이 있다.					
39	옳고 그름이 분명하며 흑백을 명확히 한다.					
40	감정적으로 되지 않도록 이성적으로 생각하고 행동한다.					
41	잘 모르는 것은 정보를 수집해서 신중하게 결정한다.					
42	아이들이나 후배의 잘못을 너그럽게 감싸주는 편이다.					
43	경청과 공감을 잘하며 친절하게 대하는 편이다.					
44	아이들이나 후배의 좋지 않은 행위에 대해서 직접적으로 주의를 준다.					
45	생기발랄하고 호기심이 많으며 활력이 있다.					
46	다른 사람이 물어보면 친절하게 대답해준다.					
47	애정표현을 자주 하고 희로애락을 잘 드러낸다.					
48	타인에게 베푸는 것을 좋아해서 손해를 볼 때가 있다.					
49	스스로의 컨디션을 잘 관리하며 지나치거나 무리하지 않는다.					
50	동정심이 많아 불쌍한 사람을 보면 지나치지 못하는 편이다.					

에고그램 진단 분석지(일반용)

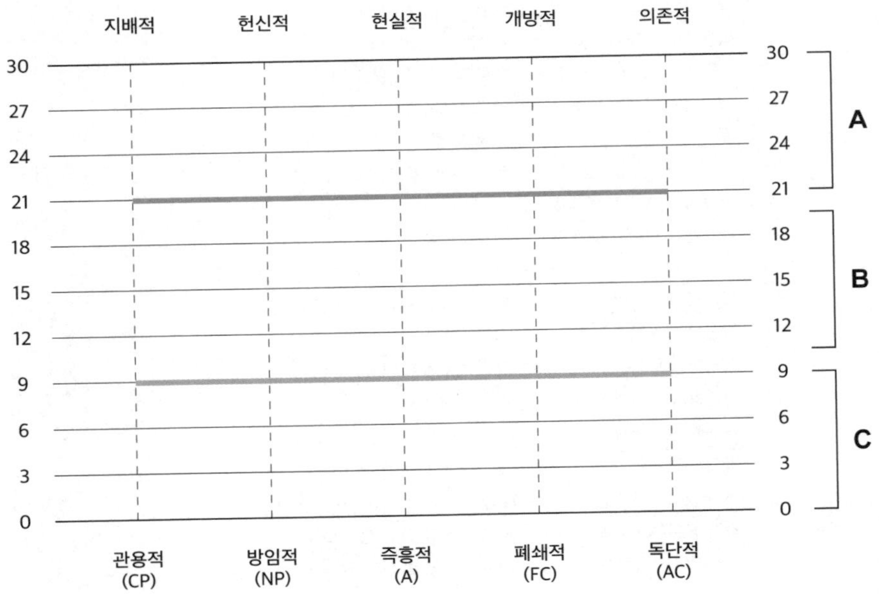

에고그램 진단 설문지(가정용)

1	감정적이기보다는 이성적인 편이라고 생각합니까?
2	기쁠 때나 슬플 때 얼굴 표정이나 동작에 곧 나타납니까?
3	자녀나 아내(또는 남편)가 잘못했을 때 바로 꾸중을 합니까?
4	순종적이며 소극적인 편입니까?
5	규칙을 지키는 데 엄격합니까?
6	길을 물으면 친절히 가르쳐줍니까?
7	부탁받은 것은 대개 잘 도와줍니까?
8	자녀를 꾸짖기 전에 사정을 먼저 알아봅니까?
9	당신은 농담을 잘하는 편입니까?
10	예절이나 규범에 까다로운 편입니까?
11	생각한 것을 말하지 못해 나중에 후회할 때가 있습니까?
12	친구나 가족들에게 무엇이든 사주는 것을 좋아합니까?
13	무리해서라도 타인에게 잘 보이려고 노력하는 편입니까?
14	요즈음 세상은 자녀를 과잉보호한다고 생각합니까?
15	잘 모르는 것을 질문하거나 상의해서 처리합니까?
16	남들은 잘하는데 자신은 못한다는 생각을 할 때가 있습니까?
17	자녀(또는 어린이)를 칭찬한다든지 머리를 쓰다듬어줍니까?
18	자녀를 위해 아무리 싫은 일이라도 참으려고 생각합니까?
19	일은 능률적으로 잘 처리하는 편입니까?
20	무엇이든 시작해서 끝까지 안 하면 기분이 개운치 않습니까?
21	여러 가지 책을 많이 읽는 편입니까?
22	하고 싶은 말을 망설이지 않고 잘하는 편입니까?
23	자기가 책임감이 강한 인간이라고 생각합니까?
24	타인의 뒷바라지하는 것을 좋아합니까?
25	타인의 눈치를 보면서 행동합니까?
26	자기 생각보다는 부모나 사람들의 의견에 따르는 편입니까?
27	사소한 부정이라도 우물쭈물하는 것을 싫어합니까?
28	자신에게는 아직 계발되지 않은 감추어진 재능이 많다고 생각합니까?
29	"안 돼" "해야 한다"라는 말을 잘 쓰는 편입니까?
30	손윗사람이나 자녀의 기분을 맞춰주는 편입니까?
31	싫은 것을 싫다고 하지 못하고 자기를 억제하는 편입니까?
32	가지고 싶은 것을 못 가지면 기분이 상하는 편입니까?
33	자녀 양육지도에 감정적인 경우가 거의 없는 편입니까?
34	영화나 연극 등 오락을 즐길 수 있습니까?
35	우울하다든지 슬픈 기분이 될 때가 있습니까?

36	모든 일에 그 결과까지 예측하면서 행동에 옮깁니까?					
37	자기 자신을 잊어버리고 아이와 노는 데 몰두할 수 있습니까?					
38	만화책이나 주간지를 읽으면서 즐길 수 있습니까?					
39	시간이나 금전에 대한 약속을 소홀히 하는 것을 싫어합니까?					
40	무엇인가 할 때 자기에게 돌아오는 득실을 생각하면서 합니까?					
41	건강에 무리가 생기지 않도록 미리 관리하는 편입니까?					
42	타인의 결점보다는 장점을 많이 보는 편입니까?					
43	타인의 어려움을 동정하고 위로하는 편입니까?					
44	좋다, 나쁘다를 분명하게 말합니까?					
45	"와" "멋지다" "대단하다" 등의 감탄사를 잘 사용합니까?					
46	자녀나 아내(또는 남편)의 실수, 실패에 관대합니까?					
47	아이들과 농담하거나 장난치는 것을 좋아합니까?					
48	동정심이 많다고 생각합니까?					
49	육아에 대해 아내(또는 남편)와 이성적인 대화를 할 수 있습니까?					
50	경제적 여유가 있다면 고아나 고아원을 돕고 싶다고 생각합니까?					

에고그램 진단 분석지(가정용)

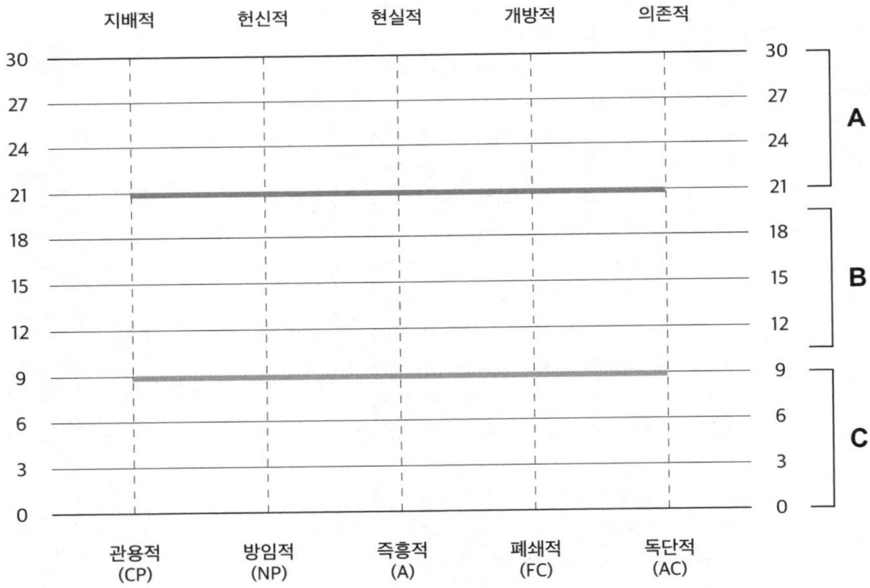

에고그램 진단 설문지(학생용)

1	당신은 여러 가지 책을 많이 읽는 편입니까?
2	당신은 화려한 것을 좋아합니까?
3	당신은 무슨 일이든지 정확하게 하지 않으면 기분이 나쁩니까?
4	당신은 타인의 안색을 살피면서 행동하는 버릇이 있습니까?
5	타인이 잘못을 했을 때 용서해주기가 어려운 편입니까?
6	타인이 길을 묻는다면 친절히 알려줍니까?
7	친구나 동생을 칭찬할 때가 많이 있습니까?
8	무슨 일이든 잘 안될 때는 냉정하게 생각합니까?
9	여러 사람이 모여 떠들고 노는 것을 좋아합니까?
10	책임감이 강한 사람이라고 생각합니까?
11	싫어도 싫다는 말을 안 하고 참을 때가 있습니까?
12	다른 사람을 도와주는 것을 좋아합니까?
13	남들은 잘하는데 자신은 못한다고 생각할 때가 있습니까?
14	자기 생각을 굽히지 않고 최후까지 관철하는 편입니까?
15	어떤 결정을 내릴 때 다른 사람의 의견을 듣고 참고합니까?
16	어려운 일은 바로 하지 않고 질질 끄는 버릇이 있습니까?
17	타인의 나쁜 점보다는 좋은 점을 많이 보는 편입니까?
18	언제나 무리를 해서라도 타인에게 잘 보이려고 노력합니까?
19	처음 하는 일은 충분히 검토하고 합니까?
20	당신은 예의범절에 대해서 엄격하게 교육을 받았습니까?
21	어떤 일이든 자기의 손해나 이익을 생각하고 행동합니까?
22	"와" "멋지다" "멋있다" 등의 감탄사를 잘 씁니까?
23	무슨 일을 시작했을 때 끝까지 하지 않으면 마음이 불편합니까?
24	실망하거나 좌절한 사람이 있으면 위로하고 용기를 줍니까?
25	자기 생각보다는 부모나 타인의 말에 영향을 받는 편입니까?
26	슬프거나 우울한 기분일 때가 있습니까?
27	부모님의 말씀은 꼭 지키는 편입니까?
28	당신은 말하고 싶은 것을 주저하지 않고 말하는 편입니까?
29	"안 돼" "해야 한다"라는 말을 잘 쓰는 편입니까?
30	당신은 겸손하고 앞에 나서지 않는 편입니까?
31	부모의 기분을 맞추어주는 면이 있습니까?
32	즐거움이나 슬픔을 표정이나 동작에 자유롭게 나타냅니까?
33	친구들과 어울릴 때 차분하고 침착한 편입니까?
34	가지고 싶은 것을 주저하지 않고 말하는 편입니까?
35	속에서는 불만이지만 겉으로는 만족한 듯 행동할 때가 있습니까?

36	몸 상태가 좋지 않을 때는 휴식을 취하고 무리하지 않습니까?					
37	여자(남자)친구에게 자신의 의견을 말할 수 있습니까?					
38	사람들과 농담하거나 장난치는 것을 좋아합니까?					
39	당신은 시간이나 금전에 대해 확실하지 않은 것을 싫어합니까?					
40	부모님과 침착하게 대화를 합니까?					
41	공부나 일을 정해진 대로 합니까?					
42	친구들에게 선물하는 것을 좋아합니까?					
43	도움을 청하면 “내게 맡겨라” 하면서 떠맡는 편입니까?					
44	당신이 부모가 되었을 때 자식을 엄하게 키울 것이라고 생각합니까?					
45	그림을 그린다든지 노래하는 것을 좋아합니까?					
46	누군가가 실수나 실패를 했을 때 몰아붙이지 않고 용서합니까?					
47	당신은 싫은 것을 싫다고 합니까?					
48	동생이나 나이가 적은 아이를 귀여워합니까?					
49	운세를 보거나 점을 치는 것은 미신이라고 생각합니까?					
50	먹을 것이나 옷이 없는 사람이 있다면 도와줍니까?					

에고그램 진단 분석지(학생용)

누군가는 성공하고 누군가는 실수할 수도 있다.
하지만 이런 차이에 너무 집착하지 말라.
타인과 함께 협력할 때에야
비로소 위대한 것이 탄생한다.

_생텍쥐페리

성공하는 관계를 만드는 쉽고 명쾌한 교류분석 심리학

일·관계·인생이 행복해지는 인간관계 수업

초판 1쇄 인쇄 2023년 12월 26일
초판 1쇄 발행 2024년 1월 2일

지은이 이명노 · 임정민 · 이영선 · 나현숙 · 오미현 · 배정진 · 김지숙 · 정성실

대표 장선희 **총괄** 이영철
책임편집 현미나 **기획편집** 한이슬, 정시아, 오향림
책임디자인 최아영 **디자인** 김효숙
마케팅 최의범, 임지윤, 김현진, 이동희
경영관리 전선애

펴낸곳 서사원 **출판등록** 제2023-000199호
주소 서울시 마포구 성암로 330 DMC첨단산업센터 713호
전화 02-898-8778 **팩스** 02-6008-1673
이메일 cr@seosawon.com
네이버 포스트 post.naver.com/seosawon
페이스북 www.facebook.com/seosawon
인스타그램 www.instagram.com/seosawon

ISBN 979-11-6822-245-8 03180